甜姑娘發家記 上

安然 著

目錄

序

安然

不知道大家對催眠感不感興趣？其實我是不太感興趣的，但是有朋友對這個很感興趣，尤其是對前世今生的催眠。她還特地從網上搜到了催眠音頻，後來她告訴我，她看到了自己的前世，她的前世是個莊稼漢，而且是餓死的。

看她一副深受打擊的模樣，我便要了那個音頻，準備試一試。

我躺在床上，內心有點小緊張，跟著音頻，慢慢地放鬆身體，倒數至十後，竟然看見我穿過一條黑色的走廊，還看到一個貧瘠的農村，和一個穿著青色衣裳的女人，接著，我便醒來了。

我對這個音頻抱持著很嚴重的懷疑態度，更懷疑那個青衣姑娘根本是我的想像，因為我自己是寫小說的，加上看的小說沒有五千也有三千，本身腦洞就比較大。

剛好那段時間，我正躊躇著想寫一本小說，於是便有了張青這個名字，那個青色衣裳的姑娘。

我喜歡古代故事，也曾把自己代入古裝小說中的女主角，又哭又笑；音樂也喜歡比較古典的、悠揚的，所以選擇小說題材的時候，便毫不猶豫地選擇了古代題材。

對於為什麼會寫一個農家的女孩，首先，我自己便是一個農家姑娘，雖然家裡沒有種地，生活也算安逸。但是即便如此，也不可否認我就是個農家姑娘，像重男輕女的這種事情，在農村並不少見，家長裡短吵吵鬧鬧，在我們這個不大的鎮上每天都會發生。所以選擇這個題材，寫文章的時候便很容易，畢竟會比較熟悉一點。

至於中間女主與男配的感情，青梅竹馬、兩小無猜，而且門當戶對，兩個人其實是極相配的，如果女主嫁給男配，生活當然也會很好。

但是有個成語叫做「世事無常」，不是你以為的就一定會成真，事情沒有到最後一刻，你的原以為也只會是以為，沒有人會知道結果是怎麼樣。就像文裡的女主，原以為她定然會嫁給男配，男配也以為女主會嫁給他，但是峰迴路轉，原來男配是訂了娃娃親的。

至於男主，一開始以為自己會娶的是表妹，但是奈何短短兩年，表妹就成了別人的媳婦，有不甘嗎？肯定有，但是不甘又能怎麼樣，事實上，不甘除了讓自己心肝脾肺疼，起不了任何的作用，還不如收拾收拾心情，把自己的真心送給珍愛自己的女子。

而為什麼男主會是位高權重的侯府世子，其實這只是我一個美好的想像。灰姑娘有王子，農家女孩又怎麼樣，只要勤勞、勇敢、努力，總會有一位屬於自己的王子在等妳。

最後我要對所有看這本書的人說，人的一生時間太長，會遇到無數的風景和人，如果不小心錯過了一處風景或一個人，請不要悲傷、不要難過，因為後面我們或許會遇到更美的風景和更適合的人。

第一章

張青只感覺頭痛欲裂，她努力地想睜開眼睛，卻怎麼也睜不開，那眼皮好像有千斤重一樣，周圍靜悄悄的一片，讓她有些心慌，這是怎麼了？她打算試著動一動手指。

「嘶，疼。」張青嚶嚀一聲，渾身的骨頭好像錯位一般，即便是彎曲手指這樣的小動作，她也疼得直冒冷汗。疼痛過後便是一陣眩暈，伴隨著這眩暈，張青再次陷入沈睡當中。

張青再次醒來是被一陣嘈雜聲吵醒的。

「好吵。」儘管還有些眩暈，張青還是努力睜開了雙眼。

這是哪裡？張青一愣，眼前是一間看起來十分破爛的房子，牆也是用泥和稻草糊起來的，房間裡看起來陰暗潮濕，還有一股說不上來的味道，並不太好聞。

昨天晚上，多年的好友結婚，她一高興就多喝了幾杯，然後晚上回家的時候……想到這裡，張青雙眼驀然睜大，就在她過馬路的時候，突然衝出來一輛車，那車前燈照得她睜不開眼，然後便是一陣劇痛。

她出車禍了。

不過，幸好沒有危及生命。只是，出了車禍，不應該是在醫院嗎？這裡是哪裡，怎麼會如此破舊，而且真的很吵。

「天殺的啊，可憐我家的小寶兒，不就是想和大丫開個玩笑嗎？誰知那丫頭怎麼就滾下山了，嚇得我們家寶兒，現在還在哆嗦著，還被他爹給揍了一頓，那屁股蛋啊，腫得嚇死人了。他爺沒說出錢讓郎中看看我家小寶兒，卻給那沒啥大礙的賠錢貨請郎中，家裡掙點錢多不容易啊。」

張青皺了皺眉，那丫頭、賠錢貨？沒想到現在還有人重男輕女到這種地步。

「大嫂，青兒還在休息。」一道女聲囁嚅地說。

「哎呀，我話都沒說完，弟妹就來打斷我，我好命苦啊，都說長嫂為母，更何況我還為張家生了兩個小子，在家裡卻連條狗都不如，就是說了兩句話，弟妹居然嚇唬我，我不活了、我不活了！」

張青起身，渾身依舊是骨頭斷裂的疼痛，這次估計真撞得不輕。

她咬咬牙，下了床，扶著牆，蹣跚地走到門前，透過門縫，張青看到一個粗壯的婦人，正坐在地上，緊閉眼睛，臉色脹紅，撕心裂肺地嚎著。

而另一個比較瘦弱的婦人站在那粗壯婦人旁邊，不住地搓著手，一副焦急的模樣，好像想說些什麼，又不敢說。

張青看著眼前這一幕，總感覺有些奇怪，至於哪裡奇怪，張青思索了一會兒，然後大驚。對，是這裡這些人的打扮。

不管是地上那個正在嚎啕的婦人，還是她旁邊那個有些瘦弱的婦人，儘管布料不同，式樣也有些許不同，但是，她們身上的穿著無一不是長袍、長褲，婦人頭髮皆攏起成髻，簪著一根簡易的木簪。

張青瞪大雙眼，趕緊摀上嘴，就在這時，她發現了一件更讓她惶悚的事情。

手，這不是她的手，黑黑的、小小的，明顯就是雙孩子的手，而她今年已經二十五歲。

終於，她知道，剛才感覺不對勁的地方是哪裡了。

她剛才下床的時候就有些費力，而她的個子也只比這個屋子中央的那張桌子高出一點。

「我這是怎麼了？」張青感覺暈眩感再次朝自己襲來，她不由倒退兩步，被身後的板凳絆倒，再次失去意識。

門外那個比較瘦弱的婦人，聽見屋裡的聲音，不由大驚，趕忙朝屋子奔了過來。

剛打開門，就看見倒在地上的張青，她嚇了一跳。「青兒！」

張青再次醒來的時候，房間裡已經是一片黑暗，只有豆大的一盞油燈在那破舊的桌子上搖曳著，而桌子旁坐了個婦人，手裡拿著針線在做些針線活。

張青認出了這婦人應該就是自己中午所見的那個瘦弱女人，此時女人白日裡怯弱的面容在黃色的燭光下，透出些許溫暖。

她想知道這裡是哪裡，她怎麼會在這裡，沒奈何喉嚨乾啞得厲害。

「水……」張青的聲音很低，嗓子疼得厲害，發出這點聲音已經是極不容易，好在桌前的女人聽見了她的聲音。

「青兒妳醒了。」女子快步走向張青，眼裡是藏不住的欣喜。

張青嘴唇上下顫動著，竟是發不出聲音。

「青兒，妳說什麼？」女子看到張青的嘴唇上下翕動，又聽不見聲音，不由俯下身，將耳朵貼近張青的嘴唇。

「水。」

「哦，娘這就給青兒倒水。」婦人說罷，趕緊走向桌前，只是摸了摸茶壺裡的水已經有些冰涼，想了想，咬了咬嘴唇，對張青道：「青兒再忍耐一下，這水有些涼了，娘去灶房給妳燒點熱的去。」

張青處在那聲「娘」的震撼中，當她回過神才發現，那女子早就出了房門。

張青不由得開始思索起來，難道，她這是穿越了？

正想著，外面又是一陣嘈雜的聲音。

「喲，我說弟妹啊，這麼晚來灶房幹什麼，難道想偷吃不成。」

灶房內，女人嘴唇翕動著，飛快地看了一眼杵在自己面前的胖婦人，臉色有些蒼白，看起來有些害怕的樣子。

「大嫂，不是的，我沒有要偷吃，是青兒醒了想喝點水，水太涼，我想燒點熱水，順道將中午給她留的稀飯熱一熱，這孩子昏迷了兩天，滴水未進。」女人有些緊張地解釋著。

「一個賠錢貨，也值得妳這麼緊張，真當妳家大丫是千金小姐命啊，這麼晚了，還要喝熱水？大丫娘，這柴火可是妳大哥辛苦了一天砍的，是要賣錢的，妳把柴火燒了，拿什麼賣錢？更別說妳家那丫頭片子，可是剛花了不少錢。」胖婦人鄙夷地看著女人，看著女人的臉色越來越白，才有些高興起來。

就她家的賠錢貨，可是害得自家小寶被他爹狠狠地揍了一頓，那屁股蛋都腫得老高，看得她可是心疼死了。

「大嫂，可是青兒身子沒好全，要是喝了涼的，再次病了怎麼辦？家裡沒錢請郎中了，我就這麼一個孩子，她有個三長兩短，我也、我也不活了。」女人鼓起勇氣說完，便開始低聲哭泣起來。

胖婦人臉色有些難看，她最討厭老二家的這一點，動不動就哭，好像受了天大的委屈，她只是說了兩句而已，難道她這個當大嫂的，連教訓家裡弟妹的權力都沒有嗎？

「哭什麼哭，掃把星，我說兩句怎麼了？晦氣，不是要給妳家閨女燒水嗎？還不快去，等著妳家那個賠錢貨渴死呀？」

「謝謝大嫂。」女人一愣，趕緊道謝。

「裝什麼裝。」胖婦人暗嗤一聲。要知道她最討厭的就是老二家的這個了，嬌嬌弱弱的，一副肩不能扛、手不能提的模樣，不就是她爹唸過幾年書嗎，還是個屢考不中的老書生，真當自己是大家閨秀。看老二成天把她當成寶一樣的護在手心裡，就讓人厭煩。

胖婦人正準備出灶房的時候，又被女人叫住。

「大嫂，我給青兒留的那碗稀飯呢？」

「稀飯？哪有什麼稀飯。」胖婦人聽到稀飯兩個字，明顯有些不自在地撇了撇嘴。

「就是中午，我明明留了一碗稀飯在桌子上，青兒昏迷兩天了，醒了不吃東西怎麼能行。」女人有些著急。

「我怎麼知道，我又沒看見。咱家日子苦，大人都吃不飽飯，都是餓著肚子幹活，可能是誰餓得緊了給吃了吧。」胖婦人說罷匆忙出了房門。

女人有些呆掙，她明明給青兒留了飯的，青兒已經兩天沒吃飯了，這可怎麼是好啊。這樣想著，她便又紅了眼眶。只是想到女兒還面色蒼白，嘴唇乾裂地躺在那裡，女人定了定神，為張青燒起了水。

張青等那自稱為娘的女人出去後，就在思索著這一切。

她四處打量這間有些破爛的房子，伸出雙手，看了看，再摸了摸自己的臉。不得不承認，她是穿越了。看來那場車禍後她直接掛了，否則她怎麼會在這裡？只是可憐了她這幾年的努力，她剛剛才升了經營總監，也在那個繁華的城市用所有的存款首付了一間公寓。在她終於要在那個城市生根的時候，她居然來到這裡，怎麼能不說是天意弄人呢？

幸好，她爸媽在她很小的時候就已經離婚，而且各自都有了孩子；帶大她的爺爺、奶奶也早已相繼去世；而情同姊妹的摯友，她也親眼見她穿上了婚紗，走向幸福。她的死亡，應該不會有太多人傷心。

這樣便夠了。

既來之則安之，首要做的，是不能讓人發現自己的異常，要是被人當個怪物給打死，也不知道有沒有那個運氣再穿越一次。

想到這，張青不禁苦笑一聲，此時聽到門口有腳步聲，她趕緊迅速收回那抹苦笑。

「青兒，水來了。」女人扶起張青，將盛滿水的碗放在張青嘴邊，滿臉憐惜地看著她。

張青喝了一口，因為喝得急，不小心被嗆住，咳嗽了幾聲，女人趕忙放下碗，小心翼翼地拍著張青的背。

「慢點慢點，不急不急。」女人輕柔的話，奇蹟般撫平了張青那顆略顯緊張浮躁的心。

張青這才細細打量眼前這個女人，女人的年紀看起來不大，也差不多就是二十一、二歲的年紀，上著一件藍色的粗布衣衫，下著一件土黃色的粗布裙，這衣服看起來有些日子了，那衣角邊、袖口處都磨得有些開線；手肘處，更是用相近顏色打了塊補丁。只是衣服雖然有些破爛，但是看得出洗得很乾淨，靠近張青時，張青也沒聞到什麼奇怪的味道。

再看這女人的面容，張青驚訝地發現，這女人稱得上是貌美。可能這個家裡的條件並不好，這個女人雖瘦弱，臉色卻不似一般農婦那樣蠟黃，有些蒼白的臉色讓她看起來更加有些楚楚可憐的味道。

只是現在她正滿臉溫柔地看著張青，張青頓生了些許親近之意，這親近之意來得莫名其妙，更趨向身體的本能，張青想，這可能就是這個身體前主人留下的潛在意識吧。

「青兒好些了嗎？」女人輕柔的聲音中，帶著絲緊張焦急。

張青微微點了點頭。

女人這才放下心，同時又笑了起來。「青兒為何直直地看著娘？」

張青一滯，下意識地回答。「青兒想娘。」

只是這一句話，就見眼前的女人眼眶頓時微紅。「娘也想青兒。青兒答應娘，以後不可再讓娘擔心，妳要是有個三長兩短，讓娘可怎麼辦啊。」說罷一把將張青摟在懷裡，低聲哭泣起來。

張青卻奇異地感到心安，以前被人這麼關心的日子太少，而且距離太久了，她似乎已經忘了被人關心的感覺；這樣被人關心著，小心呵護著，讓她的眼睛突然有些熱脹起來，她反手擁抱著那女人。既然借了她孩子的身子，那便好好做她的孩子吧。

「妳們娘倆這是怎麼了，哭得這樣委屈？」

來人推門進來，看到相擁的兩個人，不禁一愣。

張青看著眼前的人也不由一愣。

來人看起來也就是個二十五、六歲左右的漢子，濃眉大眼，身材高挑健壯，上穿一件青色的褂子，下著一件混色長褲，腰間繫著同色的帶子。

「他爹，今兒個怎麼回來得這般晚。」女人趕緊放開張青，朝漢子迎了上去，幫著他拍拍身上的灰塵。

「沒啥，路上有事耽擱了一下，只是妳們娘倆怎了？」

女人溫婉一笑。「哪有，只是看到青兒醒了，太高興了。你今兒個出去一天累不累？你說咱家青兒今天一定醒來，還讓你給說對了，這不，青兒醒來了。」

漢子坐在床邊看著張青，摸了摸頭，不由嘿嘿一笑。「我就是看妳擔心，隨口這麼一說，沒想到咱閨女還真給她爹爭氣。」說罷咧嘴看著張青，只是看著看著，眼眶就紅了起來。「閨女啊，還疼不？」

張青搖了搖頭。

「不疼就好、不疼就好。」漢子摸著張青的頭頂，一遍一遍呢喃著。

張青不由得又紅了鼻頭。

女人見狀也在旁抹著眼淚。「好了，青兒沒事就好了。你餓了吧，我去給你弄點吃的去，剛好青兒醒來，也還沒吃。」

「不了、不了，我在外面吃過了，妳也別去灶間了，要不大嫂又要埋怨妳了。青兒，看看爹給妳買了什麼好東西。」漢子說罷，像變戲法一樣地從身後掏出兩個油紙包。

「爹給我家小青兒和青兒娘買了雞腿，還有包子，趕緊趁熱吃吧。」接著不由分說，男人將紙包遞給張青和女人。

看著女人詫異的眼神，張青知道，這種東西，在這個家裡應該不常見到；畢竟看著這個家的房子以及房裡的物件，還有人的穿著，不難得出一個結論——這個家很窮。

「買這些做什麼，得花多少錢，給爹娘買了嗎？你吃了嗎？」女人急急地問。

「都說了我吃過了，爹娘那我自會送的，別擔心了，這是妳們娘倆的，趕緊吃吧，看我們家小青兒瘦的。」

張青低頭看向自己手中的油紙包，然後看了看那漢子。

「吃啊青兒，我們青兒不是最喜歡吃雞腿了嗎？」那漢子帶著絲期待看著張青。

張青慢慢地打開油紙包，動作不經意帶了絲小心翼翼。

其實她不是很喜歡雞腿，畢竟這東西在她二十多年的生活中，實在太平常了，而她也沒怎麼少吃，儘管沒有父母疼愛，但是爺爺、奶奶給的疼愛不比父母少。

只是這一刻，她內心裡還是受了極大的震撼。

她知道，這個漢子沒有吃，最起碼吃的肯定不是這雪白的包子，還有這油滋滋的雞腿。

「吃啊青兒，是不是樂得傻了，怎麼不吃啊。」漢子看張青只是看著雞腿，半晌不下口，不由得湊過來。

張青抬頭，露出一個大大的微笑。「青兒想和爹分著吃。」

張青原以為，要叫一個和她差不多年齡的漢子爹是十分困難的事情，只是出口的時候，卻發現，這聲「爹」簡單得不可思議。

漢子摟過張青，狠狠地捏了捏她的小臉，而後爽朗地笑著。「爹吃過了，青兒吃。」

「不，青兒和爹一起吃，爹不吃，青兒就不吃。」

漢子一愣，然後便是止也止不住的笑意。「好，聽青兒的，青兒咬一口、爹咬一口，可好？」

張青遲疑地點了點頭，她輕輕地咬了一口，雞腿已經涼了，並不好吃，可是這身子大概真的是很少吃這種東西，剛咬了第一口，張青就覺得，那口水像水一樣，流了起來。

「爹，給您吃。」

漢子笑著，在雞腿的另一邊，小心翼翼地咬了一口。只是那一口小得不能再小，張青甚至認為，她這爹爹，只是咬了一口雞皮，還是小小的一塊。

張青再次感覺鼻子酸了酸，她握了握左側的手，心裡暗暗下定決心，她一定要讓這個家的生活好起來，她張青自小到大，未曾認過輸。

這家裡雖然貧困，可是這溫情卻讓她動容，更何況，她代替原本的青兒活了下來，那麼便要好好地活，努力地活。

而一旁的女人看著父女倆的互動，更是發自內心的笑了。

等三人吃過以後，青兒爹拿著他們吃剩的雞骨頭和油紙包，出了房門。

張青有些好奇。「娘，爹這是去做什麼？」

「哦，妳爹啊，是要將咱們吃完的東西埋起來。」

「為什麼要埋起來?」張青剛問完，就看到女人的臉色有些不自然，她陡然明白，是怕那個胖婦人看到，說閒話吧。

今天早上那個撒潑的胖婦人，估計也是這家的人吧。

「哦，青兒明白了，爹將骨頭埋在地裡，等青兒每天澆水，是不是就會長出好多好多雞腿?」張青刻意童言童語。

女人聽了，那抹不自然褪去，不由噗哧地笑起來。「是啊，等來年給我們青兒長出好多好多的雞腿好不好。」

張青重重地點了點頭，眼睛帶著絲堅定。「一定會的。」

「好，但是這是青兒和爹娘的秘密，不能告訴別人哦。」

「青兒知道。」

「青兒乖。」女人走過來，摸著張青的髮頂，滿是慈愛。

等那漢子回來，稍稍洗漱過後，張青犯了難。

這房間裡只有一張床，三個人要怎麼睡?更何況還有一個名為她爹，其實和她差不多大小的漢子一枚。

就在她犯難間，青兒爹已經上了床，有些詫異地看了眼張青。「往常青兒見爹回來，早就朝爹撲上來了，今天這是怎麼了?」

張青語塞，只能用身上疼來搪塞。

聽到張青說身上疼，漢子的眼神又暗了暗，一把摟過張青，將張青抱在懷裡。「以後小寶要是再欺負妳，妳就狠狠地打回去，萬事有爹爹幫妳撐腰呢，可知道？」

張青此時只感覺自己已經是羞憤欲死了，聞言還是狠狠地點了點頭。

一家三口又說了一會兒話，便吹了燈準備歇息，好在身下的土炕夠大，原本的小張青肯定是要睡在父母兩人中間的，只是如今內在的靈魂換成了現代人的張青，她是怎麼也不願意睡在兩人中間的，最後她父母只能依了她，張青睡在最裡面，中間是張青的娘，最外面才是她爹。

張青聽著身邊夫婦兩人均勻的呼氣，原本以為可能會難以成眠，誰知竟也慢慢地閉上了雙眼。

第二天起來，張青就感覺身上舒服許多，最起碼不像昨日一樣，骨頭好像散架一般。只是她依舊待在房間裡，哪都不去。畢竟昨日也只認了爹、認了娘，這個家裡其他人的情況還沒有搞清楚，哪裡敢出去亂竄，遇到人不認識，尤其是自家人，那可就完了。

所以張青決定這幾天就安安分分地待在屋子裡，先觀察下這個家的人口情況再說，總不至於出了門不認識自家人。

不過好在，張青這次出的事情也算是件大事，還去鎮上請了郎中的，在這個貧窮的家裡，除了要命的事，一般是怎麼也不會請郎中的，不為別的，只為沒那個條件。

所以這幾天張青只是待在房裡，也沒有人懷疑，都認為她還未大好，小孩子正是長身體的時候，反正都請了郎中，那就讓她把身子徹底養好，免得花了冤枉錢。

張青雖然待在房裡，可依舊把這個村子，還有這個家裡的情況，摸了個差不多。

張青此時所在的村子叫潭水村，顧名思義，就是村子裡有挺大的一灘水潭。潭水村有八十餘口人，全靠著打獵、種田維生。農閒時，漢子們會出村，到鎮上去做些活計，掙些錢；而女人呢，則是繡些荷包，打些絡子賣點錢貼補家用。

她爹姓張，名闊，在家排行老二。她娘姓李，名雲，嫁到張家這些年只生了她。

除了她爹、她娘以外，那天那個胖婦人，她也弄清了，正是這具身子的大伯娘，姓高，原名叫高蘭，是奶奶的遠房姪女，所以在這個家，總有點橫著走的意思。

奶奶也姓高，聽外面的是都稱奶奶為大高氏，大伯娘為小高氏。

大伯張升，長相和她爹有幾分相似，都是高大健壯，只是比她爹顯得老成一些、嚴肅一些。看著可以稱得上是相貌堂堂的大伯，再看看黑壯黑壯的大伯娘，張青在心底為大伯默默點了一根蠟燭，大伯您委屈了。

這個家裡說話最有威嚴的還是爺爺，基本屬於領袖般的存在。聽她娘李雲說這次就是多虧了爺爺發話，家裡才從鎮上請了郎中。

而張青自己穿越而得的這個身子，堪堪五歲。這次出事的理由很簡單，張大寶帶著張小寶、小張青去山裡割草餵豬，也不知道怎麼的，張小寶和張青發生爭執，結果六歲的張小寶體型和他娘一模一樣，而張青瘦瘦的渾身上下沒幾兩肉，張小寶那麼一推，小張青雖然長得不像球，但是，依舊順著山的那個斜坡滾了下去了。

張大寶嚇壞了，趕緊回家叫人，等小張青醒來後，就變成了她。

張青想，這估計就是緣分吧，誰讓她倆都叫張青呢。

「生了個賠錢貨，還當祖宗一樣供著，真是有毛病，米不掏錢呀、柴不賣錢啊，可憐我家兩寶都餓得瘦了。」粗大的嗓音，刻薄的話語從院子裡傳了進來。

張青有些無奈，短短的幾天，差不多的話，她重複聽了有十幾遍。

張青真的有心想衝出去回上一句。「妳他媽就不是賠錢貨啊？妳家雙寶瘦了那剛好，肥得都跟豬一樣，準備殺了賣錢啊？」只是看了看自己的小身板，再考慮了下自己在這個家裡的家庭地位，而後思及這話說出去的後果，無奈只能放棄。

俗話說的好，百忍則成鋼，她一定會成為女金剛的。

只是摸了摸自己的肚子，張青洩了氣，別還沒成女金剛，就被那所謂的大伯娘給餓死。早上只喝了一碗稀飯、一個粗麵餅子，那稀飯是真的稀飯，一碗水加幾粒米。現在正是農忙的時候，一家人都出去了，只有大伯娘回來做飯，然後給田裡的人送過去；至於指望小高氏來給她送飯那根本是不可能的，估計得等太陽下山，她娘回來後，她才吃得上飯吧。

過了好一會兒，聽到院子裡再無聲響，歸於安靜後，張青騰地坐起來，下了床，透過門縫，發現小高氏真的已經走了，才悄悄地推開門。

她現在還小，被這麼餓著怎麼能行，在現代張青就奉行一句話，女人對自己一定要好，雖然她現在還不能稱為女人，但總是個女的吧。

張青在這個不大的院子裡轉著，好在此時，一般家裡的人都去田裡了，她在這只是紮了籬笆的院子裡再怎麼轉也沒有人發現。

張青先是摸去了灶房，說是灶房，也就是個泥糊的屋子而已，裡面有個灶臺，灶臺上有口大鍋。

張青滿懷欣喜地揭開，呃，空的。

摸了摸自己扁扁的肚子，張青四下搜尋著，終於被她找到了小半袋米，還有半袋麵，以及一個罐子裡的幾個雞蛋。

只是食材有了，怎麼把它弄熟？張青看著那灶臺犯了難。

雖然她號稱自己是新女性的標準楷模。上得了廳堂，下得了廚房；殺得了木馬，翻得了圍牆；開得起好車，買得起好房；鬥得過小三，打得過流氓。但是不可否認的是，她不會用灶臺。

在研究未果後，張青摸了摸自己的肚子，無奈只能到水缸旁舀了滿滿一碗水，喝下肚，然後拖著沈重的步伐回了房間。

「睡吧，睡著就不餓了。」張青躺在床上呢喃著。

只是半晌過後，張青突然臉色一變，騰地坐起來，迅速出了房門，奔向茅房。

等太陽下山，張家一家人回來後，李雲才發現不對。張青此時已經臉色發青，渾身冰涼。李雲嚇了一跳，趕緊叫過張闊。

結果，這個不大的小山村，貧窮的張家再次連夜從鎮上請了郎中回來。

郎中還是上次為張青診治的那位，看了張青的症狀，滿臉不高興，不由高聲叱喝道：「這孩子身子還沒養好，怎麼能讓她再受涼？這明顯是受了涼、拉了肚子，拉虛脫了，你們要是再晚一些，這孩子估計就完了。」說罷氣沖沖地扔下一張藥方，轉身就走。

張闊趕忙拿著銅錢跟著郎中去抓藥。

老張頭看著床上臉色青白的張青，面色陰晴不定。

「老二媳婦，妳是怎麼看孩子的，今兒個不是說就要大好了嗎，怎麼會著涼拉了肚子？」大高氏陰沈著臉，想起那花出去的錢，心肝都疼了。

李雲看著張青一臉心疼的模樣，只是心裡也奇怪得緊，早上走的時候，青兒明明好好的，還笑著安慰自己，說明天就大好，可以下床了，怎麼下午回來就著涼了？現在正是天暖之際，孩子怎麼會受涼呢？

「爹，這個媳婦也不太清楚，等青兒醒了，我問問她。」

「問什麼問，有什麼好問，我就說她是賠錢貨、掃把星，就為了她，這幾天家裡都花了多少錢，家裡累死累活掙得那點錢，全請郎中了。」小高氏站在門口，一臉譏諷的模樣。

「妳少說兩句吧。」張升拽了小高氏一把，示意她閉嘴。

小高氏不高興了，聲音越發尖利起來。「怎麼，我又沒說錯，也不看看這個丫頭片子，害我家小寶挨了打不說，又花了家裡多少錢，真以為咱家是高門大戶啊。」

「大嫂妳……」李雲氣得面色青紫，卻又不知道怎麼反擊。

「大嫂這話可就不對了，我家青兒成這個樣子，還不是小寶推的？多虧我家青兒命好，沒有危及性命，要是我家青兒有個好歹，小寶這小小年紀，就害死堂妹，真不知道要怎麼在這個村子裡待下去。」張闊拿了藥送走郎中，一進門，就聽見小高氏正在為難自家媳婦，本來這件事就是由她家小寶引起，大嫂非但不知錯，還處處刁難，真是豈有此理。

看見小叔子臉上布滿怒氣，狠狠地盯著她，小高氏有些害怕，顫顫放低了聲音，小聲道：「大丫是個丫頭，小寶是家裡的寶貝，以後要給老張家傳宗接代的，怎麼能一樣。」

「哼，大丫即便是丫頭，也是我張闊的寶貝，容不得大嫂在這裡輕賤。」張闊說完，背過身，似乎懶得看小高氏一眼，然後快步走到床邊，憐惜地看著床上的張青。

小高氏感覺被張闊這麼一說，有些失了面子，臉上火辣辣的難受。「哎呀，我不活了，我就隨便說了兩句，小叔子就這麼編派我，這日子還怎麼過？可憐我十五歲嫁到張家，做牛做馬，現在到處被人嫌棄。」小高氏一屁股蹲在地上，開始哭天兒抹淚起來。

李雲嚇了一跳，趕緊過去蹲下試圖拉起小高氏。「大嫂，夫君不是這個意思，妳趕緊起來呀。」

「走開，不用妳假好心。」說著順手將李雲一推。

李雲本來就是蹲著，被小高氏這麼一推，倒退兩下，直接摔倒。

「妳這個瘋婆娘到底要幹什麼，還沒鬧夠嗎，還不向弟妹道歉。」張升一把拽起小高氏，小高氏被這麼一拽有些懵。

張闊看到自家媳婦摔倒，也趕忙走過去，將她扶起來。「沒事吧？」

李雲安撫地拍拍張闊的手臂。「不礙事的。」然後轉頭對張升夫婦說：「大哥，你也別氣大嫂，她不是故意的，我這不也沒事，也是我剛才沒有站穩。」

「不用妳假好心，妳……」

「都給我閉嘴。」

小高氏話還沒說完，就被一聲厲喝打斷，說話的正是老張頭。

「大丫還在休息，你們吵吵鬧鬧的像什麼樣子。大寶、小寶是我張家的孫子，大丫也是我張家的孫女，再窮也不能眼睜睜地看著孩子病死。老大還不帶你媳婦回房去。老二家的，好好照顧大丫，別再有個好歹。」

「是，媳婦曉得。」李雲低頭稱是。

小高氏還想說話，就感覺自己的胳膊被人箍得死緊，抬頭一看，就看到張升一臉怒氣，臉色黑如鍋底；再看婆婆一直朝自己打眼色，想說的話最終還是嚥回肚子裡，只是神色仍舊有些憤憤的。每次都是這樣，全家都向著老二家的。長了一副狐媚樣，看著就討厭。

等到屋裡的人都散去，李雲趕忙奔到張青跟前，看到張青那青白的臉色，不由淚水漣漣。

「媳婦不哭，青兒不會有事的，藥都熬上了，青兒喝了就好了，放心吧。」張闊看自家媳婦的樣子，再看看躺在床上的閨女，滿心的難受。

張青再次醒來是被嘴裡的苦味給嗆醒的。

「乖，青兒乖，喝了藥青兒就好了，喝了藥青兒就不難受了。」

說話的人聲音太溫柔，溫柔得讓張青想哭。

只是才喝了一口，就差點讓張青吐了出來，多虧李雲眼明手快將她的嘴捂住。喝完這口，張青依舊是淚眼朦朧，請原諒她已經習慣了西藥的簡單方便，中藥的味道她實在受不了。

「這東西不能嚐，聽娘的話，捏著鼻子大口地喝，喝完睡一覺，我家青兒就沒事了。」

張青皺眉有些恐懼地看著那碗褐色的藥汁。

「喝吧青兒，不苦的，喝了娘給妳糖吃。」

張青看了那碗藥汁半晌，終於狠吸一口氣，一鼓作氣將其喝掉，苦得眼淚直流。

緊接著，就感覺嘴裡一甜。

「嘻嘻，這是青兒的舅娘上次來拿的，雖然給大寶、小寶搶去不少，可是娘還偷偷給青兒留了一顆。青兒甜嗎，好吃嗎？」

張青狠狠地點了點頭，只是腦回路已經飛到了九霄雲外，聽娘這意思，她還有個舅舅和舅娘。

喝了藥，沒一會兒，張青的思緒就有點混亂，然後慢慢地失去了意識。

看著喝了藥沒多久就睡過去的閨女，張闊夫婦相視一笑，說不出的情意綿綿，整個房裡瀰漫著一股說不出的溫馨。

而另一邊張升屋子裡的情形和張闊的正好相反。

「你個殺千刀的，我十五歲嫁給你，給你生了大寶、二寶，操持家務，你居然向著那狐狸精不向著我，張升，你個混球，你不是人。」小高氏扠著腰，一把鼻涕一把淚地數落起來。

張升坐在床邊，抽著旱煙，面色陰晴不定地聽著小高氏的咒罵，而大寶、小寶早就見怪不怪，還在那打鬧著。

「你說啊，你怎麼不說話了，你是不是也喜歡哪個狐狸精？」

小高氏話剛出來，張升啪的一聲將煙斗摔在地上。「妳胡說什麼呢？這話都敢往外說。」

小高氏先是被嚇了一跳，緊接著又開始拍著腿號哭起來。「我就知道、我就知道，你也喜歡那個狐狸精。你個天殺的，那是你親弟弟的媳婦啊，你還有良心嗎？你個殺千刀的。」

張升忍無可忍，一把將小高氏拽了過來，也顧不得什麼，拽起被子就往小高氏嘴裡塞。

他是氣急了，這話傳出去，他還怎麼見他弟弟和弟妹，還怎麼在這個村子裡立足，這個不知好歹的婦人。

小高氏儘管身材圓潤，力氣也終歸沒有張升大，被壓在床上動彈不得。而張升也死命地抓著被子往小高氏嘴裡塞。「叫妳胡說、叫妳胡說。」

小高氏脹得面色通紅，手腳亂蹬，嗚嗚叫著。

大寶、小寶被嚇到了，往常爹娘三天一大吵，兩天一小吵，他們早已習慣，可今天這個陣仗嚇到他倆了。過了好一會兒，大寶才反應過來，趕忙過去拉著他爹。「爹，您幹啥呢，娘快被您悶死了，爹、爹。」

張升這才注意，小高氏已經出氣多、進氣少了，臉憋得黑紫，趕忙放開小高氏，將被子角從小高氏嘴裡拿出來，拍著她的胸脯。

那被角已經被小高氏的口水浸濕，濕答答的讓人噁心。

過了好一會兒，小高氏才緩了過來，還想再罵，只是想到剛才張升的反應，終歸不敢再說，只是低聲抹著眼淚。

「哭什麼哭，也不看妳說的是什麼話，這話要傳出去，我還要不要做人，妳個瘋婆子。」

「我也只是在家裡說說。」

「說什麼說，以後我要再聽到這種話，妳就回妳高家去吧，我們張家要不起妳這樣的媳婦。」

小高氏愣了下。「你要休了我？」

「妳要再敢胡說八道，敗壞我家名聲，看我敢不敢休了妳。」張升怒視著小高氏。

小高氏看張升的表情不像有假，嘴唇上下動了動，最終沒敢再說什麼。

「好了，收拾收拾早點睡吧，明兒個一大早還要去地裡。」

小高氏囁嚅應了聲，一家人洗漱過後，熄燈。

等聽見張升均勻的呼吸聲，小高氏猛然睜開雙眼，眼中滿是憤恨。「老二家的，我不會讓妳好過的。」

到半夜，張青再次醒了過來，這次她有些無奈，她真的不想醒啊，可是旁邊的兩位，你們的動靜可以小些嗎？你家閨女還生著病呢，就不能稍微忍忍，或者顧忌一下，聲音小點嗎？

黑暗中張青面色通紅，她悄悄地往牆邊移了移，離那夫妻倆遠些，然後堵住耳朵，告訴自己非禮勿視，非禮勿聽。

第二章

第二天天還未亮，李雲就窸窸窣窣地準備起床。

張青揉揉眼也跟著翻身坐了起來。「娘。」

「青兒怎麼了，再睡一會兒，娘去做飯。」

「青兒想陪娘一起去。」

「不用了，娘一個人就好，青兒身子還沒有好，需要好好休息。」

「是啊，青兒，聽妳娘的話，多休息休息，養好身子要緊。」張闊也已起身了。

看著自家爹娘關切的眼神，張青無奈只能點點頭，她是真的想起床幫忙啊。這家裡、村子的情況都瞭解得差不多了，是時候出去轉轉，她可不願意一個人待在家裡餓肚子了，只是看來昨天那一場把她娘嚇到了，難道今天又得餓肚子？

哎，先不想了，再睡一會兒吧，肚子好餓。

過了大概三刻鐘的樣子，李雲拍拍張青的臉頰。「青兒起來吃點東西吧。」

張青聽到吃的，雙眼瞬間放光，在現代的日子過得哪怕再艱難，哪有像這樣餓過肚子。

張青依舊是在房中吃的早飯。早飯依舊是清澈見底的稀飯，外加一個貼餅子，味道不算好，只是能填飽肚子而已，張青有些無奈，這個家裡確實太窮了。李雲將張青吃過的碗收拾好，就準備跟著丈夫去田裡。

張青側耳聽著院裡的動靜，除了吃飯的問題，她現在也必須去這個村子轉轉，瞭解下這個村子的風土人情。

所以等大家收拾好準備出發的時候，張青趕忙跑了出去。

「青兒，妳幹什麼？」李雲看著張青有些驚訝。

「青兒也和爹娘、爺爺、奶奶一起去。」

「胡鬧，昨日才著了涼請了大夫，今天還未大好，怎麼能隨便亂跑。」說話的是老張頭，他看著張青的臉上滿是不耐煩。

「大丫，聽妳爺爺的話，家裡這次可沒有多餘的錢給妳請大夫了。」跟著說話的是大高氏，她冷冷地說完，然後看著跟前的張小寶，一臉慈愛。「小寶早上可吃飽了？」

「沒有。奶奶，小寶想吃雞蛋。」

「可是那雞蛋是要留著賣錢的。」

「不嘛、不嘛，小寶想吃嘛。」張小寶搖著大高氏的胳膊，撒著嬌，間或向張青投去挑釁的一瞥。

「好好，小寶想吃，明兒個就給小寶吃一個好不好？」

「好、好，奶奶真好。」張小寶高興得直拍手，一副驕傲至極的模樣。

張青默然，這個家裡的重男輕女真夠厲害的，可是沒辦法，誰讓她現在就是這個小張青呢，也不能因為別人重男輕女就一頭撞死吧，撞死回了現代還好，沒回去那不就得不償失。

這樣想著，張青慢慢地走到老張頭身邊，輕輕地拉了拉老張頭的衣角，囁嚅地出聲。「爺爺，青兒想和爺爺一起下田，可以給家裡幫幫忙；而且，青兒、青兒，也不想一個人留在家裡，青兒怕，青兒怕餓死，青兒也不想喝涼水拉肚子了。」張青說著，抬起頭，直視著老張頭，努力地擠出兩滴眼淚，巴掌大的枯黃臉蛋讓人有些心疼。

老張頭先是一滯，而後勃然大怒。「餓？喝涼水？妳娘不給妳飯吃嗎？」

「娘給了，是中午，中午青兒餓。」

「中午？中午不是讓妳大伯娘回來做飯了嗎，妳大伯娘沒給妳飯吃？」說完後，想起什麼，眼睛刷的朝小高氏看去。「老大家的，中午妳沒給大丫飯吃？」

小高氏先是一愣，然後滿臉堆笑。「爹您說啥呢，她不說話我以為她不餓呢。」

「不是的，是青兒不敢，大伯娘說青兒是賠錢貨、掃把星，給青兒吃浪費，還不如餵雞餵狗。」張青連忙小聲說，聲音說不出的可憐。

「大嫂，妳、妳怎麼能當著孩子的面這麼說呢。」李雲聽完早已泣不成聲，原以為女兒是著涼了，原來是因為餓了沒辦法，只能喝涼水，她身體還未大好啊，怎麼能這麼對她。

張闊也是一臉怒容。「大嫂妳……」

「胡說，我什麼時候說妳賠錢貨了，妳給我說清楚。」小高氏大怒。

「夠了，她一個五歲大的孩子難道會說謊嗎？妳每天掛在嘴邊的口頭禪不就是賠錢貨、掃把星。我們張家雖窮，雖看重男娃，但也沒說我張家的女娃就雞狗不如。」老張頭怒喝。

「好了，老頭子別生氣了，老大家的也不是故意的，她一天幹的活不少，怕是一時忘了。」大高氏看老張頭生氣，連忙出來打圓場，然後給小高氏打眼色。

「是啊，爹，兒媳以後不會了，昨日也只不過隨便說了這麼兩句，您也知道我這張嘴，就是管不住。」小高氏說著，朝著自己嘴啪啪的搧了兩下。

老張頭的臉色這才好些。「好了，既然這樣，以後老二家的中午回家做飯吧，大丫在家在休息兩日。」

張青心裡冷笑，呵，這麼幾句，這事就過了。她看得出大高氏明顯偏袒小高氏，而老張頭也想大事化小，好在她原本就沒有抱多大的期望，雖然不能跟著出去轉轉，讓她娘中午回來做飯也是好的，最起碼她不會餓肚子。

而小高氏的臉則是有些僵，每天中午回來做飯，她還能藉機休息休息，吃飽再去田裡；有的時候還能偷偷地從雞圈裡揀上一個雞蛋，給自家大寶、小寶加餐，這中午不讓她回來了，這些東西不就都沒了。想到這裡，小高氏不免有些憤恨，狠狠地瞪了一眼張青。

張青只是怯怯地退回到李雲的身旁。

李雲看著自家閨女枯黃的臉蛋，不由心疼得淚水漣漣。「青兒乖，在房裡好好休息，娘中午回來給青兒做飯吃。」

張青狠狠地點了點頭。「青兒知道了，青兒在家乖乖等娘。」

中午回來做飯的果然是李雲，午飯雖然只是一碗稀飯、一個窩窩頭、一碟鹹菜，但是有總比沒有強，張青深感滿意。

等李雲走了以後，張青再一次下了床，去了昨天的水缸旁邊。

昨天餓得狠了，只顧著喝水，也忘了看看自己如今什麼模樣，這家裡的銅鏡實在太模糊，只能看個大概，還不如水看得清楚。

前段日子，她確實有些抗拒看到自己現在的樣子。不論是誰，好端端的變成另一個不相干的人都會感到惶悚，所以她下意識地避開她娘端進來的水盆，還有那個不太清晰的銅鏡。

即便是今天，她也是鼓起勇氣才來到這個大缸前的。

張青瞇著眼睛，有些不敢看，也不知道自己能不能承受著巨大的落差。她慢慢睜開一隻眼睛，然後再睜開另一隻眼。

水中倒映出一個小女孩的面容。

一臉的稚氣，濃眉大眼，櫻桃小口，五官顯得有些像張闊，不是那麼的柔美，反而帶著絲英氣。完全陌生的容顏，只是眉眼間，張青還能看到一絲熟悉感。

張青拍拍胸脯，壓下那驚悸，暗自給自己打氣，還好、還好，這基因還可以。不醜，甚至比她前世還要好一些，只是就是太瘦了，小孩子怎麼可以瘦成這個樣子。

哎！好嫌棄。

以後有機會一定要補補，沒有女人不喜歡自己美美的，儘管她現在身處落後的古代。

想到這裡張青深吸一口氣，雙手握拳，一定要想辦法掙些錢，雖然才到這個家裡幾天，她也算是看透了。她娘是個軟弱的，她爹雖然不軟弱但是基本也是個孝子；而爺爺、奶奶重男輕女；大伯娘那就是個尖酸刻薄，外帶損人不利己的模樣；大伯對她還可以，既沒有多好，也沒有不好。

至於張大寶、張小寶，那兩個小屁孩，她暫時還沒放在眼裡，有一個那樣的娘，除非這兩個孩子天賦異稟，否則不可能有多大出息的。

張青覺得自己信心滿滿，躊躇滿志，就準備摩拳擦掌，大幹一場。

張青足足在家待了三天，李雲確認張青沒啥大毛病了，才允許她出門。

前一天晚上，張青早早地便睡了，在這種吃不飽的日子裡，也只能奢望日後因為多睡覺所以個子不那麼矮。

第二天起床，張青只要想到待會兒吃過飯就可以出去，渾身就說不出的神清氣爽。

李雲一回頭就看到自家閨女坐在床邊傻呵呵地笑著。「青兒在笑什麼呢？」

「也沒什麼，只是想到今天可以陪著娘出去了，心裡就說不出的高興。」張青樂呵道。

吃過早飯，一家子人，踏著朝陽，迎著清露，朝家裡的田地走去。

張青本本分分地跟在她娘的身邊，低著頭，只是那雙眼睛好奇地四處看著。

這地方的風景還是不錯的，有著現代都市沒有淳樸寧靜，空氣更是現代沒有的清新，在這樣的環境裡，張青的心情放鬆了不少。

此時時間還早，但是田間小道上已經有好幾家往前走著。

「喲，這不是大丫嗎？大丫好了啊。」說話的是一個穿著灰色長袖衫的婦人，婦人梳著和她娘一樣的婦人髻，頭上左右各別了一根木釵，背後揹著背簍，領著一個和張青差不多大的小子，從他們的左側走了過來，朝著她家打招呼。

張青一愣，有些不知道怎麼回答，畢竟這人她不認識啊，她來這裡時間還不算長，今天也是第一次出家門，這婦人也沒去過她家啊。

張青有些緊張，默默地朝著李雲靠近了一些。

而她的行為在他人看來則是害羞的表現，果然那婦人哈哈大笑起來，聲音說不出的爽朗。「怎的啦，摔了一跤這性子都變了，都知道害羞了，可是嫌李大娘沒去看妳啊？」

張青眼睛一亮，忙跟著回答。「李大娘好。」

「哎，好，這可憐的孩子。」李大娘說完這話，就找張青她娘聊天去了。

張青也只是站在旁邊聽著，然後再從旁邊那兩人的對話中拼湊一點可用的資訊，消化完畢後，張青有些瞭解這個李大娘是誰了。

李大娘，原名當然不姓李，李是她夫家的姓，和她娘感情不錯，為人也很熱情爽朗，對她應該也很好，她有兩個兒子，李大虎和李二虎，沒閨女。前幾天她摔了，李大娘來過一次，只不過那時候她還在昏迷著；再後來，她家二虎就生病了，雖然不是啥大毛病，但是也折騰了家裡幾日。

張青努力消化著這些消息，沒發現李二虎看著自己的眼睛亮晶晶的。

很快，李大娘就到了自家田裡，而張家一家子人繼續朝前走著。

雖然現在還是春天，而且天色還早，但是這田確實離張家的宅子有一段距離，張青不由得摸了一把額頭的細汗。

李雲看著自家閨女蠟黃的臉上已經透著不自然的紅，有些微微心疼，從懷裡掏出帕子，邊走邊給張青擦著。

張闊一看，不由分說，一把將張青扛到肩頭。

張青嚇了一跳，等回過神，已經坐在她爹肩上了。

對此張青雖然有些害羞，但是，果然站得高，看得遠，連呼吸的空氣都比別人來的清新一些。

「還不趕緊把大丫放下來，讓丫頭騎在你的脖子上，成什麼樣子。」開口的是張青的奶奶，大高氏。

大高氏看著張闊的動作，滿臉的不贊同，而看著張青，則是滿臉的厭惡。

張青不說話，只是默默地低著頭。

「娘您說什麼呢，青兒這大病初癒的，走這麼遠有些累了，往常也不是沒有將小寶放上來過，更何況青兒是我親閨女。」

「你也知道這是閨女啊，大丫能和小寶一樣嗎？也不嫌晦氣。」大高氏說完，看張闊沒啥反應，轉而對張青道：「還不下來，成什麼樣子。」

張青只是默默地不說話，其實她是被那句晦氣給驚倒了，晦氣，有什麼晦氣？

看到張闊不以為意，張青又默不作聲，大高氏險些氣黑了臉。

「老頭子，你也不說說老二。」

老張頭瞥了一眼張闊，淡淡地說道：「老二，聽你娘的。」

張闊無奈只好把張青放下了，改為揹著，大高氏還想再說，聽見老張頭咳嗽了一聲，便住了嘴。

只有小高氏嘴裡嘀咕著。「真當自己的閨女是千金小姐啊，也不看有沒有那個命。」

「爹我也要揹、我也要揹。」說話的是張小寶，他看到張青被她爹揹著，有些羨慕，便拉著他爹也要人揹。

只是張升有些不耐煩。「揹什麼揹，你妹妹身體不好，你是怎麼了，沒長腿啊。」說罷不再理張小寶。

張小寶一愣，然後哇哇大哭起來。

張家一行人還未到田裡，便亂成了一團。

「你個死人，不揹就不揹，你罵他做什麼。」小高氏扠著腰十分不滿。

「老大媳婦，妳怎麼跟妳男人說話呢。小寶不哭啊，不哭，你爹壞啊，來奶奶這兒，奶奶抱啊。」往常雖然偏心小高氏，聽到小高氏罵自己兒子，大高氏也滿心不痛快，狠狠地瞪了一眼小高氏，便去哄張小寶。

小高氏被大高氏這麼一說，有些訕訕的閉了嘴，只是狠狠地瞪了一眼張青。

張青像看戲一樣看著眼前這一切，對於小高氏投過來的眼神基本無視。

一行人吵吵鬧鬧的終於來到了屬於張家的田裡。

等看到這田，張青想，她有些理解為什麼張家的日子過得這麼窮，如果靠這田能富得起來，就奇了怪了。

她也不是從小就在城裡長大的孩子，小的時候，她一直是跟著奶奶生活在村子裡。奶奶家有田、有果樹，每年她都會跟著奶奶去撒種子、去拔草，夜裡還會跟著奶奶去看水渠、澆水。

所以她對田地也不是一竅不通，那個時候，不管是地還是種子都是上好的，哪像這裡，這田一看就是下等田，土壤乾裂，水分含量極少，都可以稱之為貧瘠。更何況這田也不大，一眼望過去差不多也就是十多畝吧，這田想養活這麼一大家子，完全是不可能。

都說「地不耕誤一春，書不讀誤一生」可是這地一家老小費盡力氣耕了，卻只能堪堪不被餓死而已。

只是她記得，這土壤土質好像是可以改變的。

張青陷入了沈思。

「大丫，妳愣什麼呢，還不幫忙把這草拔了，丫頭片子一點用都沒有。」小高氏一看張青就氣不打一處來，要不是她，剛才小寶也不會鬧著要他爹揹，然後卻反被教訓一頓。

張家的地只耕了一半，這十多畝不大，卻也不小，大人們拿著鋤頭翻著地，張青和張小寶則由張大寶帶著，似模似樣地拔著地裡的草。

現在的草還只是些嫩芽，也比較好拔，只是，儘管這樣，張青仍舊覺得兩手生疼。

一早上下來，感覺腰都快要斷了。拔了一會兒，張青就坐在旁邊休息一會兒，想喝口水。

正端起碗準備喝的時候，突然感覺後腦勺猛然一痛，轉身就看到地上散落著一些土塊以及幾根嫩草。

不遠處的張大寶、張小寶兩兄弟看著張青，哈哈大笑起來。

張青看著那兩人，臉色晦暗不明。

「看什麼看啊，賠錢貨。」張小寶對著張青做了個鬼臉罵道。

張大寶在一旁繼續揀著土塊，然後遞給張小寶。「給小寶，砸她。」

張小寶嘿嘿一笑朝張青砸了過來，但張青這次有了防備，一個閃身躲開了。

「臭丫頭，妳敢躲。」張小寶氣急敗壞。

「怕什麼，繼續扔，我就不信了，她能躲得過一個，還能躲得過兩個、三個。」張大寶在後面惡狠狠地說道。

張青無語地看著這兩兄弟。

真的是太不友愛了，而後，在兩兄弟繼續拿著土塊砸她的時候，張青讓兩兄弟知道了什麼叫做百發百不中。

直到張大寶氣呼呼跑過來，一把揪住張青的辮子。

「死丫頭，膽子大了，居然敢躲，別以為家裡給妳請了郎中，妳就了不起了。」

張青扭頭冷冷地看著張大寶。「放手。」

「嘿，妳算老幾啊，妳讓我放我就放？死丫頭，敢告狀，看我不打死妳。」張大寶惡狠狠地拽著張青的頭髮。

張青被拽得頭皮生疼，不由倒吸一口涼氣，再次對著張大寶開口。「放手。」

張大寶被張青的眼神看得一愣，總覺得他這個堂妹的眼神有些奇怪，讓人有些害怕。張大寶本能的感覺有些危險，剛想訕訕收回手，就看見張小寶拿著泥巴再次朝張青扔了過來。

這次因為張青被張大寶拽著頭髮，動彈不得，被張小寶砸了個正著，兩人看著被砸到的張青，拍手叫好。

他倆一點也不害怕張青告狀，這個叔叔家的小妹剛出生，娘就說她是賠錢貨，而這個妹妹也確實像他娘說的，爺爺、奶奶都不喜歡她，所以他倆才敢欺負她。加上這個小堂妹性子也有些懦弱，從來都是任他倆欺負，也不告狀，所以他倆早已經有恃無恐起來。

直到上次，小寶推了她一把，誰知她就滾下了山。

原本兩人內心還有些忐忑，看到爺爺又是給她請郎中，又是不用她幹活，那忐忑卻變成了嫉妒與不平；加上娘一直說她是賠錢貨、掃把星，死了還能給家裡省個口糧，兄弟倆聽了記在心裡，越發的不把張青當一回事。

就在前幾天，這對他倆百依百順的小堂妹竟然向爺爺告狀了，說他娘不給她飯吃，害得他娘不能回家做飯，他兄弟兩人也少了雞蛋吃，兩人每每想起更是氣不打一處來，尤其還害得他爹娘為她吵架。

在家的時候，有二叔和二嬸看著，他倆不能明著欺負她，不過今天這臭丫頭敢跟著來上田，不好好教訓她一頓，他兄弟兩人哪嚥得下這口氣。

張青本來不想和這兩兄弟一般見識，但是現在她憤怒了，她朝著遠處看了一眼，大人離他們還比較遠，應該看不到他們在做什麼，怪不得張大寶、張小寶敢這樣欺負她，想來是認定大人看不見，而她也不會告狀吧。

「你不放是吧。」張青看著張大寶的眼神惡意滿滿。

「哼，說不放就不放，妳個賤丫頭。」張大寶說著還拽了拽手上的辮子，又推了張青一把。

張青被推得踉蹌後退兩步，只感覺頭皮疼得好像不是自己的了，而那兩兄弟則看著張青哈哈大笑。

就在這時，張青趁著張大寶得意時，狠狠地朝著張大寶的下腹撞了過去。

以前的小張青不知道男人最脆弱的地方是哪裡，但是她這個從現代來的張青卻知道。

張青這一下子可說是用了全力，直把張大寶撞翻在地。張大寶抱著自己的寶貝蜷縮成一團，在地上不由嚎叫起來，而張小寶則被這一切給弄懵了。

而讓這兄弟倆更懵的在後面。

只見張青將張大寶撞翻以後，一鼓作氣將張小寶也推倒在地，並且壓在他身上狠狠地給了他兩個拳頭。「叫你欺負我、叫你欺負我，你個小屁孩，我打死你，看你下次還敢欺負人嗎！」

直到張小寶哇的一聲哭出來，張青才翻身從張小寶身上下來喘著粗氣。

然後她在張大寶和張小寶兩人的號哭聲中，將頭髮弄亂，揀了些泥巴抹在臉上、頭上，怎麼狼狽怎麼弄自己，最後看了一眼目瞪口呆的兩兄弟。「哼，被堂妹打了，也不害臊，以後要讓人知道了，還有誰和你們一起玩，丟死人了。」說完不理兩人，朝著大人們的方向跑了過去。

張青邊跑邊努力地擠著眼睛，為了讓效果更逼真，她又狠狠地用沾滿粗泥的手揉了揉眼睛，直到感覺自己淚水漣漣，才停手，然後朝著李雲奔了過去。

「娘、娘。」張青一把抱住李雲的褲腿，開始哇哇大哭起來。

李雲有些懵。「怎麼了，青兒，怎麼了？」

張青不說話，只是抱著李雲使勁哭著，直到將張闊等人都吸引過來。

李雲聽著張青的哭聲，心都碎了。「怎麼了，讓娘看看。」

李雲抬起張青的頭，不由被張青嚇了一跳。

張青的眼睛已經紅腫得不成樣子，頭髮更是亂糟糟的，臉上、身上，到處都是泥巴，看起來好不可憐。

「青兒，妳這是怎麼了？」李雲愣了一下，趕忙問。

「不關大寶、小寶哥哥的事，不是他們打的，是青兒自己摔的、是青兒自己摔的，他們沒有打青兒，也沒有拽青兒的頭髮。」張青嗚咽著，連忙解釋道。

「什麼，那兩個小子呢？」勃然大怒的是大伯張升。

雖然張青口口聲聲說不是，可是看她這個樣子，說不是有誰信啊。

「不是哥哥們，真不是的。」張青邊解釋，邊偷偷地看了一眼張大寶、張小寶兩兄弟的方向，然後死命往李雲的懷裡鑽。

看到她這個樣子，眾人還有什麼不明白的。

張升扔下鋤頭就朝兩兄弟的方向跑去。

張闊走過去，一把抱住張青，將張青摟在懷裡，小心安撫著。「青兒不怕啊，有爹爹在呢，青兒乖，青兒不哭啊。」

張青趴在她爹的懷裡，慢慢的止住了哭聲，小聲地抽噎著，只是這聲音，更讓張闊夫妻心疼。

不一會兒，張升就一手提著一個，從田的那頭走了回來。

「說吧，今天是怎麼欺負妹妹的。」張升將兩個孩子往地上一扔，便開始詢問。

張青適時的開始嗚咽出聲。「不是哥哥們打的，是青兒自己摔的，大伯，不要打哥哥們，真的不是他們欺負青兒。」

「爹，我們沒有欺負她，明明是她把我們撞倒還打人，她居然敢跑回來告狀。」張小寶憤憤然。

「真的，是青兒自己摔的，不是哥哥們打的。」張青也在後面跟著解釋，只是看著兩個堂哥的眼神透著些忽閃，讓人覺得那是害怕。

「就是，她都說了是她自己摔的，她身上的泥明明就是自己抹的，她把我們撞倒，還打人！」張大寶依然白著一張臉，惡狠狠地看著張青對眾人說。

「你胡說什麼，大丫自己往自己身上抹泥，她是有病還是怎麼著。還有，她那個小身板，能把你倆都撞倒，你當我們都是傻子不成。」張升黑著臉訓斥著。

「大伯，不是哥哥們，哥哥們沒打青兒，是青兒不小心摔的，青兒不小心撞到哥哥們的。」張青連忙為兩人解釋，只是她這一解釋，張升更是一肚子火。

「看看人家大丫，你們欺負了人家，人家還替你們說好話，你們倆呢，欺負妹妹不說，居然還撒謊，把什麼都推到她身上，你們真是好得很吶。」張升說著，就從地上揀了一根柴。

張大寶一看，嚇得趕緊跑，只是被張升一把抓住。

張大寶有些不忿。「爹，您偏心，那賤丫頭都說是自己摔的，您憑啥說是我倆。」

只是話剛說完，就聽見「啪」的一聲，然後就感覺臉上火辣辣的疼，張大寶不敢置信地抬起頭，看著自家爹揚著手怒視著自己。

「叫誰賤丫頭呢，那是你妹妹。」

「她不是我妹妹，娘說了，她是賠錢貨，她是賤丫頭、掃把星，她在家就是為了以後賣錢給我和小寶娶媳婦的！」

張家眾人聽了這話後，氣氛一時靜默得可怕。

「大嫂，妳、妳怎麼可以這麼說。」李雲不可置信地看著小高氏。

小高氏啞口無言，又被張闊看得心虛，不由得說道：「孩子胡說的、孩子胡說的。」

「她就是賤丫頭！娘還說，二嬸生不出弟弟，小寶以後就是二叔家的，二叔家的以後都是小寶的！」

這話說完，眾人再次靜默，然後又是「啪」的一聲。

張升再次給了張大寶一巴掌，然後，直接將他倒提起來，掄著木棍就打。

小高氏一看，這還得了，嗷的一聲，直接朝著張升撲了過去，直接就是一爪子上去。

「你敢打我兒子、你敢打我兒子，你打我兒子，我和你拚命。」

張升措手不及，直接被抓了個正著。

在眾目睽睽之下，張升被小高氏這麼一抓，不由十分地惱怒，轉手就是一個耳光。

小高氏一懵，緊接著又撲了上去。

此時田裡一片雞飛狗跳，張大寶、張小寶嚎啕大哭，小高氏已經和張升扭在了一起，老張頭坐在旁邊臉色烏青的抽著旱煙，大高氏忙著調停。

張青依舊嗚咽著，張闊將她的眼睛捂住。

李雲則一臉擔憂地看著那扭在一起的兩人，嘴裡喊著。「大哥、大嫂，別打了。」只是想當然，根本沒有人聽她說話。

小高氏當然不敵張升，被張升再次推倒。

她好像也意識到這樣不會占得了便宜，在這次被推倒以後，坐在田間號哭起來。「你個殺千刀的，為了別人問都不問就打我兒子，虧當初你家窮，我不嫌棄，嫁過來又是當牛，又是做馬，伺候你，伺候公婆、小叔，到頭來，你居然打我，打我兒子，你個沒良心的。」

小高氏坐在地裡，頭髮凌亂，臉上紅腫，哭得是一把鼻涕一把淚，再反手一抹，更是滿臉泥土。

張青透過她爹的指縫，看得是目瞪口呆，險些都忘了繼續扮可憐。

這場景怎麼看怎麼有股熟悉勁兒，想了想，每次小高氏用的都是這招，最起碼，她來這裡後都見了有三次了。

一屁股坐在地上，鼻涕眼淚橫流，肥碩的身子不住地在地上扭動，間或拍著自己的大腿，手指著那個和她吵架的人，連話都不曾變過，翻來覆去就那幾句。

眼看著周圍已經有人聽到這裡的動靜，靠了過來，老張頭大喝一聲。「都給我閉嘴，當我死了不成。」

小高氏猛然一頓，呆呆地看著老張頭。「爹。」

「知道我是妳爹就給我閉嘴，還不起來，成什麼樣子了。」

小高氏只是愣愣地坐著。

「老大，還愣著做什麼，還不把你媳婦拉起來，丟人都丟到田裡來了。」

張升走過去，默不作聲地將小高氏拉起來。

張大寶、張小寶還在嗚咽著。

「你們兩小兔崽子，以後再敢欺負妹妹，看我不打斷你們的腿。」

「哎，好了好了，罵也都罵了，就算了吧，大丫也沒事。」大高氏趕忙將大寶、小寶護在懷裡。

「好了，都趕緊幹活去。」

經過這次在田裡這麼一鬧，張大寶、張小寶果然安分了很多。

只是那天張大寶的一句話，張青記到了心裡，張大寶說，她娘生不出弟弟。

張青皺眉想著，沒想到她的這番表情已經落在她娘的眼裡。

「青兒在想什麼呢，一副苦大仇深的模樣。」

張青回過神，憨憨一笑。「沒什麼。」

「是嗎？娘可不信，咱家的小青兒長大了，有事情都不告訴娘了，為娘很傷心啊。」李雲捣著臉假哭。

張青噗哧一聲笑了出來。

「妳個壞丫頭，妳還笑。」李雲壞心一起，撓起了張青的癢癢肉。

張青樂不可支，直到被撓出了眼淚。

「知道錯了沒有。」

「娘、娘，青兒知錯了，真的知錯了。」

張闊下午砍柴回來，剛進院門就看到這一幕，不由得笑了起來，笑容中帶了絲幸福的味道。

張青扭頭一眼就看到了張闊，忙喊救命。「爹、爹，娘壞，快來，救青兒。」

「妳個壞丫頭，居然還學會告狀啦。」

天色漸沈，微風徐徐吹著這個小院，帶著些許泥土的芬芳，綠草的清香，小院的笑聲持續了很久。在很久以後，張青每每想起這一天，胸口裡都有一股溫暖，暖著她的四肢百骸，讓她不能忘卻。

晚上洗漱過後，一家三口躺在床上的時候，張青開口了。「娘，大寶哥哥說，小寶哥哥以後就是青兒的親哥哥了，會嗎？」聲音帶了絲疑惑以及說不出的害怕。

室內的溫情伴隨著張青的話語消失殆盡。

李雲嘴角微微向上勾了一些，臉上的表情像是在笑，可是在張青看起來，那更像是哭，張青突然有些不忍心，她有些不想知道為什麼了；可是問題總歸是要解決的，她的幸福生活裡，有她自己，有爹娘，甚至可以加上爺爺、奶奶，卻沒有小高氏，以及張大寶、張小寶兩兄弟，他們對自己的人生有著滿滿的惡意。

「青兒想要弟弟嗎？」張闊看看自家媳婦，再看看自家閨女，溫聲問道。

「想，有了弟弟，以後大寶哥哥和小寶哥哥就不敢欺負青兒了。」

女兒童言童語的話，瞬間刺痛了當爹娘的心。

張闊將張青以及李雲摟在懷裡，眼裡有絲苦澀。「會有的、會有的。」

第三章

日子照舊過著。這一天早上吃了飯，男人們都去山上砍柴打獵去了，李雲正在屋子裡打著絡子，張青坐在院子裡思索著，要怎麼才能發家致富，這時候，小院前傳來一陣踢踢噠噠的聲音，張青伸頭一看，便看見小院的籬笆外停了一輛紅色馬車。

張青有些疑惑地看著這輛馬車。說實話，她來了有一段日子，還是第一次看見馬車，這個小村子裡是不可能有馬車的，馬在這個時代的價格高得有些離譜。就連牛車，村子裡也只有幾輛，張青不由得有些好奇地看著那輛馬車。

就在這時，從馬車上跳下一個小少年，他穿著藍色的錦緞長袍，頭頂束著一個玉冠，膚色白淨，唇紅齒白，眼睛黑亮，看到張青燦爛一笑。

張青不由感慨，好萌的小帥哥啊，不過這是誰啊，看起來挺土豪的，怎麼會來他們這個小山村，而且馬車剛好停在她家門前。

「表妹。」少年看到張青，十分高興，興奮地揮著胳膊。

張青有些呆掙，表妹，這是叫她嗎？她的腦子裡怎麼突然就出現了張學友喊王祖賢的時候呢。

張青搖搖小腦袋，指了指自己。

那少年高興起來。「表妹快過來呀，表哥給妳帶了許多好吃的。」

這時候，馬車上傳來一陣輕柔的聲音。「玉兒，小聲些。」

少年恍然大悟，趕緊摀上了嘴。

張青就見馬車的簾子被撩了起來，從馬車上走下一個少婦，粉色錦緞羅衫，黃色百褶裙，而頭上則是一套銀頭面。

這時候，張家一大家子人也都從房裡出來，看樣子是聽到剛才的動靜了。

「嫂子，妳怎麼來了。」李雲看見來人分外的欣喜，趕忙迎了上去。

「喲，是老二家的嫂子啊，什麼風把妳吹過來了。」小高氏邊說著，邊將李雲擠到一邊，迅速地占了那少婦身邊的位置。

李雲被擠得踉蹌一下，有些無奈地朝著她大嫂笑了笑。

張青也迅速地在腦子裡回想著她這個舅舅家的情況。

舅舅名叫李攀，娶了鎮上布莊家的閨女，也就是她舅娘。舅娘本是布莊獨女，從小跟著父親做生意，這一來二去被人壞了名聲，最後也不知道怎麼就和舅舅看對了眼，布莊孟老爺不嫌棄舅舅窮，也不要求舅舅入贅就將閨女嫁了過去。

大婚沒多久，舅娘就懷了身孕，有了表哥李玉。那時候娘還未嫁給爹，聽說和舅娘的關係特別好，嫁人的時候舅娘還哭了許久。

只是在玉表哥五歲的時候，舅舅不知為何非要參軍，在某個清晨，留下一封書信，說既然成了家，那就必須去立業，拿著包袱再也不知所蹤。

舅娘傷心了許久，孟老爺年紀大了，加上李家已經沒有人了，舅娘就帶著玉表哥回了孟家，重新開始操持布莊。

舅舅這一去就是五年，偶爾會給家裡寄封書信，向家人報平安；而舅娘看張青家困難，也常常接濟自己的小姑子。

其實頭一次聽說自家舅舅和舅娘是這樣的關係，張青是有點鄙視自己舅舅的，這都什麼男人啊，不負責任的理由居然說得這樣高大上。

張青抬頭打量自己的這個舅娘，臉如白玉，眼睛微微瞇著，給人一種十分溫柔的感覺，但是張青卻從這個舅娘的眼中看到一絲精明。

尤其是舅娘的眼睛在看到小高氏握著自己胳膊時，張青感覺，她的眼神就像是一把利劍，嗖的一聲戳透小高氏的手。

「咦，這不是我們家青兒嗎？來讓舅娘抱抱，哎呀，多久沒見，我家青兒長高了，也變得更加可愛啦。」一邊說著話，李孟氏閃開小高氏的胳膊，一把將張青抱了起來。

張青看得出來，這個舅娘應該是喜歡自己的，她眼中流露出的慈愛騙不了人。

「青兒好想舅娘哦。」張青甜甜地開口。

「哎呀！舅娘也好想青兒啊，來讓舅娘香一個。」說罷狠狠地在張青臉上親了一口。

張青嘿嘿一笑，也同樣的在自家舅娘臉上香了一個。

「玉兒，去把東西拿出來。」李孟氏說罷，放下張青，捏捏張青那沒有肉的臉蛋，眼裡露出一股憐惜。「青兒先和表哥玩，等舅娘見過妳爺爺、奶奶，就來找青兒。」

說話間，李玉已經將東西提了出來。

李孟氏接過東西朝著兩位老人走去，滿臉含笑道：「哎，今天又來打擾張家，太不好意思了，也是我家玉兒，從小沒個玩伴，鬧得要找表妹，這沒辦法，才來打擾，這些東西就權當給孩子們加餐吧。」

說罷將手中的東西遞給大高氏。

大高氏打開，裡面是一塊新鮮的豬肉，還有一隻雞，不由十分滿意。

「來就來，還帶什麼東西，這也太客氣了。」她一邊說著，一邊將東西遞給小高氏。「還愣著幹麼，還不將東西提進廚房，一會兒燉給老二家嫂子，讓親家也嚐嚐我老張家的手藝。」

「那就麻煩嬸子了，我還有些話想跟小姑子說，我這就先過去了啊。」

「哦，去吧去吧，老二家啊，飯讓妳大嫂做就好了，妳去跟妳家嫂子好好聊聊天吧。」

「是，娘，媳婦省得。」

「玉兒，走，去你小姑姑的屋子裡。」

小高氏看著李孟氏進了張青家的屋子，那滿臉笑容立馬拉了下來，湊到大高氏跟前。「娘，您看，老二家嫂子肯定還帶了好些東西，我都看到了，拿了挺大一個包袱進去，卻只給咱這麼一點肉，她就想這樣打發咱啊，當打發叫花子呢。」

「行了，妳當我沒看見啊，我雖然老了，可還沒瞎，人家自家嫂子給小姑子拿東西，我能說什麼，我能搶過來啊？妳不要臉我還要呢，去去，趕緊做飯去，回頭等她嫂子走了，我再問問老二家的。」

「哎娘，您可別忘了我啊，我這衣服都穿了好幾年了，老二家嫂子是開布莊的，您問問，有沒有送些布來啊，我好做身衣裳。」

「好了、好了，完後問問，有好處能少得了妳，趕緊做飯去吧。」

李孟氏進了房間就拉著張青的手不放，看著張青的眼中，透著一股憐惜。「我可憐的青兒，怎麼光見長個兒，不見長肉啊，哎，可是每天吃不飽啊？」

李孟氏這話剛說出來，就急忙摀住嘴。「妹妹，對不起，妳知道我不是這個意思的。」

李雲臉上露出一抹苦澀。「嫂子，我還能不知道妳嗎？放心，我不會放在心上，不過，的確是苦了青兒了。」

「娘，青兒不苦，青兒也不餓。」張青看向她娘甜甜一笑。

李雲只感覺心裡暖暖的，卻同時有些澀澀的、脹脹的。

而李孟氏卻逐漸濕了眼眶，將張青狠狠地摟在懷裡。「好孩子。」

張青知道，此時她能做的就只是笑，只有笑著才能寬慰她娘的心。

「看我，說這些幹麼，這次我給咱青兒帶了好些東西呢，玉兒，給表妹的東西呢？」

「哦，這裡。」李玉吃力地將一個大包袱攤在床上。

「青兒表妹，看表哥都給妳準備了什麼。」李玉打開包袱，包袱裡琳琅滿目，有油紙包著的點心、雞腿、包子，還有幾朵珠花，以及幾塊布料。

張青看得目瞪口呆，看著點心和雞腿，眼睛不由冒出了小星星。

「喏，給妳。」李玉順著張青的眼睛，笑嘻嘻的捧起那包點心，遞給張青。

張青嚥了口口水，朝李玉嘿嘿一笑。「謝謝表哥。」

「你這孩子，我讓你把那些布給你姑姑裝起來，原來你乘機裝了這麼多東西呀。」李孟氏看著兩個小孩的動作，不禁又欣慰，又難過。欣慰的是玉兒知道心疼妹妹，難過的是張青吞口水的動作。

「嘻嘻，娘，妹妹愛吃這個。」

張青拿了點心，想了想，先捧到她娘跟前。「娘您吃。」

「好青兒，娘不吃。」

「娘不吃，青兒就不吃。」

李雲一頓，心裡暖暖的，看著張青滿是感動，然後從張青手裡拿起那塊梅花狀的點心，放進嘴裡，輕輕地含了一口。

「娘，甜嗎？」

「甜，真甜，甜到娘心裡去了。」

「既然甜，娘要將這一塊吃光光哦。」

「可是娘不喜歡吃甜的。」

「娘騙人，娘怎麼能不喜歡吃甜的，娘不吃，青兒便不吃了。」張青噘著嘴，一副不樂意的模樣。

「好、好、好，娘吃、娘吃。」李雲說著，慢慢地咬著那塊點心，只是眼睛逐漸濕潤。

張青看她娘吃了點心，才高興地又拿一塊遞給李孟氏，一塊遞給李玉，最後捧起另外一塊。「舅娘、表哥，咱們一起吃。」

「好，一起吃。」李孟氏溫婉一笑，捻起一塊點心放入口中。

其實這東西在她家也是平常的東西，只是她知道，她不吃，青兒是不會吃的。

張青咬了一塊點心，放在口裡嚼著，感覺甜孜孜的，來了這地方也有幾個月了，連糖都很少吃，更何況點心了。

「舅娘，剩下的這兩塊點心，青兒可以留給爹嗎？」

「可以啊，當然可以。」

張青聞言，笑咪咪地將點心包起來，然後放在包袱裡。

「青兒真是個好孩子。」李孟氏看著張青，笑咪咪地對李雲講。

「誰說不是啊，只是，我到底沒能生出個兒子來，這以後青兒可怎麼辦呢。」李雲想起張青要弟弟的話，心裡不由得有些苦澀。

「妹妹莫急，妳才雙十而已，青兒也還小，也是那時候妳生青兒的時候傷了身子，調養，調養，過幾年別說一個大胖小子了，三個、五個，妹妹也定能生得出來。」

「大嫂，我自己的身子我知道，別說三個、五個了，只要一個，我就高興了，可是這只怕是難啊。」

「有什麼難的，缺什麼，妳給大嫂說。也怪我，那時候早些來，說不定妳也不用受那麼多的苦，又怎會落下病根，恨只恨妳那婆婆和嫂子太狠心。」李孟氏說著，想起什麼，面色陰暗。

「嫂子，別說了，這都是我的命。」李雲說著流下一行清淚。

張青靜靜地看著這一切，腦子飛快地轉著，聽舅娘的意思，當時她娘生小張青的時候，出過意外，這意外還與奶奶和大伯娘有關。

「青兒，這個也給妳吃。」張青正想著，眼前突然出現了一支油光嫩滑、飄著肉香的奪命香雞腿。

張青不由得將剛才所想拋在腦後，看著那雞腿眼睛發直，口水連連。

她剛穿來的時候，張闊偷偷地拿過一支雞腿給她吃，當時的她還有些嫌棄那味道。可是這幾個月過去，她才明白，當時那支雞腿是多麼的可貴，因為在這幾個月來，她根本不曾再見過半絲肉腥；別說肉腥了，做菜連油都少得可憐，幾乎可以說是沒有，說是清水煮菜也差不多。

張青狠狠地嚥了口口水，小心翼翼地看著李玉問道：「玉哥哥，這個也是給青兒的嗎？」

「當然啊，全給青兒吃。」

「那青兒可以等爹回來嗎？」

「這個可以。」

「謝謝玉哥哥。」

張青歡快地看著這些東西，心裡淚流滿面，終於可以吃上肉了。

「玉哥哥，這些布是做什麼的？」

「哦，這個我不知道，這是娘拿給你們的。」

「哦。」張青細細看了看包袱裡的布料，這布料的顏色不是特別好，但是摸起來很舒服。

「妹妹，看這些珠花，全都是哥哥給妳買的，我看隔壁王家的小姑娘最喜歡的就是這些東西了，想了想也給妳買了些，花了我好些零花錢呢，妹妹喜歡嗎？」李玉捧著珠花拉過張青看。

「喜歡。」張青甜甜一笑，只是心裡想著，喜歡是喜歡，可是不頂餓呀。

看著孩子倆說說笑笑，李孟氏和李雲充滿了欣慰。

「別擔心了，以後不是還有玉兒嗎，玉兒會照顧青兒的。」李孟氏看著李雲眼裡的苦澀，安慰道。

「我知道，看著他們這麼好，我也就放心了。」

「對了，妹夫呢？」

「哦，他上山去砍柴了。」

「妹夫的錢都還交給妳婆婆嗎？」李孟氏小心翼翼地問。

「嗯，家裡的錢都是婆婆在管。」

「那你們就沒留下點？」

「怎麼可能留得下，有時倒是能偷偷留下一、兩個銅錢，可是這點錢又能做什麼呢。」李雲說起這個又是滿面愁容。

「我看妳家大伯跟前的兩個孩子，胖得都快流油了，怎麼到我家青兒這，就瘦得跟黃花菜一樣。」

李孟氏每每看到張大寶、張小寶，心裡就不舒服，說家裡窮吧，張家老大家的，一個個壯實的、胖的，直往橫向發展；說家裡不窮吧，看看她的小姑子，看看她的青兒。小姑子面色蒼白，身姿如扶柳，青兒年紀小小，渾身上下沒半兩肉，面色發黃，頭髮稀疏，只有那雙眼睛還依舊明亮。

每次看到青兒，李孟氏就感覺心裡發酸。

「哎，嫂子妳也不是不知道，我婆婆就是有些重男輕女，而且我大嫂是她遠房姪女，有些向著她。」李雲苦笑一聲。

「你們就沒想過分家？」

「分家？」

「是啊，分家，分了家，錢拿到自己手中，給自己還有青兒買點好的，也好過現在啊。妹夫那麼大一個男人，好手好腳，又勤快，妳打些絡子、繡些帕子，放我店裡賣，還能餓死不成。」

「多謝嫂子提醒，只是這事情我說了委實不算數，等青兒她爹回來，我再和他說說。」

李孟氏看李雲有被說動的跡象，知道這事情是急也急不來的，便住了口，改和李雲聊些張青、李玉小時候的趣事。

這時候，簾子一撩，原來是張闊回來了，張闊看到李孟氏一點也不意外，早在門口他便看到了李孟氏的馬車，知道她們嫂子、小姑子好得跟親姊妹似的，進來後也不避諱。

「是嫂子來了，路上還好走嗎？」

「哦，還好、還好，妹夫這次上山可有收穫？」

「今兒個倒是端了一窩兔子，回家給玉兒帶上一隻。」

聽說有兔子，李玉的眼睛瞬間亮了。「姑父姑父，兔子在哪裡，在哪裡？」

「就在院子的籠子裡，讓青兒帶你去看吧。」

張青帶著李玉去了院子，發現張大寶、張小寶已經蹲在那兒了，張大寶手裡還提著一隻兔子的耳朵，甩啊甩的，在和弟弟張小寶說些什麼。

張青突然有些不忍直視，雖然知道，逮兔子的時候肯定要拽住耳朵，可是看著這兔子被人拽著耳朵，在那一甩一甩的，心裡還是有些發緊，她不由得摸了摸自己的耳朵，為那兔子默哀。

只是她身邊的李玉就沒有她那麼淡定了。

只聽一聲大喝。「放開那隻兔子。」然後身邊的李玉就瞬間沒影了。

再眨眼一看，李玉已經將張大寶推倒在地。

張青頭皮一緊，本能的感覺有些不太好，果然下一刻張小寶嚎的一聲如平地驚雷，驟然響起。

下一秒鐘，小高氏拎著一把菜刀就出現在灶房門口。

「小寶，你怎麼了？大寶，你怎麼摔地上了？」絲毫不亞於張小寶的嚎叫聲，高亢尖利的聲音，讓張青趕忙摀住了耳朵。

「娘，他推我。」張大寶起身指著李玉，一臉氣憤。

小高氏拿著菜刀，氣沖沖跑到兩人跟前，氣勢磅礴地開口。「你推了我兒子。」

張青連忙將李玉擋在身後。「大伯娘，妳聽我說，不是，表哥不是有意的。」

「關妳什麼事情，妳給我走開。」說罷朝著張青就是一推。

張青猝不及防被推得一個踉蹌，心裡不由得有些惱怒，而且她看小高氏看李玉的眼神，怎麼看怎麼都覺得有股陰沈沈的味道。

「娘，就是、就是他推的。」張大寶指著李玉，一臉不忿。

「就是我推的，怎麼了，誰讓你欺負、欺負那隻兔子。」

李玉一把拉起張青，將她藏在身後，挺著小胸脯，一副自己做事自己當的模樣。

張青突然就有些無奈，也有些感動，人家這都承認了，讓她怎麼說，沒看得出，她這個表哥，還挺有骨氣的。

只是，大伯娘有多護崽子，想必表哥還是不太清楚，想到這裡，張青轉頭就往屋裡跑，她人微言輕的，說多了說不定還要來打，此時應該先搬救兵才對。

「爹娘、舅娘，表哥和大寶哥吵起來了。」

三人一驚，剛才的和樂瞬間煙消雲散，李雲率先問道：「玉兒一向是個穩重的孩子，他們為何吵起來了？」

「因為大寶哥欺負兔子，玉哥哥看不過去，一個著急，不知怎麼的，大寶哥就坐在了地上，然後大伯娘就出來了。」張青小小的迴避了一下李玉推倒張大寶的事實，這兩人比起來，她明顯要喜歡李玉多一些。

三人聽了張青的話，趕忙出了屋子。

屋子外，小高氏已經雙手扠腰，開始指責起李玉。「你這孩子，有沒有家教啊，誰讓你推我兒子啊，果然是有娘生，沒爹教的貨，活該你爹都不要你，剛生下你這小兔崽子，就早早出去了，現在也不回來，活該。」

李玉小臉上已經是一片煞白，聽著小高氏的咒罵指責，已經眼角含淚。「妳騙人，我爹才沒有不要我，我爹上個月還給家裡寫信了，我爹是去建功立業了。」李玉大聲反駁。

「嘿，我說你這小兔崽子……」小高氏伸著手指，點著李玉的額頭，還要繼續說，誰知手被人打到一邊去。

小高氏心生惱怒，抬頭一看，原來是張闊，張闊此時黑著一張臉看著小高氏，身後還跟著李雲還有李孟氏。

小高氏看眾人不善的表情，明白剛才的話是被老二家的嫂子給聽見了，不免有些訕訕的。

「我家玉兒的家教問題就不煩勞張家嫂子了，我李孟氏別的本事沒有，一個孩子還是能教養得好的；至於玉兒他爹，是拋棄我們母子，抑或是建功立業，都好像與張家大嫂無甚關係。說有關係的事情呢，我這倒是有一件事忘了說，張家大嫂半個月前，從我店裡賒了一疋布，不知道那錢什麼時候給我？我那店小，從來是不賒帳的，當日我也是看了我小姑子的面子，緩妳幾天，現下，張家大嫂該把錢還我了吧。」李孟氏將李玉拉在身後，一臉冷意地看著小高氏。

小高氏一聽，臉色脹得通紅。

「親家嫂子啊，這個，呵呵，我完後會親自給妳送過去的，妳也知道我家裡的日子不好過，妳也不差那點錢，能不能再寬限幾日啊？」小高氏覥笑著。

「哦，我要說不能呢？張家大嫂妳可能貴人多忘事，妳要知道，妳可是已經在我店裡賒了三疋布了，一次錢可都沒掏過啊。」李孟氏慢慢地放大了聲音。

果然，不一會兒，老張頭、大高氏和張升都走了出來。

畢竟李孟氏剛剛給他家送了禮，這會兒在院子裡，聽著語氣不善，他們作為主人的還是要出來看看的好。

小高氏看見自家公婆和相公出來，臉上更是顯露出一抹慌亂。「李家大嫂，我會給妳的，會給妳的。」

「哦，前兩次的咱就不說了，也就是幾百個銅錢的事情，看在我家小姑子的面子上，我也就算了。可是張家大嫂妳要知道，最後的那疋布，可是上好的絲綢，那一疋布算下來也要二兩銀子啊，我家鋪子看似大，但一個月盈利也就那幾兩銀子，妳這不給錢，我家伙計的工錢月底都沒法發了啊。」看著張家兩老出來，李孟氏加大聲音，一臉愁苦地說道。

「老大媳婦，妳從李家嫂子那賒了三疋布？」大高氏聞言不可置信地看著小高氏，要知道，她可從未見過啥布啊，別說布了，就連個線頭都沒見過。

「娘，娘您聽我說，這布、這布，我本來是想給您兩老做身衣服的。」小高氏忙解釋。

「張家嫂子果然有孝心，那上好的、大紅色的絲綢要拿來給公公、婆婆做衣裳啊。」李孟氏一副恍然大悟的表情，驚得連忙摀住了嘴。

「什麼，大紅色的。」大高氏呆掙了。

想也知道那大紅色的布，別說給他們兩老做衣裳了，就是給老大家的，還有老大，連帶著孩子，都不會用大紅色來做啊，還是上好的絲綢，一疋就要二兩銀子！那是他老張家小半年的口糧啊，平常買布那絲綢她連摸都不敢摸啊。

張升聞言也知道有些不對，看著他家媳婦，面色陰沈。「說，妳在李家嫂子那賒了三疋布去哪了，我根本連見都沒見過。」

看著自己相公變了臉色，小高氏本能的有些害怕。

「還不說。」張升陡然加大了聲音。

小高氏一縮，才囁嚅地說道：「相公、娘，你們是知道的，我家裡給弟弟說了一門好媳婦，人家媳婦嫌聘禮太寒酸，所以，所以我就……」

「所以妳就在張家嫂子那賒了絲綢給妳弟弟裝門面。」張升冷冷出聲。

小高氏囁嚅著不敢講話。

「胡鬧。」這次說話的是老張頭，他吸著旱煙，恨鐵不成鋼地看著小高氏。而後深吸一口氣，對李孟氏道：「那煩勞親家嫂子，我們老大家的，一共賒了有多少錢啊？」

李孟氏笑著道：「親家公，大嫂子賒的那頭兩疋布也不是啥頂好的，加起來也就幾百個銅錢，我也沒打算要，畢竟都是親戚。只是最後的這疋絲綢，價格有些太高，也不是說不要就能不要的，畢竟鋪子裡那麼多人，等著我發工錢呢，這絲綢我也就不按市價，就按我這本價給大嫂子，差不多是個整二兩。」

聽到真的是整二兩，大高氏不由猛然地退後兩步，拽著小高氏，就是一巴掌下去。「妳個敗家娘們，二兩啊、二兩啊，妳怎麼敢、妳怎麼敢！」

張升看著他娘打他老婆，雖在外人面前臉上無光，卻到底沒上前阻攔，只是陰沈著臉，站在旁邊。

小高氏被大高氏打得不敢還手，不一會兒，就頭髮凌亂，臉上有了幾絲紅印。

老張頭嘆了一口氣，放下旱煙，慢慢走回房間，不一會兒出來，手上拿著一個灰色錢袋。他將錢袋打開，裡面是兩個銀錁子。

「我們張家雖然窮，但是也沒幹過買東西不給錢的事情，這次老大媳婦的事情，是我們老張家對不住妳。」說罷將那錢袋遞給李孟氏，然後轉身緩緩進了屋子。

李孟氏掂量著手裡的錢袋，嘴角是一抹意味不明的笑。

而大高氏看到老張頭給了李孟氏二兩銀子，嗷的一聲，又撲向小高氏，院子裡又是一陣雞飛蛋打的場面。

張青撇撇嘴，覺得自己這大伯娘就是活該，不過，今天老張頭的做法讓她有些刮目相看，看來她這個爺爺還是比較明事理啊。

李雲看著院子裡的鬧劇估計一時也完不了，請李孟氏到屋裡坐著，轉身準備去灶房。

誰知剛走到灶房門口，小高氏就哭著喊。「娘，別打了，媳婦知道錯了，以後再也不敢了，不敢了，真的，灶房還燉著雞呢，我去看看。」說罷竟是掙扎著跑向灶房，只留下大高氏在那喘著粗氣。

李雲一時有些手足無措。

「看什麼看，還不回房陪妳那個好大嫂，一家子的倒楣玩意兒，什麼東西，商人果然是最下賤的。」說罷拍拍身上的土，橫了李雲一眼，進了自己房屋。

李雲無奈嘆了一口氣，看了看灶房，再看看空曠的院子，只得進了自己屋子。

一般家裡有肉的時候，大嫂是不允許她進去幫忙的，今天想必也不例外，算了，她還是陪嫂子多說說話吧。

張青以為，舅娘和大伯娘鬧得如此不愉快，肯定不會留下來吃飯，但是結果她好像猜錯了。

飯做好後，小高氏囁嚅地叫了大高氏、老張頭、張升還有自家的孩子，卻唯獨沒有叫張青這一家子。

張闊有些尷尬。「嫂子，飯做好了，我們去吃飯吧。」

剛才鬧了不愉快後，李玉就一直蔫蔫的，聞言吃飯，也只是搖了搖頭。「娘，玉兒不想吃。」

李孟氏溫柔一笑，而後眼中閃過某種尖利。「傻孩子，不吃飯你不餓呀，餓壞了自己，誰心疼你？況且這東西是我們送的，我們不吃不就便宜了別人，這東西也落不到你妹妹的肚子裡，所以我們不但要吃，還要多多的吃，明白嗎？玉兒，你長大了，要知道不論何時何地，都不能讓任何人、任何事影響你的心情，越是討厭她就越要在她面前表現得你很愉快。」

見李玉似懂非懂地點點頭，李孟氏又轉身看向張闊。「我這是教育孩子，話語有不當的地方還請妹夫不要介意。」

張闊哪裡不知道李孟氏說的是自家大嫂，不過說實話，大嫂那話就那樣對一個小孩子說，確實有些太過分了，他聽了都生氣，更何況人家孩子的娘。聞言，張闊只是點點頭，笑道：「我還能不知道嫂子，嫂子待我家這般好，張闊又怎會有所介意，反倒是我們對不起嫂子良多。」

李孟氏笑道：「咱們一家人還客套什麼，有什麼對得起、對不起的，只要你對我這妹子好，對咱家青兒好，我也就放心了。」

說罷憐惜地看了李雲一眼，然後將張青拉到跟前。「可憐這孩子，渾身上下沒半兩肉，真是讓人看了就心疼啊。」

張闊心裡一緊，看向自家娘子和張青的眼神裡，帶著絲憐惜和痛苦，他娘子和女兒受了什麼委屈他不是不知道，只是那一邊卻是養他生他的爹娘，還有從小照顧自己的大哥，他不想，也不能因為這些事情和大家鬧僵，最後卻獨獨委屈了自家娘子和女兒。

李孟氏想了想，她說讓人家分家，這也只是她見到自家小姑子過得不好，自己的想法而已，具體的還得看張闊的意思，畢竟，這年頭，爹還在，兄弟就鬧分家確實有些不好看。這事估計還得循序漸進啊，她貿然提出來，壞了兩家的交情反倒不好。

想著，李孟氏燦爛一笑，拍了下手。「嘿，看我說這些做什麼，還是快去吃飯吧。」說罷拉著張青、李玉朝著灶房走去。

張家幾人看到李孟氏俱都是一呆，他們沒想到，經過剛才那事，李孟氏還會留下來吃飯，尤其是小高氏，簡直恨得牙癢癢的。

她有次趕集賣雞蛋，路過孟家布莊的時候，看著裡面人來人往，生意很是興旺，剛好李孟氏就在布莊，她想了想就走了進去。

李孟氏見著她也算是熱情，她當時看中一疋布，想想這是老二家的娘家嫂子，她就算拿上一疋布應該也沒啥大問題，反正她看那布也沒多貴。

果然李孟氏只是含笑點了點頭，並沒有多說什麼，這可讓她心裡竊喜了許久。

小高氏想著這布要是拿回去，別說給自己做衣裳了，恐怕先要被問這布的來歷，花了多少錢，然後得先孝敬老人，給婆婆做了衣服，餘下的布頭才能給自己做。

小高氏怎麼想怎麼都覺得有些不划算，而後腦筋一轉，想起自家娘家離婆家也不太遠，還是先把布放自己娘家，等過段時間就說是娘家給的布，或者直接做成衣服，到時婆婆問就說是自家娘給做的。

小高氏打好算盤就將布料帶回了自己娘家，誰知她過幾天去娘家取的時候才發現，別說新衣裳，連布頭都不見了。

原來她老娘將布給賣了，小高氏當時就氣得一個哆嗦，只是奈何自家老娘淚眼婆娑地看著自己，拉著自己的手，抹著眼淚，一個勁兒說家裡苦啊，最後說那布賣了兩百個銅錢，還塞給自己一百個。

小高氏想，這布本來也是白來的，賣了也就賣了，還得了一百個銅錢，多好，反正老二家嫂子看起來那麼有錢，也不在乎這一疋布、兩疋布，所以過了段時間她又藉口去賣雞蛋，去了孟家布莊。

果然她沒付帳拿了一疋布，李孟氏還是笑臉相迎，這次小高氏才放下了心，又拿了第二疋，而且這布比上次的還要好。

不過這次小高氏長了個心眼，拿到她娘家，當場就把布給剪了，讓她娘給她做身衣裳，剩下的等她以後再給張升和兩個小的做衣裳。

這次還好，她老娘沒把那布賣了，真的給她做了衣裳。可是老娘拉著她一把鼻涕一把淚地說，她弟弟相中了前面那個村子裡一個姓王的姑娘，那姑娘生得好，她弟非人家不娶，她家請了好幾個媒婆，總算說動了那個姑娘，也合了八字送了聘禮。

這事情小高氏是知道的，畢竟是她的親弟弟大婚，可是現在她娘說人家那姑娘不樂意了，嫌送的聘禮太寒酸，連疋像樣的布都沒有。

小高氏心裡一突，問她娘是什麼意思。

她老娘說，她知道她家弟妹的娘家嫂子是在鎮上開布莊的，聽說還挺大的，問能不能賒上一疋布。

小高氏思及前後李孟氏的態度，心想，這事別說還真的能行，說不定根本不用賒，讓她白送都行。

所以隔天她又去了鎮上，這次她一進門就看到擺在那的一疋紅色絲綢。那絲綢光滑亮眼，看起來有一股貴氣，整疋布看起來流光溢彩的，小高氏當場就喜歡上了這疋布，心想這東西拿去給弟弟做聘禮，可不正大大的長了臉面。

但是這東西一看就不便宜，也不知道這次李孟氏能給她不，但是想到孟家布莊開得這麼大，還在乎這麼一疋料子不成。小高氏便鼓起勇氣找了李孟氏，果然李孟氏沒提以前的那兩疋布，只是說，這一疋絲綢的價格有些高了。

小高氏當場就拍著胸脯說，這布先用賒的，等有錢了就還給她。

李孟氏想了想，緩緩地點了點頭。

小高氏抱著那疋布歡喜地回了娘家，心想，說是賒，這布可不就白送她了嗎？

可是卻沒想到，李孟氏卻設了套等著她呢，果真和她那小姑子一樣，都是個賤人，害自己挨了好一頓打。

小高氏怨毒地看了一眼李孟氏，李孟氏回以一笑，然後氣定神閒地坐下。

村子裡也不太計較什麼男女不同桌，都是親戚，在一個桌子上吃飯也沒啥大問題，再說家裡也只有這麼一張飯桌，食材也做不出兩個桌子的分，只是李孟氏一坐下，這氣氛就有些凝滯，還是李雲出來打圓場。

吃飯的時候，那水煮雞剛端上來，就見張大寶、張小寶兩兄弟，風捲殘雲，根本不顧及有旁人在。

李玉看得一僵，他想他有些明白剛才娘的話了，還有為什麼表妹會那麼瘦。

同時呆掙的還有張青，她看到那水煮雞還有些欣喜，畢竟好久沒吃過肉了，表哥給她的雞腿她還想等晚上和爹娘一起吃，想著中午有肉，她還特別得高興。

可是這一眨眼，盆裡的雞怎麼就只剩骨頭了呢？往常也沒見這兩兄弟吃飯跟個惡狗撲食的啊。

老張頭看著這樣子，感覺在外人面前有些失了顏面，忙咳了一聲道：「好好吃飯，不准搶，成什麼樣子了。」

張大寶、張小寶看爺爺發火，這才收斂下，可是速度依舊是十分快的。

比他們更快的是小高氏，聽到公公說自家娃，便有些不高興了。「爹，這雞孩子一整年都未必能吃上一回，吃得快一些也可以理解。」

「妳給我閉嘴。」張升怒視一眼小高氏。

小高氏撇撇嘴，繼續挾肉。

張青一看，得，這肉她估計是吃不上了，算了喝些雞湯吧，這雞湯也是大補的。

李孟氏吃了飯，又和李雲說了會兒話，就準備回鎮上。

臨走時拉著張青想了想對李雲道：「妹妹，嫂子是打心眼喜歡青兒，青兒又這麼乖巧，我想將青兒接到鎮上住個兩天。」

李雲愣了一下，她知道嫂子的意思，估計是看今天吃飯的時候，青兒根本搶不過大寶、小寶，只能委屈地喝些湯，肯定也沒有吃飽，所以想將青兒帶去鎮上，好好照顧兩天。

李雲雖然有些不願，但是一看自家閨女的小身板，想了想便道：「嫂子，我和青兒爹商量一下，妳看成嗎？」

張闊聽了，也只是沈默了一會兒，便點點頭。「行，讓青兒去吧。」

第四章

張青聽到可以去鎮上，心裡很是高興了一下子，終於可以出這個村子了，她可以去鎮子裡看看，這個時代的鎮子也不知道是什麼樣的。

張青興沖沖地整理著自己的小行李，一轉頭，卻看自家老爹抽著旱煙，眉頭緊鎖，一副落寞的神情。

張青心裡一突，感覺有些明白自家老爹現在的心情，想了想，張青慢慢放下整理行李的動作，拿起早上李玉送的雞腿以及點心，走到她爹跟前。「爹，這個給您。」

張闊放下旱煙，看向張青露出微微一笑。「什麼呀青兒。」

「這是中午玉哥哥送來的點心和雞腿，青兒特地給爹爹留的。」

張闊一愣，心裡脹脹的。「不用了，這都給青兒吃，爹爹不喜歡吃這些。」

「青兒都吃過了，這是爹爹的。」張青執拗地捧著那兩個油紙包。

張闊深受感動，一把將張青摟在懷裡，悶悶地說：「爹的好青兒，苦了妳了。」

張青在張闊懷裡艱難地搖搖頭。「有爹在，青兒不苦。」

張闊拍拍張青的腦袋。「好孩子，去吧，妳舅娘還在等妳，爹爹一定會很努力，會給青兒還有青兒娘過好日子的。」

「青兒相信爹爹，青兒只是去鎮上逛逛，青兒會很快回來的，爹爹記得要把點心和雞腿吃光光啊，青兒會很想爹爹的。」

「好，爹爹知道。」

張青看自家老爹神色放鬆不少，才放下心來，提著自己的小包袱，上了馬車。

馬車晃晃悠悠地向前走著，張青翻出李雲臨走時悄悄遞給她的小袋子打開，裡面是一些銅錢，張青倒出來數了數，居然有二十幾個，張青頓時有些愣了。

要知道，這個家裡，每個人所賺的錢都是必須交給老張頭和大高氏的，然後由大高氏統一安排大家的日常花銷。所以可想而知，她娘就算偷偷地攢著也沒攢下多少，現在居然一次給了她二十多個，張青一時不知道該怎麼樣表達自己的心情。

只是覺得，在這個家待得越久，對李雲、張闊的感情就越深厚。

李孟氏看著張青發呆，順著張青的眼睛，看向張青手中捧著的一把銅錢，頓時了然。

「我們家青兒在想什麼呢。」李孟氏摸摸張青的髮頂。

張青愣愣地看著李孟氏，小聲道：「舅娘，青兒以後一定讓爹娘過上好日子，不再讓他們吃苦了。」巴掌大的小臉臉色有些蠟黃，只有那雙眼睛熠熠生輝，露出一抹堅定的目光。

李孟氏嘆了一口氣，心裡微微有些動容。「舅娘知道，我們青兒是最聰明的，舅娘也相信青兒。」

馬車一路前行著，馬車內一片溫馨。

終於，馬車駛出村子，張青透過馬車的窗子，看著村子離自己越來越遠，她不由得深深嘆了一口氣。

往常張青在家的時候也沒覺得什麼，可是她這麼一走，張闊就覺得家裡好像少了什麼。

「青兒娘，妳說青兒在妳嫂子家能習慣嗎？」張闊緊鎖著眉頭，狠狠地灌了一口水，問李雲。

李雲正在翻看李孟氏今兒個送來的布，聞言看了一眼張闊，笑道：「放心，青兒是個聽話的孩子，我嫂子喜歡她，應該能習慣的。」

「可是青兒想爹娘了怎麼辦。」張闊心裡還是有些惴惴的，總感覺有些不是滋味。

李雲看到張闊的樣子，不由感到好笑，雖然閨女出門她也擔心，但是卻不像她爹一樣。

「青兒只是去她舅娘家小住幾天，你現在這個模樣，等青兒長大以後要嫁人了可怎麼辦？」

「嫁人？」張闊一愣。

「是啊，難不成你希望你家閨女一輩子不嫁啊。」

張闊撇撇嘴。「不嫁就不嫁。」

李雲聽了噗哧一下笑了出來。「好了，別想這有的沒的了，過來我給你說些正經的。」

說著將手邊的布整理好，拍拍自己旁邊空的地方，示意張闊坐過來。

張闊嘆了一口氣朝李雲走過去。「什麼正經的。」

李雲深吸一口氣道：「她爹，我說的話也只是想想，你聽了要不樂意也別生氣，咱們商量商量。」

張闊看李雲臉色凝重，不由也認真起來。「好，妳說，放心，我不生氣。」

李雲頓了一會兒，似乎在思考措辭，張闊也只是靜靜地看著李雲，不去催促打擾她，終於李雲深吸一口氣對張闊道：「她爹，我想分家。」

李雲只覺得這句話一說出來，整個人都輕鬆了許多，甚至帶著一股興奮。是的，她要分家，她想分家，她不怕大嫂的欺凌，不怕婆婆的偏心，不怕那繁重的勞力，她只是心疼她的青兒，她唯一的女兒，也可能是她唯一的孩子。

張闊聞言愣了一下，嘴角露出一抹苦澀，他知道青兒娘的意思，其實他何嘗沒有這樣想過，這個家裡，娘的偏心和大嫂的貪婪，他不是看不見，大寶、小寶對青兒的欺凌他不是不心疼，只是有個孝字死死的壓著他啊。

往常村子裡的兄弟分家都是等爹娘不在後才會分，如若老人家還在，兄弟就鬧分家，那是會被別人說閒話的；他也想過分家，憑他的力氣，憑他還年輕，他相信，慢慢的會讓青兒和青兒娘過上好日子的，只是這家現在不能分啊。

看著張闊面色緊鎖，李雲的心慢慢地沈了下來，她知道，這家現在是分不了的。

她吸了一口氣，擠出一抹笑。「夫君不必煩憂，我只是說說而已。」

張闊放在腿上的雙手緊握，突然他伸手握住李雲的手，那手心有著一層厚厚的繭，他知道那是常年幹活所留下來的，張闊用力地握著李雲的手看向她的眼睛飽含真摯。「容我想想辦法，一定有辦法的，一定有的，我們會過得好的，會過得很好的。」

李雲點點頭，有一點點淚順著眼角慢慢溢出，流過那有些蒼白的面容，晶瑩剔透，掉落在兩人緊緊相握的手上。「她爹，我相信你，我一直都相信你，這輩子能嫁給你，不管有多苦、有多累，我都心甘情願，我只是心疼青兒，她還那麼小。」

張闊將李雲摟在懷裡，她的頭抵在他的頸窩，他輕拍著她的背，滿目的柔情還帶著絲堅定。「我知道，我都知道。」

而另一邊，張青坐著搖搖晃晃的馬車，終於進了這個名叫康河鎮的地方。

張青撩起車簾，馬車下是一條平整的青石磚大道，馬車行在上頭比在城外要穩當得多，張青有些好奇地看著周圍，圓圓的大眼睛朝著四處亂轉著，看著這個與現代，與那個小村子都不一樣的小鎮。

「青兒這還是第一次來鎮上吧。」李孟氏看著面上充滿好奇的張青道。

「嗯，每次爹爹來的時候，青兒都讓爹爹帶上青兒，可是爹爹每次都偷偷地溜走，不帶青兒，青兒這還是第一次出來呢。」張青童言童語地回答著李孟氏的話。

果然李孟氏噗哧一笑。「好好，等到店裡，歇過以後，我讓妳玉哥哥帶妳出去好好玩玩，妳看成嗎？」

張青聞言，驚喜地看著李孟氏，大眼睛忽閃忽閃的。「謝謝舅娘，謝謝玉哥哥。」

孟家的布莊在這個鎮子裡還算數一數二的，張青看著人來人往的布莊，不由得露出一抹豔羨。

「青兒，這就是舅娘的布莊，舅娘帶妳進去看看。」李孟氏一手拉著張青，身後跟著李玉，走進了布莊。

正在上工的幾個伙計見到李孟氏三人趕忙打招呼。「東家好，小少爺好。」

「嗯，大家也好，都忙去吧。」李孟氏拉著張青在布莊裡四處轉悠著。

「舅娘的布莊好大啊。」

「這布莊在咱鎮子裡看還可以，但是到了縣上、府上，這就不值得一提了。」

「可是就是這樣，舅娘也好厲害，青兒好崇拜舅娘。」

「傻孩子，有什麼好崇拜的，士農工商，這商啊，也就是有些錢財，除此之外，在世人眼裡，地位都是極其低下的。」李孟氏有些苦澀道。

「有買就有賣，為什麼會低下啊。好奇怪哦，沒有商人，那我們種的糧食又要賣給誰，我們想要買東西又要從哪裡買啊。」張青鼓著一張臉，一臉不贊同道。

李孟氏聞言卻笑了起來，捏捏張青鼓著的小臉道：「我們家青兒說的對，是舅娘想得多，膚淺了。」說罷又將外頭的掌櫃叫了過來。「老掌櫃的，麻煩你知會一聲繡娘，讓她們加緊時間，給我這小甥女做上兩套衣裳。」

「舅娘我不要。」張青連忙拒絕。
「傻孩子，舅娘給妳妳就收著，要不，舅娘要生氣啦。」
說完又將張青推給那老掌櫃。「煩勞掌櫃帶我這甥女去繡娘那兒，好量量尺寸。」
「東家請放心，咱們現在就去。」那老掌櫃帶著張青徑直進了店鋪的後面，張青這才發現，這店鋪後面竟有一個後門，出了那後門，還有個不大的小院子。
對比前面店裡的喧囂，小院裡顯得很安靜，張青跟著老掌櫃進了北邊的一個廂房。
「吳嬸子，方便進去嗎？」老掌櫃敲了敲門。
「請進來吧。」
張青隨著老掌櫃進了房門，房間裡的東西很少，一張床、一張桌子，桌子和凳子上擺滿了布料以及針線。
「老掌櫃有什麼吩咐嗎？」那叫吳嬸子的放下手中的針線走了過來。
張青看到吳嬸子猛然愣了一下，她剛剛聽老掌櫃喊嬸子，以為最起碼也應該是個差不多三、四十歲的婦人，誰知道，這個吳嬸子還這麼年輕，依張青看，差不多就是二十五歲左右，身上穿著一件青色素面褙子長裙，頭上用同色的布將髮包了起來，清淡的顏色，讓這個吳嬸子的面容顯得越發柔和。
聽到吳嬸子的問話，老掌櫃指了指張青。「這是東家帶回來的小姐，東家剛剛吩咐了，讓吳嬸子給小姐量量身子，挑上幾疋好些的料子，給小姐加緊做兩身衣裳。」

吳嬸子看了看張青，也不多問，只是柔柔地應了一聲。「知道了。」

掌櫃和吳嬸子說完話，就去了前面店裡，屋子裡就剩吳嬸子和張青兩人。

吳嬸子對著張青柔柔一笑，走過去，拉著張青的小手，將她拉到自己跟前。「來，請小姐站好，讓嬸子給小姐量量，好給小姐做好衣裳。」

「好的。嬸子，衣裳可不可以做大一些啊。」張青小聲說道。

「這是為何？」吳嬸子有些奇怪張青的要求。

「因為青兒還要長啊，衣裳做大一些，等青兒長大一些，還能穿的。」

吳嬸子微微一愣，然後點點頭。「好。」

「剛才老掌櫃說，讓嬸子給青兒選料子對不對？」

「對的，妳叫青兒呀。」吳嬸子邊給張青量著尺寸，邊和她聊著。

「待會兒嬸子給青兒選料子的時候，不要那些鮮豔的，就要些便宜的、結實的好不好。」

吳嬸子抬頭，看著張青若有所思，就在張青有些忐忑的時候，吳嬸子好像明白些什麼，了然地點了點頭。「好，嬸子知道了，青兒真是個好孩子。」

量好尺寸後，張青心情大好的出了房門，只是剛出房門因為太高興，不小心與正要進門的人撞了個正著。

兩個人同時踉蹌向後退了兩步，好在都沒有摔倒。

張青揉揉自己那被撞痛的小身板，剛抬頭要說話，誰知那邊的那人先開了口。「對不起，我不是有意的。」

小小的、糯糯的、軟軟的聲音，張青朝那人看去，驚訝地發現，是一個差不多四、五歲的男孩子。他的臉蛋白白的、嫩嫩的，簡直讓人想上去捏上兩把，圓溜溜的大眼睛，此時好像有些委屈的模樣，張青甚至覺得，那濕漉漉的眼睛，只要眨巴兩下，隨時可以掉出眼淚。

張青感覺自己被萌到了，這麼漂亮的孩子，她真的好想將他抱起來，抱在懷裡狠狠地揉上一揉啊，這才是正常小孩子的樣子啊。

那男孩看張青只是看著自己，眼中有種自己看不明白的情緒，不由得有些害怕，越發的委屈起來，接著那本來在眼眶中轉悠的淚珠子就那麼掉了出來。

張青回過神，發現眼前萌萌的小男孩已經哭了起來，只是眼睛裡流著淚，嘴角卻抿得緊緊的。

張青感覺自己再一次被萌到了，心好像都被融化了，也忘了此時自己也只是個五歲的孩子，個頭沒人家高不說，身上的肉也沒人家多，就朝著小男孩走過去，拍拍他的頭。「怎麼了？撞痛了，哪裡痛了，給阿姨，哦不，告訴姊姊，姊姊給你揉揉。」

小男孩有些怯怯地看著眼前這個看起來像是同齡的小女孩，慢慢止住了眼淚，好奇地看著張青。

這時吳嬸子也聽到了門外的聲音，連忙走了出來。「小文怎麼了？」

然後張青就看到，小萌男娃迅速拋棄了她，投向了吳嬸子的懷抱。

吳嬸子蹲下身子，問小男孩。「怎麼了？」

「小文剛才進門的時候，不小心撞到了……」說到這裡，小男孩定住了，轉頭看向張青，將她細細打量了一番，十分肯定地說道：「剛剛進門的時候，小文不小心撞到了妹妹。」

聽到妹妹兩個字，張青瞬間滿頭黑線，而小男孩和吳嬸子的對話依舊在繼續。

「青兒，妳沒事吧。」

張青茫然地搖了搖頭，她實在是被那句妹妹打擊得不輕。有些恍神地走到店鋪，李孟氏已經在那等了一會兒，李玉在旁邊有些百無聊賴地玩著手上的玉珮，看到張青進來，李孟氏一笑問道：「可量好了？」

張青乖巧地點了點頭。「舅娘，青兒不想要好看的衣裳。」

李孟氏有些疑惑。「為何？」

「青兒想要結實一點的，可以幫娘幹活。」

李孟氏聞言心裡一酸，看著張青的眼神越發的柔和。「好。」

帶張青看過布莊，李孟氏又去後頭和吳嬸子商量了下給張青選的布料，就帶張青回了家。

李孟氏的家在鎮子的北邊，是一座不大的兩進兩出的院子，前頭的兩間房是下人房，後頭的兩間，則是李孟氏和李玉的住處。

院子雖不大，卻佈置得相當溫馨，房子也是明亮的磚瓦房，整個院子裡除了李孟氏母子還有看門房的李伯，做飯的趙嫂，以及平常打掃的小芝。

剛進院子裡，李孟氏就吩咐趙嫂，為張青接風洗塵。

張青在家本就只喝了幾口雞湯，此時也早消化得差不多了，肚子餓得咕嚕直叫，雖然這種感覺她已經習慣了，只是聽到這聲音，張青還是有些不好意思，正在尷尬的時候，張青突然聽到，旁邊傳來一陣相當熟悉的聲音。

張青朝聲音的源頭看去，原來是李玉，李玉早就脹紅了一張臉，一個人在那嘿嘿笑著。

「娘，我也沒吃飽，好餓，我去看看趙嫂做了什麼。」說罷像一陣風似的跑了。

李孟氏看著李玉遠去的身影，笑著搖了搖頭。

「青兒餓了，先吃些點心吧。」李孟氏拿了一盤點心放在張青面前。

張青拿了一塊，這點心和早上玉表哥給她的是一樣的，只是她當時吃得著急，也沒怎麼細細品嚐，此時張青朝著李孟氏嘿嘿一笑，說了句。「謝謝舅娘。」

張青輕輕咬著點心，心裡卻突然想起一樣東西。

蛋糕，對，蛋糕，這個時代應該沒有蛋糕，她可以做些蛋糕來賣啊。

想到這些，張青眼睛驀然一亮。

張青邊吃著點心，邊想著前世的蛋糕都是怎麼做的，她記得她閒著的時候，做過兩次，一次沒有成功，一次成功了，當時自己還特別興奮來著。

要先準備雞蛋、牛奶、麵粉，還有糖……雞蛋有，麵粉有，那牛奶呢？

張青犯了難，她來這裡好一陣子，卻從未見過牛奶，也從未聽過有人喝牛奶。

李孟氏看張青靜靜地吃著點心，也不像是餓壞了的模樣，只是一小口一小口的咬著，便放下心，她還真的有些害怕，把孩子給餓壞了。

「舅娘，青兒想問您個事兒。」

「哦，青兒想問什麼，讓舅娘聽聽。」

「舅娘，哪裡有牛奶？」

「這牛生完小牛崽子不都會產奶的嗎？」李孟氏奇怪張青怎麼會突然問起這個。

「那牛奶除了給小牛崽子喝，人可以喝嗎？」

「喝是能喝，但是那也是窮得吃不起飯，娘沒奶養活不了孩子的人家，才會去討些牛奶和羊奶給孩子喝，希望孩子不被餓死；可是這喝了牛的奶，不就認那個牛當娘了嗎，所以那東西一般是不會有人喝的。妳問這個幹什麼？」李孟氏奇怪道。

「哦，沒什麼，青兒就是隨便問問。」

張青皺著眉頭想，牛奶看起來是有的，但是這做蛋糕的事情還沒個頭緒，還不能告訴舅娘，而且現在好像還不能做，畢竟現在的自己太小了些，大人一定覺得她在胡鬧；可是不想辦法掙點錢，自己營養不良怎麼辦。

張青又陷入了沈思中。

直到聞到一陣撲鼻得讓人饞的肉香，張青才回過神來。

原來趙嫂已經將飯做好了，看著桌上那一碗肥嫩的紅燒肉，一尾糖醋魚以及一整隻金燦燦的油雞，張青的口水不由得在嘴裡直打轉，她用力地將其嚥下，食指大動。

李玉從來不知道，原來飯也可以這麼香，看著張青一副陶醉的樣子，李玉不知不覺間也多吃了不少。

飯後張青摸著圓滾滾的肚皮，十分愜意地坐在靠椅上，心裡美滋滋的，好久沒有吃得這麼飽，實在有些太享受了。

吃過飯，李孟氏將張青住的地方安頓好，又交代李玉好好照顧她，便去了店裡。

一說店裡，張青就想起今天在布莊後院見到的那對母子，實在是那個小男娃太過可愛，讓她心癢得緊。「玉哥哥，今天在布莊後面的小院裡，青兒見了吳嬸子還有一個小男孩，他們是誰啊？」

「哦，妳說的是吳嬸子和小文吧。」

張青點點頭。

「我聽娘說，吳是吳嬸子夫家的姓，吳嬸子的相公好像是個秀才，只是前年得病死了，家裡沒有了頂梁柱，她家的東西又被親戚占去了，沒辦法，只能帶著孩子來到鎮上找個活計，幸好吳嬸子手藝好，我娘就讓吳嬸子帶著小文住在了店鋪的後院。」

張青了然，嘆了一口氣，果然，每個家庭真的是各有各的不幸，不過那小孩長得還真可愛，粉妝玉琢的，不像自己。

張青伸出胳膊，看看自己那柴火棍一樣的胳膊，滿心的怨念。

康河鎮雖然不大，但是比起潭水村那是要大得多了，李玉拉著張青，防止她走丟，兩人在街上四處逛著。

街上此時正是熙攘時，主街道兩邊開著各式各樣的鋪子，有點心鋪、酒樓、成衣鋪，還有些賣胭脂水粉的店。

張青感受這古色古香的景致，腦子裡卻飛快地轉著，看有什麼能讓現在的她賺錢。

李玉拉著張青走著走著，順道給張青買了不少的小東西，有小香包、烤地瓜、糖葫蘆；要不是張青拉得及時，她估計李玉想買的東西還有很多，她覺得今天自己被感動了太多回了，此時她好像又被這個小少年給感動了。

兩人邊聊邊走，漸漸地走到了鎮子的最西邊。

「青兒妹妹，我們回去吧，這裡沒什麼好逛的了，娘說這裡很亂，咱們還是回去得好。」李玉走著走著停下了腳步。

張青聞言點了點頭，跟著李玉轉身往回走。

只是走到一條巷子的拐彎處時，從前方衝出一人，那人估計也沒想到會碰到人，因為跑得太快停不下來，一下子朝著張青撲了過去。

張青向後踉蹌幾步，最後還是摔倒在青石板上，更糟的是，那人撲在了她的身上，她小小瘦瘦的身板，居然做了那人的人肉墊子。

「嘶。」張青倒吸一口涼氣，只感覺全身都痛得厲害，感覺自己快要不能呼吸了。

「對不起，我不是故意的，這賠給妳。」那人也是痛得齜牙咧嘴，說罷就從衣袖裡掏出個東西，匆匆塞到張青手裡，站起來迅速地跑了。

「青兒，妳沒事吧。」李玉被眼前的景象嚇了一大跳，等他反應過來，那人已經跑了，他趕忙過去將張青拉起來。

張青站起身來，這才看向剛才那人塞給自己的東西，竟然是一錠銀子，張青一愣，看向李玉。「玉哥哥。」

兩人看著那一錠銀子，一時有些無言。

「咦，這是什麼？」李玉從剛才張青摔倒的地方拾起一樣東西。

張青剛接過，只是還未細看，就有幾人穿著一模一樣的灰色袍子，從剛才那人來的方向朝這裡跑了過來。「哎，你們兩個，剛才有沒有看到一個和你差不多的孩子從這跑過去，穿著藍色的袍子？」

張青反射性地將那東西藏了起來，然後搖了搖頭。

李玉看張青已經搖了搖頭，也跟著搖了搖頭，剛才那人確實穿著藍色的衣裳，但是，是不是和他差不多，他就不知道了。

那幾人互看幾眼，那為首的人一指前方，喝了一聲。「追。」

等那幾人走了，張青才拿出剛才揀的東西，細細打量。

這是一塊圓形的玉珮，即便她不懂玉，張青也看得出來，這是一塊上好的玉，雖是塊白玉，卻隱隱透著些許粉色，質地看起來十分細膩。至於這玉珮雕刻的東西，她實在有些看不懂，像魚卻又不太像。「玉哥哥，這個拿給舅娘看看吧，這可能是剛才那人掉的。」

「好，我們回布莊。」

李孟氏拿著那玉珮反覆看了幾遍，臉色有些凝重。「玉兒、青兒，這東西哪裡來的？」

李玉就將有人撞了張青的事情講了一遍，張青也掏出那錠銀子遞給李孟氏。

李孟氏放在手裡掂了掂。「青兒，這五兩銀子妳拿好，千萬莫丟了。」

「五兩？」張青感覺自己驚呆了。

她在這個時代，還未摸過銀子啊，誰知這一錠銀子居然是五兩！五兩啊，張家一大家子，一年的嚼用也差不多是五兩左右，合著她被這麼一撞，還發了筆橫財不成。

「至於這玉珮，也拿好千萬莫丟了，也千萬莫現於人的眼前，這是和闐玉中上好的羊脂玉，這應該是過往的哪個富商公子或者哪家少爺丟的，咱們鎮子上的人可拿不出這樣好的東西，你倆看清那人的模樣了嗎？」

張青、李玉齊齊搖頭。

張青呆呆地接過那玉珮，她這是發財了嗎？

看著張青愣愣的樣子，李孟氏一笑，猛然拍了下額頭。「看我，妳也只是個孩子，這要是丟了，或者萬一那人還未找來，妳就不小心摔破了怎麼辦，等一會兒，舅娘去去就來。」

張青依舊拿著那玉珮，翻過來、翻過去地看，羊脂玉，她也不是沒見過，只是這麼好看的，她還是第一次見，這東西在現代估計也不便宜，更何況在這個時代了。

看這玉珮下面的綴子，應該是那人在腰帶上掛的東西吧，沒想到和自己一撞就掉了。

過了會兒，李孟氏拿了條紅繩走了進來，接過張青手上的玉珮，將綴子解開，用紅繩穿過玉珮中間的小孔，將紅繩和玉珮掛在張青的脖子上。

「這玉的主人也不知道還能不能再見，這玉妳先戴著吧，等見到主人，再把它還給人家。」李孟氏將那玉塞進她的領口中，只露出一截紅色的繩子。「都說玉能養人，看這玉能不能將我家青兒養得白白胖胖的。」

而另一邊，穿著藍色錦袍的少年，終於停止了奔跑，一口氣坐在地上，大口喘著氣。少年唇紅齒白，鳳眼有著微微的張揚，渾身看起來有著一股與這個小鎮格格不入的貴氣。當他習慣性地摸自己腰間掛的東西的時候，不由得大吃一驚，那長年不離身的玉珮居然不見了。

只是什麼時候掉的，他根本沒有印象，或許是在跑的途中掉的，也可能是今天撞到人時掉的，可是，他好不容易甩了那群人，這樣跑回去根本就是找死。至於撞到的那人，他根本想不起那人的模樣，只記得是個孩子，至於那孩子有多大，是男是女，他根本沒有看清楚。

「完了，這次回去非得挨揍了。」少年用力地拍了下自己的腦袋，滿心的懊惱。

「算了，現在最重要的應該是找個地方藏起來，等著爹爹來找到我吧。早知這樣，爹爹這次辦差就不應該硬要跟著出來，即便出來，也不應該亂跑，這時，爹爹一定急壞了吧。」少年想著，站起身來，拍拍身上的泥土，看了看方位，朝著左邊的那條路走去。

經過這麼一天，張青也實在累得緊了，她現在還太小，精力實在有限，李孟氏看張青也有些累了，就帶著她和李玉回了宅子。

吃過飯，洗過澡以後，張青就住進了李孟氏給她安排的房間，裡面已經用熏香熏過了，床也不像家裡般硬硬的，被子也曬得鬆鬆軟軟。

張青明明累極了，卻久久睡不著，最後只能坐起來，摸了摸脖子上的玉珮，又數了數她來舅娘家時，娘給她的銅錢，還有今天那人扔的五兩銀子，癡癡地笑了。

這些給娘，娘會很高興的吧！她突然有些想念，家裡那大大的炕，還有一家三口擠在一起的熱鬧，她一個人好像有些冷清啊，而她現在好像已經不習慣一個人的冷清了。

第二天，天剛濛濛亮，張青就醒來了，懶懶地伸了個腰，便開始自己穿衣裳。

往常在家的時候，李雲這個時間已經起床做全家人的早飯了。

張青起床後，打開門，發現整個孟家還是靜悄悄的一片，無奈，只好又回了房間，一下子撲倒在那床上。

等張青再次醒來，是被舅娘家的丫鬟小芝叫起來的。

張青洗漱好，到正堂的時候，發現早飯已經做好，而舅娘和李玉已經坐好等著她了。

張青微微有些不好意思，她本來只是想歇歇而已，誰知這麼一歇就又睡著了。

「舅娘，玉哥哥早上好。」

「青兒昨夜睡得可好？」

「青兒睡得很好，謝謝舅娘關心。」

李孟氏仔細看了張青的氣色很好，知道她沒作假，不由滿意地點點頭。「傻孩子，謝什麼呢，把舅娘家當成自己家便好。」

「好。」張青重重地點了點頭。

也不知道是因為張青來訪的緣故，還是孟家的早飯本來就這麼豐盛，經過一晚上肚子裡已經消化得空空如也的張青，在看到桌上那色香味俱全的早飯時，內心小小的激動了一下。

早飯並不像午飯或者晚飯一樣，稍稍有些油膩，每人面前各放了白粥一碗，還有些爽口的小菜，以及包子和雞蛋餅之類的食物。

要知道張家的早飯一般就是白粥和鹹菜或者野菜，只是那白粥是十分清澈，米粒顆顆算得清楚，哪像孟家的白粥，濃濃稠稠，滿滿當當的一碗。

吃過飯，李孟氏照例要去布莊，而李玉昨日是因為放假，今日就要去學堂上學了，放張青一個人在家，李孟氏怕小姑娘無聊，想了想，覺得還是帶張青去布莊算了。

其實比起在家百無聊賴的待著，張青也更願意去布莊，最起碼，她也能知道下，這個時代生意是怎麼做的。

早上剛開門，布莊還稍顯冷清，李孟氏正在看帳本，張青想了想直奔後院。

吳嬸子也已經起來了，見到張青露了個大大的笑臉，這個懂事的小姑娘，她很是喜歡。

「是青兒來了啊。」

「嬸子早，小文在嗎？」

「他在屋子裡。」

張青打過招呼直奔屋子，小正太吳文敏正拿了本書坐在桌子前，搖頭晃腦地在唸些什麼，樣子十分認真。

張青偷偷地走到小正太背後，猛然一拍，小正太「啊」的一聲，被嚇了一跳，手上的書都掉了，他轉頭淚眼汪汪看著張青這個罪魁禍首，張青突然感覺有些罪惡感。

「我是逗你玩的啊，別哭啊。」張青生怕弄哭了萌萌噠小正太，連忙哄著。

只見小正太定定地看了張青半晌，囁嚅著吐出三個字。「妹妹，壞。」

張青當場就有點被雷劈了的感覺，她怎麼就成妹妹了，怎麼就成妹妹了啊？

小正太說完以後，就默默地揀起自己掉在地上的書，繼續開始搖頭晃腦起來。

張青有些無語，同時深深地鄙視了一下自己的行為——打擾小孩子讀書是不對的。

剛好吳嬸子也進來了，看著張青微微一笑，便開始坐在桌子前幹活。
張青看小正太正在讀書，想了想便去了吳嬸子身邊。
吳嬸子正在做一件衣裳，張青看了一會兒，覺得自己看不明白後，就覺得有些無聊。她除了會十字繡，和縫個扣子以外，其他的針線活一概不會。
張青就那麼坐在桌子前，手撐著頭，看著吳嬸子先是在布上畫記，接著動刀剪。「嬸子，這是在做什麼啊。」
「這個啊，是給青兒做的衣裳。妳身上的這套衣裳，穿了好些時候了吧。」
張青有些不好意思地點點頭，她在張家總共就只有三套衣裳，聽她娘說兩套是用舅娘送的布料做的，還有一套是娘用自己的舊衣服改的。
吳嬸子做著衣裳，隔一會兒還在張青身上比劃一下。
張青看著那些做衣裳剪下的布頭，突然她眼睛一亮，想起了一樣東西。「嬸子、嬸子，這做衣裳剪下的碎布料一般怎麼處理啊？」
「如果碎布料大些的話，就幾塊拼湊起來做些包袱什麼的，小一些的就直接扔掉了。」
「啊，扔掉，多可惜啊。」
「可是不扔掉的話，那布頭太小，也沒有用啊。」
「誰說沒有用？」張青想起剛才自己想的玩意兒，滿臉的不贊同。
「那青兒說說，碎布料有什麼用啊？」

「青兒等會兒告訴嬸子。」張青說罷便跑出了門，進了前頭店鋪，留下吳嬸子一頭霧水。

「舅娘、舅娘，布莊裡還有碎布頭嗎？」

「青兒問這個做什麼？」李孟氏本來在看帳，聽聞張青的話，放下帳本有些疑惑地問。

「青兒有大用，舅娘家裡有嗎？」

「有是有，每天那些零散的碎布頭都是要扔的，不過還好，昨日剩的碎布頭還沒有來得及扔，妳去問下老掌櫃。」

一會兒後，張青看著那一袋顏色各異，大小不一的碎布頭癡癡地笑了。

她想了想跑去李孟氏的身邊，掏出她娘給她的錢袋子，將銅錢全部數了出來，然後遞給李孟氏。

李孟氏正在看帳，見到這猛然多出來的小手，小手上還捧著銅錢，分外詫異，抬頭一看，看著一臉認真的張青，有些疑惑地問：「青兒，妳這是做什麼？」

「舅娘，那袋碎布頭扔了怪可惜的，青兒想買，這錢給您。」

「既然妳要，那便拿去得了，反正那些也是要扔的。」

「那青兒就謝謝舅娘了。」張青嘿嘿笑了兩聲，然後就直奔後院而去。

李孟氏看著跑遠了的張青，微微搖了搖頭，眼中滿是慈愛。

張青將一整袋的布頭全都倒了出來，要知道，窮苦人家一般都是自己織些粗布，或者買布回去自己做衣裳。這交給布莊或者繡坊做衣裳的人，家境都不差，所以這些碎布料顏色鮮豔、質料也不錯，而且有幾片也不算小，這可都是錢啊，錢啊！可不能就這麼浪費掉了。

張青先是從裡頭挑出了幾塊黃色的布頭，這布雖然不大，但是這幾片也夠用了。

張青看著這布發了好一會兒呆，然後飛快地跑去吳嬸子的房間，借了針線和剪刀，又去掌櫃那借了筆墨紙硯，想了想現代那風靡全球的海綿寶寶，張青嘿嘿一笑。「就是你了。」

她準備將海綿寶寶畫出來，然後照著做，只是她高估了自己，這毛筆和鉛筆的使用方法怎麼可能一樣。花了好長時間，在浪費了幾張草紙後，總算讓她畫出了海綿寶寶的雛形。

張青看著這張一團黑色的紙，相當滿意，準備開始動手製作這簡易版的海綿寶寶。

只是她再一次高估了自己的能力，在忙碌半天過後，除了手裡多出一團已經揉得看不出形狀的布以外，毫無所獲。

張青不禁有些洩氣，難道第一次的創業就要失敗了嗎？她不信。

這時正好吳嬸子已將張青的外罩做好，拿過來讓張青試一下，張青看到吳嬸子，眼睛一亮。

她不會做，但是不代表吳嬸子不會啊。

「嬸子、嬸子，妳會做這個嗎？」張青興沖沖地將手中的紙拿給吳嬸子看。

吳嬸子拿起來翻來覆去看了半晌，依舊沒能看明白。「青兒，這是什麼啊？」

「嬸子，這是海綿寶寶，這是青兒畫的。」張青說罷，又將海綿寶寶的形象對著吳嬸子敘述了一遍，然後滿含期望地看著吳嬸子。「嬸子、嬸子，這個能做得出來嗎？」

吳嬸子想了想，又看了看張青的那張紙，躊躇一下答道：「聽描述應該不難。」

「那嬸子可以做一個給青兒嗎？青兒給吳嬸錢。」張青說罷又將她的小錢袋拿了出來。

「妳這孩子，要啥錢呢，這小東西能費多少勁，明天妳來嬸子這裡，嬸子給妳做好。」

「謝謝嬸子。」

張青趁吳嬸子忙的時候，又將那一袋子布頭，以同樣的布料以及顏色分好。吳文敏此時也已讀完書，看著這個比自己小的妹妹，風風火火忙碌的模樣，略作遲疑，便過來幫張青一起將布頭分類。

張青簡直覺得自己越來越喜歡吳文敏這個小孩了，又萌又可愛、又懂事。

吳嬸子看著低著頭有說有笑的兩個孩子，不由得笑了起來，小文太小了，又沒什麼玩伴，這個叫青兒的姑娘來了正好，能陪小文多說說話。

其實兩人一直都是張青在說話，而吳文敏只是默默地揀著袋子裡的布頭，偶爾點點頭，一袋子布頭很快地便分好了。

第五章

忙了一早，到中午的時候，李孟氏帶著張青回家吃過飯，張青的小身板就有些扛不住了，便先午睡一會兒。

等她睡醒，李孟氏早已經去了布莊。張青有心想一個人去鎮上轉轉，只是小芝和李伯對於她獨自一人上街都十分不贊同。

張青無奈，只好在孟宅裡到處逛著，只是孟家宅子又不是什麼高門大戶，也沒什麼可轉的，最後張青指著堂屋後的一間屋子問道：「小芝姊姊，那個屋子裡是什麼？」

「那個裡面是書房。」

聽到書房，張青眼睛驀然一亮。「姊姊，我可以進去嗎？」

「這個……」小芝有些為難，她平常會進去打掃，夫人也從未交代過哪些東西是碰不得的，只說讓她小心，莫要將那些書弄濕、弄髒了，至於旁人是否能進去，她還真的做不了主。

「如果舅娘不讓外人進去的話也沒關係。」

「這倒沒有。」小芝想了想，既然自己能進去，李伯、趙嫂也能進去，那夫人的甥女應該也是可以的，只要小心些不將書弄亂便好。

「小芝姊姊，青兒到底可不可以進去啊？」

看著張青滿臉渴求的表情，小芝點點頭說道：「去吧，只是小心不要將書房弄亂就好。」

「小芝姊姊放心，青兒會小心的。」

張青推開門，有些好奇地打量著這間書房，書房中有一股很濃的筆墨氣息，左邊是三組木製書架，書架上擺滿了書，右邊則是一張棕黑色的桌子，桌子上放了一塊硯臺，一組毛筆，以及一疊潔白的宣紙。

張青慢慢地走到書架旁，只可惜她的個子太矮，上面的書她幾乎看不見名字，只能看到最下的一、兩排。張青隨手抽了一本藍皮子書，然後坐在書桌前打開。

這書裡的字雖是稍稍有些複雜的正體字，張青連矇帶猜，倒也認識不少。她隨手抽的這一本寫的是一些奇聞異志，張青看了幾章，感覺內容有些像《聊齋志異》，張青來了興趣，正好此時無事，剛好看些書來打發時間。

不知不覺間，這本書看完，天已經漸漸的暗了下來。張青揉揉眼睛，伸了個懶腰，這時也聽到院子裡傳來一陣說話聲，張青想，估計是舅娘和表哥回來了吧。

出了書房門一看，果然是李孟氏和李玉。李玉正在跟李孟氏眉開眼笑說著學堂的事情，看到張青，也急急地拉著她過來，和她說著。

待李玉說完，李孟氏才問張青。「聽小芝說妳下午都在書房，忙些什麼呢？」

張青聞言點了點頭，想了個理由。「嗯，表哥有好多書，青兒從來沒見過這麼多書，只是那些字青兒都不識得，最後只能多摸摸那些書。」張青的表情有些落寞。

「青兒可是想認字？」李孟氏繼續問。

張青心想這字是必須要認的，只有認了字，才可以名正言順地看書，也可以藉著看書做許多事情，便點點頭回答道：「青兒想。」

李孟氏聞言點點頭，想了一會兒才道：「這樣吧，這兩天妳和舅娘在一起，舅娘教妳認些字，等回去了拿幾本書給妳娘，妳娘當年也是識過字的，教妳些還是可以的。」

「真的嗎？」

「當然，舅娘什麼時候騙過妳。」

吃過晚飯，張青回到那間客房內，只是想著吳嬸子正在做的海綿寶寶，再想想舅娘教自己認字，心裡感覺十分滿足。她不奢望在這個時代過得大富大貴，只希望他們一家幸福美滿，和樂安穩，最好能賺些錢在鎮上開個鋪子，買個宅子，那樣就更好了，就這麼胡思亂想著久久不能入睡。

因為前一晚睡得晚，第二天張青依舊是被小芝叫起來的，張青有些不好意思，難道這次在舅娘家作客，她要給舅娘留下賴床的印象嗎？

今日依舊是十分豐盛的早飯，吃過早飯後，李玉去上學，而張青則跟著李孟氏去了布莊，只是這次去布莊，李孟氏還專門去書房拿了兩本書，讓張青拿著。

到了布莊，李孟氏第一件事情一般是看帳本，而張青就趁著這個時候跑去後院找吳嬸子。

吳嬸子已經起來，而吳文敏依舊在昨天坐的地方搖頭晃腦地讀書，看到張青進來，讀書也不像方才那麼認真，總是偷偷地看張青。

吳嬸子見到張青連忙招手。「我這剛把妳衣裳做好，妳就來了，快來試一試。」

張青跑過去，任由吳嬸子拿著衣裳在她身上比劃著，過了好一會兒，看吳嬸子比過來、比過去依舊沒比劃完，張青著急了，拉著吳嬸子的袖子道：「嬸子，青兒的海綿寶寶做好了嗎？」

吳嬸子促狹一笑。「這個嘛……」

「嬸子、嬸子，好嬸子做好了嗎？快點告訴青兒呀。」

吳嬸子看張青光想著那什麼海綿寶寶，甚至連新衣裳都不看，覺得十分有趣，現在的小姑娘還有不喜歡新衣裳的。

「好了好了，給妳。」說著吳嬸子從床邊的一個布籃子裡掏出一樣黃色的東西交給張青。

張青拿著這差不多手掌大小的海綿寶寶，十分高興，黃色的身體，白色的襯衫，棕色的褲子，兩條細細的腿。不得不說，吳嬸子做的這個玩偶還是挺形象的，雖然比不上後世的玩偶，但是也差不多了，有點意思。

只是海綿寶寶還沒有眼睛嘴巴，看起來不太好看。

「嬸子、嬸子，這裡，用白色的布，黑色的線，做上眼睛；這裡，還有這裡，用紅色的線繡上圈圈。」張青指了幾個地方，然後又去翻了昨天剩下來的布頭，拿出粉色和棗紅色的布頭，遞給吳嬸子，用這個做嘴巴和舌頭。

吳嬸心想今天也沒多少活，況且現在還早，便依著張青的意思繼續做起那海綿寶寶。

最後張青拿著那已經做好的袖珍版海綿寶寶十分滿意。

吳文敏此時也唸完了書，好奇地看著張青手裡的東西。

「想不想玩？」

吳文敏遲疑地點了點頭。

張青笑嘻嘻地將那玩偶遞給吳文敏，吳文敏很好奇地看著手中這小東西，這東西看起來可愛極了，他從來沒有見過，看著它就有一種讓人想笑的感覺。

「喜歡吧，很討喜是不是？」張青希冀地問著。

吳文敏朝張青點了點頭，露出一個略顯羞澀的笑容。

張青很是滿意，只要這個時代的人有興趣就好，看來這個東西還是有些市場的，只要有市場便好。她從舅娘這裡拿到這些不要的布頭，可以做比較簡單的小一些的玩偶，像是海綿寶寶、派大星、小小兵、哆啦A夢等等……等確認了這東西有銷量，再找好一些、大一些的布，將他們做成可以抱在懷裡的大玩偶。

張青越想越覺得自己的想法很妙，很好。

這時院子裡突然傳來舅娘喊她的聲音，張青便匆匆拿過吳文敏手裡的玩偶對吳文敏道：「舅娘找姊姊了，姊姊先拿這個給舅娘看，待會兒來找你啊。」說罷就跑了出去。

留下吳文敏愣愣地坐在那，半晌後才吐出三個字。「是妹妹。」

那樣子看起來竟是有些憤憤不平，惹得吳嬸子又是笑又是心酸。她相公走了已經有兩年了，這兩年她同孩子都生活在這個小小的後院，這孩子除了讀書以外，竟變得越來越孤僻；可是她又沒有辦法，她很感謝李孟氏能給他們母子這個棲身之所，也感謝李孟氏給她的工錢足以養活自己，甚至能讓這孩子去上學堂，可是這孩子卻好像沒有了小孩子的天真。

每每看著孩子那冷清的小臉，吳嬸子都是一陣心酸，好不容易來了個年齡相仿的孩子，看那孩子雖然小，卻是個知禮活潑的，和小文相處才兩天，自家孩子也好像有了些小孩子該有的樣子，吳嬸子覺得很是欣慰，倒是希望這張青多留些日子。

張青在她舅娘家的半個月還算舒坦，不但舒坦，甚至被李孟氏養得白胖了許多。

她每天所做的事情無非就是起床吃飯，然後跟著李孟氏去布莊，等李孟氏閒暇的時候教她認些字。

張青也不藏拙，這幾天下來的認字速度讓李孟氏大吃一驚，越看張青越是喜愛，心裡連嘆可惜，這麼聰穎的娃娃要是男孩，以後少不了做個官啊什麼的，只是可惜了這具女兒身。

張青對這一切一無所知，她只想在這有限的時間裡，多認識些字，以後好能多看些書，空餘的時間再和吳嬸子學些針線，要是這玩偶真能賣些錢，也好讓她做些營生，總不能一輩子都靠著吳嬸子來做這些東西吧。

張青搜集了不少布頭，央著吳嬸子做了好些手掌大的玩偶，看著這各式各樣各色的玩偶，張青心裡就有一股說不出來的欣喜。

而最讓她高興的是，她僅用最早的一個海綿寶寶就收買了一個萌到不行的小弟。只是吳嬸子每日很忙，忙著做些店裡的活，她的這些玩偶已經費了吳嬸子許多的時間，她真的有些不好意思，只能偷偷地用她那銅錢給小文買些平常愛吃的東西，做為補償。

而另一邊的張家老宅，張闊十分地憂愁，張青這孩子一走就是半個多月了，連個要回家的音訊都沒有，可愁死人了；雖說孩子在她舅娘家，肯定是吃得飽、穿得暖，可是他就是有些不放心。

李雲每看到張闊憂慮的模樣，總感覺自己比他更加憂慮，孩子跟著嫂子肯定是不會受苦的，青兒她爹這模樣，好像她娘家嫂子會虧待了孩子一樣，真的是讓人很不愉快啊。

「我說她爹，要吃飯了，趕緊去吃飯。」

「沒胃口。」張闊懶洋洋地擺擺手。

「這不吃怎麼能行呢，咱下午不得去給地澆水，澆得早還得上山砍些柴、獵些東西，不吃東西怎麼能行。」李雲滿臉的無奈。

張闊聞言，想想也是，這飯不吃，下午餓了還怎麼幹活，不幹活哪來的錢？就趁著幾日天晴，多砍些柴、獵些東西去鎮上賣，順便接回自家那小沒良心的。

張青也在想著，她在舅娘家一住就是半個月，雖說舅娘很喜歡她，但是，這樣也總不是辦法，只是面對舅娘那關切的眼神，想回家的話卻怎麼也說不出口。

這日張青吃過早飯被李孟氏帶到布莊，正在練習昨日學的幾個大字，抬頭一看，就看到一個熟悉的身影。

其實張闊也不是第一次來這布莊，只是每次進來還是會被這入眼的富麗堂皇驚到，總有些手足無措的感覺，就在猶疑要怎麼組織話語和那小哥以及那櫃檯前的老掌櫃問話時，就看到一個穿著粉色衣衫的小女童朝著自己奔來，然後他的腿就被抱住了，低頭就見到一雙明晃晃的星星眼。

張闊蹲下身子，蹲得和張青差不多高，一點張青的鼻子。「妳個小沒良心的，就不想爹啊，在妳舅娘這不準備回家了啊？」

張青有些不好意思，拉著她爹的衣袖囁嚅地說道：「有，青兒有想爹爹，很想，本來就要回去了。」

張闊看著離家多日的閨女，粉色的嶄新衣衫，頭上的雙丫髻上還別著兩朵小珠花，那珠花的花蕊竟是兩顆小小的珍珠；再看女兒的樣子，竟是比在家時白胖了不少，張闊頓時心裡有些不是滋味了，這些女兒家的東西，他從來沒給青兒買過啊。

「青兒啊，在舅娘家還好嗎？」

「好啊，舅娘對青兒很好啊，有好吃的、好玩的，還給青兒做了好多新衣裳，舅娘還教青兒認字。」只是說著說著，卻不經意發現張闊的那張臉越來越苦澀，而表情更是看起來有些挫敗，張青慢慢地止住了話，將話拐了一個彎道：「可是這畢竟是舅娘家，不是咱們家，青兒想咱們家，想爹爹、想娘。」

「乖女兒。」張闊揉揉張青的頭頂。

「哦，是妹夫來了。」兩人正說著，李孟氏聽了小二的稟告，從休息的隔間走了出來。

「嫂子好。」張闊站起身忙向李孟氏打招呼。

「妹夫這是要？」

「昨兒個上了一趟山，打了不少好東西，這不，嫂嫂照看我家青兒這麼久，我家也沒個啥表示，就給嫂嫂帶了一些來。」說罷解下身上的筐子。

「不了，這些東西能賣錢，妹夫還是拿去賣了吧。」李孟氏推辭著，實在是她知道，這張家未分家，今兒個妹夫拿了這東西給她，還不知道要在張家生出多少事端，她那可憐的小姑子又不知道要無端受多少指責。

「嫂嫂收下吧，這東西還有很多，家裡留著賣的，我全放店門口讓人幫忙照看著，這些，全都是我偷偷獵的，跟家裡沒大關係；況且妳照顧青兒這麼久，不收這東西，不是讓我和娘子難受嗎？」

聽他這麼說，李孟氏也覺得有理，她這小姑子和姑爺從來都是實誠人，慣不會偷奸耍滑，說要給妳，那就是必須給，妳不收，他們才難受。這樣想著，李孟氏就點了點頭，招呼小二將東西先拿到後院，然後再將筐子拿了出來。

「這下妹夫該安心了吧。」

張闊撓撓頭，一副不好意思的模樣。

「怎麼了？」

「是這樣的，嫂子，這孩子在妳家待得也夠久了，我想帶她回去。」

「這……」李孟氏有些猶豫，張青乖巧聽話，每天玉兒上學堂，就這孩子能陪著她說說話，她也是打心眼喜歡這孩子，要說剛來是看小姑子這唯一的孩子可憐，那現在她就是捨不得這孩子了。

看出李孟氏猶豫，張青連忙道：「謝謝舅娘這麼多天的照顧，青兒好久沒回家，也想爹娘了，想回家陪陪爹娘，然後等舅娘有空了、想青兒了，青兒就來陪舅娘。」

李孟氏這麼一聽，覺得也有道理，這麼小的孩子離了家哪有不想爹娘的啊。「那好，等舅娘想青兒了，青兒一定要來。」

「嗯，勾勾手指。」

本來張闊是準備先見過李孟氏打聲招呼，去集市將打的柴和野味賣掉再過來接張青，只是張青一聽要去鎮上賣東西，便纏著要去。

張闊沒辦法，只好將張青帶著一起去，而李孟氏則是匆匆回家，幫張青收拾要帶回家的東西。

其實，張闊一大早就和家裡說要賣這些東西便出來了，只是出門後想，張青承蒙她舅娘照顧了這麼長時間，雖然知道人家不缺這點東西，可是空手上門他怎麼好意思，所以又偷偷上了山打獵。算他運氣好，真讓他打到了兩隻兔子和一隻野雞，這才拎著來了布莊。

張闊在街頭給這片地的管事交了錢，便拉著張青進了這條街，只是這已經近晌午，好地方都被人占了，兩人找了半天也沒找到啥好地方可擺攤，只能在最裡頭找了個空位，鋪上布，將東西擺上。

正值中午，來這裡買東西的人已經比早上少了很多，張青和她爹等了半晌，卻根本沒賣出去一點，只有兩人過來瞅了眼，問了價，卻並沒有想買的意思。張闊不由有些著急，這野味雖是處理過的，但是也不能長放，時間長了就越發沒人要了。

張青看著她爹越來越著急，便掏出她讓吳嬸子做的一個小玩偶，逗她爹開心。

張闊一見這粉色的玩偶，果然被吸引了一些注意力。「青兒，這是什麼東西，怪有意思的，像隻兔子。」

「爹，這個就是兔子，是我讓吳嬸子幫忙做的。」

「吳嬸子？」

「就是舅娘家的繡娘，她還有個兒子叫小文，可乖、可聽話了，這個是吳嬸子做的，可是是我想的哦。」張青極不要臉的將這小玩偶的創作權安在了自己頭上。

就在父女聊天的時候，有個年紀稍長的婆子朝著這兩人走來。

「哦呵，這是個什麼玩意兒，看起來挺稀奇的。」那婆子發出一陣驚奇聲。

這婆子身上雖不是綾羅綢緞，但是那件棕色綢子衣服看起來也不便宜，她頭上別著一根玉簪，看起來十分的簡潔大方，雖有些上了年紀，但是目光清明，容色端莊。

張青將手藏到背後，看著上前來的婆子笑咪咪地問：「嬸子要買野味嗎？」

那婆子上下打量了張青幾眼，似是有些奇怪，這娃娃的穿戴看起來不像是個窮苦人，可她身邊那漢子卻確確實實是個莊稼漢，看到這些，那婆子不由有些疑惑。「這位大哥是？」口音聽來卻不是此地的人，可是張青雖是聽出她不是這裡人，卻聽不出這是哪裡的腔調，畢竟好多地方她連聽也沒聽過。

「這是我爹。」張青飛快地答道。

「哦，是這樣啊。」那婆子點點頭，然後蹲下身翻著地上的那堆野味以及皮毛。「這些東西看起來還不錯，也算新鮮，這位兄弟，這些怎麼賣？」

「嬸子要買哪些？」張青看來人的穿戴，以及這問話，感覺這赤裸裸的是大客戶啊。

那婆子也不說話，只是翻看著皮毛。

張青微微有些沮喪，只是還沒想好怎麼說，她爹率先開口了。「這狐狸皮毛五十文，兔皮十文一張，至於肉和皮子的價格一樣。」張闊報著價格。

那婆子知道這價格十分公道，畢竟她已經轉了大半天。「皮毛就不要了，現在也用不上，給我來些野味就好。」說著便挑了些付了錢讓張闊給包好。

只是這一下也挑了不少，將張闊攤位上的肉挑了個大半，果然是個大客戶啊。

「嬸子這麼多東西，您一個人往家拿嗎？」張青看著那十來斤的肉，再看看那婆子的身形，好奇道。

「哦，這個不急，待會兒自然有人來接。」那婆子笑咪咪地答道。

張青聽了，眼珠骨碌碌的在眼眶中轉了一轉，一副狡黠的模樣。「嬸子，您還要買其他的東西嗎？」

這婆子雖然有些奇怪這小閨女的話怎麼這麼多，但是看著這娃娃也才五、六歲的模樣，眼神清明，長得也算可愛，心中也是有些好感的，於是便回答道：「東西都買完了，只等著家丁來接罷了。」

「那嬸子，不如您先在咱們這歇歇好啦。」張青說完連忙站起來，給那婆子讓了位。

那婆子看著那地上的白布，心想今天也確實有些累了，依言便道了聲謝，坐在了張青剛才坐的地方。

張青眉開眼笑地跑到她爹跟前，掏出自己的小玩偶，有些炫耀般地在她爹眼前晃來晃去。她還記得那婆子本來就是被這粉色的兔寶寶玩偶吸引過來的，便有心試試自己這玩偶是不是還有人喜歡。

「我說小姑娘，妳手上那是什麼東西，拿過來給婆子看看好不好？」

「嬸子，這個是我出來的時候，我娘給我的，說是如果有人買咱家的肉，就把這個送給人家。」

張青這話剛說完，就看見她爹猛然朝著她看過來，那表情有些傻眼，張青直接忽視她爹的表情，繼續和那婆子聊著。「嬸子，您看您家裡那點肉夠嗎？不夠的話把我家的肉全買了吧，這個東西就送給您了。您看您也坐了這麼長時間，您家裡人都沒來，不如讓我爹把這給您送回去吧。」

張青說完期盼地看著那婆子，又是送禮物，又是送貨上門的，這服務夠周到吧。

那婆子看了張青半晌，反倒笑了。「好個有趣伶俐的小娃娃，真的是平生也不多見啊，好吧，就依了妳。」

說罷付了錢，張青有些不捨地將那隻兔子玩偶遞給那婆子，然後和張闊揹著籮筐跟著那婆子走了。

三人停在一扇大宅的門外，那婆子上前敲門，等三人一起進了宅子，張青感覺自己有些驚呆了，這宅子富麗堂皇，哪裡是一般人家可以有的，鵝卵石拼的小道，朱紅色富貴的長廊，長廊邊上那綠油油的池子，池子裡那紅黃白的錦鯉，還有那姹紫嫣紅的花園。

「那誰，過來幫這個大哥把東西拿到廚房。」那婆子讓張青和她爹在那等著，然後喚了個人過來，接過張闊手上的東西。

「今兒個麻煩兄弟了。」

「說什麼麻煩不麻煩的，嬸子能買我家東西也是咱們的運氣。」張闊有些憨厚地說。其實他說的也沒錯，這東西要是今天這婆子不買，他和青兒還不知道要等到什麼時候，畢竟已經這個日頭了，賣不賣得出去還不一定。

送走張青父女，婆子直奔著後院而去，剛剛她聽說小世子又犯事了，這會兒正在被侯爺罰呢，這世子好不容易才找到，昨兒個不是已經罰過一回了，今兒個又出什麼事了。

那婆子順著那朱紅色長廊匆匆朝著後院走去，果然剛到後院就看到鋪滿了青石板的地上，一個紫衣少年孤零零地跪在那，頭耷拉著。

那婆子趕緊朝那少年走過去。「哎喲我的小世子，你這剛回來，這又是怎麼了。」婆子看著那少年，一副心疼至極的模樣。

少年抬起頭，鳳眼張揚，看著婆子的雙眸裡卻透露出一股可憐勁。「嬸子，我將娘給的玉珮丟了，爹罰我呢，我好餓，爹一整天都不讓我吃飯。」

「哼，吃什麼吃，還有臉吃？私自亂跑，耽誤大家行程，又丟了你娘給你的東西，還有臉說。李婆子，妳跟我來，我有事吩咐妳，那孽障就讓他再跪一跪。」說話的是一個三十來歲的壯年，青衣錦袍，面上自是有股威嚴，說完衣袖一甩，轉身進了後頭的屋子。

李婆子顧不得少年，趕緊跟著那壯年男子進了屋子，只留下那少年在身後又是吐舌頭又是做鬼臉，而後卻又蔫了似的喃喃自語。「娘說那玉珮是在佛光寺大師那裡開過光，要給未來媳婦的，讓我這次交給雲妹妹，可惜丟了，這可怎麼賠雲妹妹個玉珮啊。」少年沮喪又無奈地撓了撓頭。

張青和她爹出了那扇大門，張青十分地感慨。「真有錢，這房子真美，爹，咱以後也弄個這樣的房子住吧。」

她爹摸了摸張青的小腦袋，嘴角勾起憨厚的笑容，帶著對女兒的寵溺應聲道：「嗯。」只是想起自己的家境，心裡有些微微的沈重。

兩人隨後去了李孟氏的布莊，張青看著李孟氏給她準備的包袱，感覺有些傻眼。她來這裡的時候，只帶了一個小小的包袱，包袱裡也只是兩件衣服而已，可是此時櫃面上卻擺了四個包袱。

「舅娘，這是？」張青看看那些包袱，再看看李孟氏。

「這些東西能拿得動嗎，不如給你們叫個馬車好了。」李孟氏也看著自己準備的包袱，有些為難。

「嫂子不用了、不用了。」張闊連忙擺手，臉甚至都有些脹紅。

「舅娘，怎麼這麼多東西。」

「哦，這棕色包袱裡是妳的衣服，黃色的那個裡面是妳喜歡吃的一些零嘴，另外紅色的那個，是妳的那些小玩偶，吳嬸子說那些妳是要帶走的。另外那個黑色的是給妳娘的，裡面除了給妳娘的東西，另外還有給妳帶的一些書，妳娘認識字，讓她回家教教妳；這識字可不能荒廢了，不求咱們青兒像個才女一樣吟詩作對，最起碼也應該識文斷字，懂得些道理。」

張青聽著李孟氏一樣樣給她說著，內心更是泛起了漣漪，這個舅娘是真心關心她，真的愛護她的。張青朝著李孟氏撲過去。「舅娘，青兒會常來看您的，青兒回家也會很想您的，以後等青兒長大了賺錢了，會孝敬舅娘的。」

李孟氏捏捏張青那長了些肉的小臉蛋，面上滿是欣慰。「好了，舅娘知道了，回家後，要聽妳爹和妳娘的話，沒事就來看看舅娘。」

張青用力地點了點頭。

到底張青和她爹推了李孟氏要給雇馬車的想法，張闊將兩個包袱放進身後的筐子裡，剩下的和張青一人手裡拎著一個，告別了李孟氏。

兩人去了鎮頭，和已經等著他們的李大叔會合。

李大叔家裡的條件比張家要好上許多，也是村子裡為數不多有牛車的人，李家大娘一向和自家娘親要好，李大叔也不差。

「張闊兄弟啊，東西都賣完了吧。」

張闊撓了撓頭。「賣完了，李大哥呢？」

「也賣完了。」李大叔答完看了一眼張青，笑道：「喲，這不是咱們小青兒嗎？幾天不見，都快不認識了，跟個年畫上的娃娃一樣。」

張青嘻嘻地笑著，她在舅娘家確實吃得好、喝得好，這些天不但長胖了些，還養得有些白了，不再像前段時間一副枯瘦的模樣，但是說是年畫上的娃娃，還是有些抬舉她了。

「李大叔，這個給您，回家給大虎哥還有二虎吃吧。」張青從她爹身後簍筐裡的包袱中拿出個油紙包，裡面是李孟氏給她準備的一些糖。

「哎，這個可不能要。」李大叔一手趕著牛，一手連連擺著。

「沒關係，李大叔，我這裡還有呢。」

「是啊，李大哥，拿著給孩子們吃吧。」張闊也勸著。

日頭已經下山，微風徐徐的吹著兩旁的樹木，發出些沙沙的聲音，鼻尖處傳來泥土和草地的芬芳。兩個漢子在牛車上聊著天，說著山上的獵物，說著田裡的收成，說到高興處，發出爽朗的笑聲，在這曠野裡傳得極遠。

本來李大叔是要將張青和她爹送回家的，只是被這父女倆婉拒，反正東西也不重，而且路也不遠。

張闊牽著張青，告別了李家人，只是還未到自家的院子，張青就感覺有些不對勁，再看她爹，她爹臉上的神情也逐漸凝重起來。

「爹。」

「噓，別說話。」大手牽著小手慢慢靠近院子。

「我說老二家的，妳可真夠不要臉，居然偷雞蛋，難道不知道這雞蛋是要賣錢的嗎？」李雲看著面前橫眉豎目，雙手扠腰的小高氏，滿臉的委屈。「大嫂，妳說什麼呢，我哪裡偷雞蛋了。」

「還說妳沒偷，明明每天能收五個雞蛋，今天怎麼才收了四個，不是妳偷的，難不成是我，還是咱娘偷的？」

「是啊，老二家的，那雞蛋是賣錢的，妳拿了就還回來吧。」大高氏也在一旁幫腔。

「娘，您也不信我。」

「這不是信不信的問題，現在雞蛋明明就是少了一個，妳大嫂的為人我信得過，妳……」剩下的話大高氏沒有說，但是李雲的身子還是不由得晃了晃，婆婆說她信得過大嫂的為人，那接下來的話不就是不相信她的為人嗎？

張青聽到這裡實在有些聽不下去了，心裡燃起那濃濃怒火，這些人竟這樣欺負她娘親嗎？只是她剛想說話，卻聽到她爹先一步開口。「夠了。」

「娘子。」張闊看著李雲的目光裡滿含愧疚。

「她爹。」而李雲看到丈夫，再也忍不住紅了眼眶。

張闊有些心疼地看了李雲一眼，將其護在身後，而後望向小高氏，這個一向憨厚的漢子看著她的眼裡竟然透露出一股森然。「大嫂的意思是，這個雞蛋一定就是青兒娘偷的了？」

「我也沒說一定是，可是這明明少了一個啊。」小高氏被張闊這麼一看，不由得就將聲音越放越低。

「老二，你大嫂說的對，平常娘也有收雞蛋，這雞蛋今天還真少了一個。老二你聽娘說，這個可不能護著你媳婦，現在她只是偷了雞蛋，下次還不知道要偷家裡什麼值錢東西呢。」大高氏說著，橫了一眼紅著眼眶的李雲。

「娘，您胡說什麼呢，這丟了雞蛋就一定是青兒娘拿的，這是什麼道理，是誰看到了還是怎麼的，哪有婆婆說自家媳婦偷東西，您這話傳出去，青兒娘還要做人嗎，咱張家還要做人嗎？」張闊看著他娘，一臉氣結。

大高氏被兒子一嗆聲，越發的痛恨起李雲。她就看不慣這老二媳婦，整天裝腔作勢的，不就家裡爹是個讀書的嗎，還是那種考了一輩子都沒考上的窮秀才，家裡更是一貧如洗，就認識兩個字，一天端的跟個小姐似的。

本來她給老二都看好了，那也是她娘家的一個遠房姪女，長得腰圓肥臀，一看就是有福的，能幹活、能生養，誰知老二卻被這蹄子迷了眼，非得娶她。這不，長了一臉的短命相，更是只生了個閨女，連個兒子都生不出來；而且婚後她兒子將這蹄子看得跟個寶似的，現在竟然還為了這蹄子頂撞老娘，真是可恨。

「老二，你的意思是為娘冤枉你家媳婦了？」大高氏眼睛一瞇神色不善道。

「兒子不敢。」張闊一怔，百善孝為先，他確實不敢。

「好了，這件事情就這麼算了，既然老二說情，一個雞蛋也沒什麼大不了的，只是老二家的，以後手腳可要乾淨一點。」大高氏看到張闊低下了頭，心裡才微微好受點，她擺了擺手，裝作大方的模樣。

李雲不敢置信地看著大高氏，這就將她定罪了不成，可是她何曾拿過什麼雞蛋。

「娘。」

「行了別說了，這事就這麼著吧。」大高氏擺了擺手，轉身就要回房。

只是還沒走到房門，就聽到一道童音冷冷的傳來。「青兒還是第一次知道，原來雞下蛋是有數的，而且是每天必須要下一樣的數量。」

大高氏猛然回頭，看向和她娘有著七分相似面容的張青，怒道：「妳說什麼？」

「奶奶別生氣，青兒本來不知道，原來雞是每天都下蛋的，而且數目也都一樣，只是感到有些驚奇罷了。」張青看著大高氏，眼神冷冷的，嘴角卻勾勒出一抹笑容，將話再次重複了一遍。

「妳給我閉嘴，大人說話哪有小孩子插嘴的分，還枉稱什麼讀書人家出來的女兒，還是識得字的，怎麼教養孩子的，大人說話小孩子可以隨便插嘴嗎？雖然咱家窮，可是該有的長幼尊卑還是應該有的。老二媳婦，妳可得好好教教大丫。」

「是，娘，媳婦省得。」李雲一把將張青拉進懷裡，連連對大高氏稱是。

只是張青迅速從她娘懷裡掙了出來笑道：「青兒知道長幼尊卑的，只是，這雞以前不是下六個蛋嗎？現在只剩了四個，那其餘的兩個呢，大伯娘和奶奶說有一個是我娘偷了的，那另一個呢，是誰偷的呢？」

張青這話一說完，大高氏猛然一驚，然後那利劍似的眼睛瞬間緊盯著小高氏。

「娘，您別看我啊，不是我。大丫，妳可別胡說，什麼六個，哪裡有六個，明明是五個。」小高氏看著張青，擺出惡狠狠的模樣，只是眼神微微有些閃爍。

張青看著這兩人的反應一笑，六個雞蛋是她閒來無事數過的，只是雞蛋一向都是小高氏收，她只是數了數卻未曾動過，今天這麼一聽才知道，原來小高氏收的雞蛋一直都是五個。

「什麼五個，青兒不會說謊的，青兒最喜歡在那數數了，數過好幾次都是六個啊。」張青看著氣急敗壞的小高氏，甜甜地笑了。

這下大高氏不淡定了，看著小高氏。「老大家的，妳說。」

「娘，是大丫撒謊，真的。」

「妳當我是傻的嗎？我有幾次也收過六個蛋，還以為是咱家雞多下了個，原來是妳偷了，妳個不要臉的，枉費我那麼疼妳。」說著她拽過小高氏，狠狠地在她身上擰了兩下。

「娘，您聽我說，您聽我說，大寶、小寶，都是長身體的時候，多吃蛋長得好。」小高氏一邊躲著一邊嚎著。

張青看著這雞飛狗跳的，聳聳肩，笑咪咪地對她爹娘說道：「娘、爹，咱們進屋吧，估計奶奶和大伯娘還得忙一會兒呢。」

李雲有些猶疑地看著大、小高氏，似是有上去幫忙的意思，張青趕忙拉著她娘。「娘進屋了，奶奶教訓大伯娘呢，咱上去奶奶會很沒面子的，而且奶奶剛說過做人要孝順，咱回屋，看青兒給您帶了什麼好東西了。」說著小小的手拉著她娘往自家屋裡走。

一行三人留著大、小高氏繼續在院子裡鬧，轉身進了屋子。

李雲抱過張青，先是從頭到腳細細看了一遍，發現孩子氣色很好，而且長胖了許多，便高興道：「青兒在舅娘家還好嗎？」

「很好，舅娘還教青兒認字了呢，回來還給娘帶了東西，還有給青兒的書，讓娘教著青兒認字。」張青說著指了指堆在一旁的幾個包袱。

李雲順著那方向看去，有些驚訝。「這麼多，這不行，太多了，等娘改天去鎮上還給妳舅娘。」

「娘，您送回去，舅娘會傷心的。」

李雲細想後覺得閨女說的有道理，這才作罷。

「弟妹啊，剛剛我看青兒和小叔拿了好幾個包袱，可是她舅娘送的好東西？」伴隨著這說話聲，簾子一掀，竟是剛和大高氏爭執完顯得有些狼狽的小高氏進來了。

第六章

小高氏剛進門，眼睛瞬間盯住放在床上的那幾個包袱。

「弟妹的嫂子就是有錢，送了這麼多的包袱，裡面的好東西怕是有不少吧。」邊說邊露出貪婪的神色，而且手還朝最邊上的那個包袱伸去。

「咳咳。」

聽見張闊的聲音，小高氏訕訕的放下手道：「我是想幫弟妹打開看看，都有些什麼好東西。」

「大伯娘不用了，這些包袱裡都是大伯娘給青兒做的衣裳。」張青看著小高氏，笑咪咪地道。

「這麼多，都是？」小高氏懷疑。

「是啊，舅娘很疼青兒的。」張青笑咪咪答。

雖然小高氏聽張青這麼說，可是她還是不信，哪有人那麼傻，一個跟她沒有血緣關係的甥女，能給得了這麼多好東西，騙誰呢。

小高氏不相信地撇撇嘴。「那妳舅娘就沒有給家裡送些什麼東西？」

「大伯娘什麼意思，舅娘為啥要給家裡送東西？」張青一臉奇怪地反問。

小高氏一愣，每次李孟氏來家裡都會給這家裡帶些東西，前幾年老二家的每次去鎮上，她嫂子都會給她拿許多東西，且她回來都會送給婆婆和自己，尤其是些布料什麼的；要知道，除了在李孟氏那裡賒的那幾疋布，自己已經有許久沒有買過布了。

「哎，妳奶奶的衣服已經舊了，大伯娘想給妳奶奶做兩件新的。」小高氏一副哀愁的模樣。

「大伯娘想給奶奶做衣服，那是孝心，可是青兒還是不明白，這跟我舅娘有啥關係。」張青裝作不懂，睜一雙大眼看著小高氏。

小高氏臉色一僵，這讓她怎麼說，而且她看著張青，總覺得那一雙眼裡透著滿滿的諷刺。

「大嫂，先前我嫂子拿給我的布我已經給娘，那些給爹和娘做衣裳應該夠了，大嫂就不必費心了。」李雲開口。

她已經許久不去鎮上了，就是因為每次去鎮上回來，嫂子總是要給她許多東西，不管她怎麼推拒，嫂子都照給不誤，自己的推拒只會讓嫂子不高興，可是她既是嫁出來的女兒，哥哥又常年不在，那布莊是嫂子家自家的產業，她怎麼好意思，所以慢慢地她就不去鎮上了。

張青低頭，果然她娘身上的衣裳還是她走之前那幾件打了補丁的，看來舅娘上次拿來的那些布娘真的全給奶奶了，她娘可真夠善良外加孝順的，張青不由得感嘆了一聲。

小高氏當然知道李雲將布給了家裡的兩老，只是這不是沒給她嗎？她也好久沒做衣裳了，可是這話要她怎麼說得出口，想了想，小高氏的眼珠轉了轉，對李雲道：「既然給娘了，那就好了，我還有事，先出去了啊。」

看著煩人的小高氏終於走了，張青這才笑著說：「娘，快拆開看看。」

拆開包袱，李雲有一瞬間的愣神兒，這次的東西實在是有些太多了，她真的受之有愧。

看著她娘的神色，張青知道她在想些什麼。「娘，這是舅娘的一番好心，以後長大了，青兒會孝順舅娘的。」

李雲點點頭，隨後正色道：「青兒知道這是舅娘心善，對咱家好就行了，萬不要得寸進尺，想些不該想的，可明白？」

「娘，青兒明白。」

李雲將東西放進箱籠，看到最後那個包袱裡給自己的衣服，有些愣神兒，嫂子不但給青兒做了衣裳，還給自己做了。

看了看自己身上的衣裳，李雲苦笑一聲，嫂子大概認為自己受苦了吧……算了不想了，收拾收拾將青兒拿回來的吃食給各家送些吧。

「娘，這個也給您。」張青掏出那五兩銀子，還有十幾個銅錢。

銅錢花了些，可是上次被人撞倒，那人給的銀子，張青卻沒有動，都好好的放著，就想著能給家裡改善些生活。

李雲看到那銀子，大吃一驚。「青兒，這個哪裡來的？」

張青把前因後果對爹娘說了一遍，還亮出那玉珮給他們看了，張家夫婦將張青翻來覆去地看，直到確定張青沒有大礙，才放心。

「那這娘給青兒藏起來，等青兒嫁人的時候，當嫁妝可好？」李雲笑道。

「咳咳。」張闊一臉的彆扭。

「我才不嫁呢，青兒一輩子陪著爹娘。」

「對，不嫁。」張闊樂呵呵的在後頭附和著。

張青回家沒多久，就悲催地發現，她又不太習慣這種吃不飽的日子了，好不容易養的幾斤肉，好像又沒了。每天吃飯，看著張大寶、張小寶風捲殘雲的，哪有她吃的分啊。

不行，她必須得想些辦法，掙些錢弄些吃的。

只是有張大寶、張小寶還有大伯娘以及偏心的奶奶，張青十分懷疑自己的小身板還能養胖嗎？剛來的時候，她天天幻想分家，他們一家子搬出去住，可是後來，她知道，這個想法基本是不可能的，這裡的人，一般分家只有兩種可能，一種是大家長已經不在了，一種就是兩家實在過不下去了。

他們家現在的情況真的是哪一種都不屬於。

想到這，張青真的是三聲無奈啊，這家一時半刻估計分不成了，自己還小，出去掙錢也不太現實。

這一天張闊上鎮上賣東西，張青本就答應要去看李孟氏，而李雲想了想，也收拾了一些東西，準備去鎮上，她嫂嫂對她這樣好，她不應該就因為這些事情生分了，讓嫂嫂傷心。

賣了東西，得了些銀錢，三人相攜著說說笑笑的就去了李孟氏的布莊。

李孟氏見到張家人十分地高興，尤其是見到李雲。李雲許久沒來過她鋪子裡了，她心裡也不好受，她有的時候只是不想相公這個唯一的妹妹吃苦，只是補貼多了，誰知這小姑子卻見外了，這次李雲的到來，讓她十分地高興。

李孟氏熱情地留著張家三人吃了午飯，只是在給三人拿東西的時候，張家三人說什麼也不收，李孟氏也怕她給得緊了，這小姑子又和她見外，那就得不償失了，所以看張家人不收，她也就作了罷。

張家三人在李孟氏那待了許久才往回趕，臨走的時候，那吳文敏還拉著張青的手死活不放，惹來眾人一陣笑。最後張青答應這個小跟班，過兩天就來看他，外帶給他帶好東西，吳文敏這才放開了手。

回到家的時候，天已經暗了。

三人先是去大高氏那交了今天所賣的錢，只是大高氏看到李雲明顯不悅，家裡這麼多活都沒人幹，老二家的還到處亂跑，她有心想敲打敲打老二家的，只是看到自己兒子一番愛妻護女的模樣，想了想，無力揮了揮手還是算了，只是覺得這老二家的越發讓人不喜歡了。

只是三人進了屋子，嚇了好大一跳，早上走的時候，李雲明明將屋子收拾得整整齊齊，可是現在看，這屋子卻有些亂，明顯被人翻過。

「爹，有人進過咱們家，娘，看家裡是不是丟了什麼東西。」

張青白著一張臉，三人趕緊先將屋裡檢查了一遍。

「妳舅娘給的布，還有我那件衣裳，以及那些吃食都不見了。」李雲打開放東西的箱籠檢查一遍，有些木木然地說道。

然後她突然想起什麼，白著一張臉蹲下床，在床的炕洞裡掏了半天，在終於掏出一件東西後，才猛然鬆了一口氣。那是一個灰色的布袋，打開赫然是張青拿回來的那五兩銀子。

「我去找大嫂。」張闊看著家裡的東西，怒火直往頭上湧，這次實在是太過分了。

「她爹，先別去。」李雲剛開口，卻發現張闊已經急急走了出去。

慌忙中，她將手中的銀子塞進布袋中，趕忙扔進炕洞後，就追著張闊跑了出去。

張青一看，得，都走光了，她也跟著出去吧。

張闊氣勢洶洶地走到老大家，一把掀開簾子，老大一家正圍在桌子上吃東西，張闊眼尖地發現，那桌上的糖就是李孟氏給張青拿的那些。

他一個大步邁進去。

張升見到自家兄弟還挺高興，連忙招呼道：「二弟來了，剛好，這你嫂子今天娘家送的糖，趕緊來吃些，等會兒再給大丫帶些。」

「大嫂的娘家？」張闊感覺自己已經氣紅了眼。

張升也發現自己兄弟有些不對，連忙問：「怎麼了？」

張闊避開張升，走到小高氏跟前。「大嫂的娘家今天來人了？」

小高氏看到張闊來已經有些白了臉，隨後腦子一轉，卻笑道：「哦，可不，今天我娘家弟弟來了，剛好二弟不在家。」小高氏說著，只是看向張闊的眼神有些閃爍。

這時李雲和張青也隨後跑了進來。

「這是怎麼回事？」張升滿臉疑惑。

「沒事、沒事。她爹，算了，我們走。」李雲拉著張闊就想往外走。

「今天這事沒完，大嫂妳最好給我個交代。」

「到底是啥事？」張升提高了聲音。

「沒事，大哥，沒事，我這就帶他走。」李雲邊說邊拉張闊，只是她這麼小的個子，又怎麼能拉得動張闊。

「就是，有啥事。」小高氏小聲嘀咕道。

「大丫，妳說。」張升不滿地橫了一眼小高氏，對張青道。他有種預感，小高氏今天肯定又幹了什麼見不得人的事情。

張青聽了張升的問話，左右看了看眾人，最後又看了一眼小高氏，然後躲在她爹身後，這才期期艾艾地道：「今天青兒和爹娘去鎮上了，回來發現上次舅娘給青兒拿的吃食，還有給娘的布以及娘的新衣裳都不見了。嗯，還有許多糖，就跟大伯家桌子上的糖一樣的。」

張升一聽哪還有不明白的，這是肯定是小高氏趁著老二一家人趕集，家裡又沒人，摸去了老二家，偷了東西。

「小賤人，妳胡說什麼呢。」看著張升發紅的眼睛，小高氏朝張青惡狠狠地喊著。

張青聞言好似嚇了一跳，努力地往她爹身後鑽了鑽。

「大嫂，妳罵誰小賤人呢。」張闊被小高氏那一句小賤人，瞬間氣紅了眼。

「臭婆娘，妳罵誰呢！大丫是我們張家的丫頭，妳還是這丫頭的大伯娘，居然當著這麼多人的面作踐她。」張升看著小高氏一副要吃了張青的模樣，顯然也是被氣狠了，除了生氣，還有一種丟人的感覺。

今天老二一家人去了鎮上，他們一家和爹娘下了地，中午小高氏回來做飯，晚上回家的時候，就拿出這些吃食給他還有大寶、二寶，說是今天她娘家弟弟來了。他還在奇怪，一向小氣的高家，今天居然送了這麼多東西，現在看來，這東西都是小高氏去老二家偷的。

這樣想著，張升就氣得一個巴掌甩了過去。

張青一直有些鄙視打女人的男人，可是看著小高氏，卻怎麼也同情不起來，小高氏真的是要作死的節奏啊，她都忍不住想上去踹上兩腳，只是誰讓她現在還太小。

張青在張升甩小高氏巴掌的時候，就第一時間捣住了耳朵。

果然小高氏在反應過來自己被打後，就朝著張升撲了過來，拳打腳踢，外搭掐、摳、拽、拉，嘴裡還發出陣陣嚎叫聲。

眾人卻都有些見怪不怪，甚至有些無語地看著眼前的這一切。

張升和小高氏就這樣打了起來，兩人撕扯間，還不小心碰到了那放在兩張凳子上的箱子，箱子翻了，張青眼尖的發現了自家娘親的衣裳，還有那疋布。

「在做什麼，成什麼樣子了！」關鍵時候，張家的大家長老張頭出面了。

看到老張頭，張青一家三口都鬆了一口氣。

「啊，妳在做什麼，妳敢打我兒子，我跟妳拚了。」又是一聲尖利的叫聲傳來，在眾人還在愣神兒的時候，就看到護子心切的大高氏已經沖著小高氏撲了過去。

此時她也顧不上這女人是不是她給她兒子找的媳婦，也不管這是不是她娘家的遠房姪女，她的眼裡只有一件事情，這件事情就是，這個女人在打她的兒子。頓時兩人的廝打由於加入了大高氏變成了三人混打，張大寶和張小寶一看眼前的景象，不禁哇哇大哭起來。

老張頭深吸兩口氣，拐杖猛然在地上狠狠敲了兩下，怒喊道：「住手，都給我住手。」只是這會兒三人正打得起勁，哪有人聽他的話。

「老二，還站在那幹啥，還不趕緊把你娘、你哥、你嫂子他們三個分開。」

「好，爹。」張闊答應著就上去拽那三人。

經過一番撕扯，三人終於停了下來，但都是傷痕累累，就連張闊臉上都被撓了好幾下，讓張青和她娘看得好生心疼。

最狼狽的就要數小高氏了，此時她的臉上兩道血痕，頭髮已經成了雞窩狀，一屁股蹲在地上喘著粗氣。

而大高氏一看自家老二的臉上也被撓了，不由越發生氣，不用想都知道，這是誰撓的，除了小高氏，根本就沒有第二人選，她和老大根本不可能撓老二，想到這裡，大高氏對著小高氏啐了一口。「毒婦，我非要休了妳，休了妳！」

「好了，都給我住嘴，這是怎麼回事，老大你說。」老張頭再次用拐杖狠狠地敲了敲地。

「爹，這賤人，去老二家屋子裡偷東西了。」

「冤枉，我沒有，這東西憑啥說是老二的，明明是我娘家送來的。」小高氏連忙喊道。

眾人皆是嗤之以鼻，尤其是大高氏，此時也顧不上這媳婦是她看上的，冷嘲熱諷道：「妳娘家？我呸，妳嫁過來這麼多年，除了從我家順東西補貼妳娘家，妳娘家啥時候送過東西。」

小高氏臉色一白，依舊嗆聲道：「就是我娘家送的，就是！你們憑啥說是我從老二家拿的，憑啥？誰看見我拿了，誰又證明這東西是老二家的，不就是些糖果子，哪裡沒有得賣，老二家裡有，難道我娘家就不能有，不能送？這是哪家的道理。」

眾人雖然知道，小高氏這是在胡謅，但是卻還真的拿她沒辦法。

只有張升惡狠狠道：「賤人，妳還敢說。」

小高氏縮了一下，然後更是揚起頭，一副你能拿我怎麼辦的表情。

「老二，你說呢？」老張頭看向張闊。

張闊躊躇了一下才道：「爹，今天我們一家三口去了鎮上，回來見家裡亂了，一看才發現，青兒舅娘給青兒娘的東西都不見了，除了糖果以外，還有一疋布和青兒娘的新衣裳。」

「胡說，哪裡有，二弟，你可不要血口噴人。」張闊剛說完，小高氏就喊道。

「娘的衣裳不就在那裡。」張青指著地上撒落的東西中的一件。

「老二家的，去拿給我看看。」

「是，爹。」李雲走過去，拿起那件衣裳。

一看那衣裳，張升又是一口氣上不來，這衣裳明顯就是李雲的，小高氏比李雲胖那麼多，哪能穿得進去。「賤人，妳還敢說這是妳娘家送來的。」

小高氏這一下終於白了臉，低著頭，訕訕的不敢應聲。

她原想，老二一家子都是好性子，自己拿了也就拿了，他們頂多有些懷疑，只要自己不承認就好，誰讓他們得了好東西不給她。沒承想，老二一家子卻鬧了過來。

想到這些，小高氏低著的頭，迅速狠狠地瞪了一眼李雲。

「爹，分家吧。」張升閉著眼睛疲憊道。

眾人聞言俱是大驚。

「老大，你說什麼？」老張頭、大高氏外帶張青一家子都不敢置信。

「爹，我不能再對不起二弟了，咱們分家吧，這個女人我管不了了。」張升沈聲道。

張闆也有些愣愣的，他其實也很想分家，他也受夠了每天看著自家媳婦和閨女被大嫂還有那兩個小子欺負，只是誰知，這話他還沒說出來，大哥反倒先說了出來。

「管不了休了便是，娘再給你娶門好的，莫不要說分家的氣話啊。」大高氏連忙勸道。

「娘您別說了，我想清楚了，我要分家，我不能繼續連累二弟了。」

張升真的覺得自己是沒臉見他二弟了，小高氏欺負弟妹，大寶、小寶欺負大丫，他不是看不到，只是他看到了、呵斥了，可是根本就沒有用。這次更是離譜，小高氏已經敢去老二家偷東西了，不分家，誰知道小高氏還能幹出什麼事情，他不想到時候因為小高氏，讓自己再也沒有面目見二弟。

小高氏也大驚失色。「我以後不敢了，不能分家啊，他爹，你聽我說，不能分啊。」小高氏也不管了，趕緊出聲。要知道他們是大房，分了家爹娘肯定要跟著他們，雖說爹娘現在身子還硬朗，可是以後呢？分了家，就少了老二一個勞動力，老二家媳婦和那丫頭又吃得不多，她家可是有兩個小伙子呢，少了個勞動力，以後要養兩個小的還有兩老，日子可怎麼過啊。

「妳給我閉嘴。」張升惡狠狠地瞪了小高氏一眼，眼睛已經有些發紅。

小高氏被他看得一陣害怕，只是嘴裡還喃喃自語。「不能分啊，不能、不能。」

「這個明天再說罷，先都散了，不早了。」老張頭嘆了一口氣，揮了揮手便出了房門，只是走路間，腰好像更彎了。

「爹。」張升喊了一聲，老張頭卻根本沒有回頭。

「大哥。」張闊看著張升欲言又止。

「我知道你想說什麼，是大哥對不起你啊。」張升苦笑一聲，拍了拍張升的肩膀。分家的事情就這麼被張升提了出來。

這一夜，張家的人全部輾轉反側，一夜未眠。

第二天一大早，李雲和往常一樣早早起床開始準備早飯，只是坐到飯桌上，和往常不一樣的是，除了張大寶、張小寶，一向熱鬧的飯桌上一片沈默。

吃過飯，老張頭剛要起身，就聽見張升喊道：「爹。」

老張頭身子晃了一晃，嘆了一口氣。「也罷，你們都到我屋子裡來吧。」

「你這孩子，到底犯了啥傻，就非要分家。」大高氏抹著眼淚，埋怨著張升。

「就是，孩子他爹，這家不能分啊。」小高氏也附和道。

「都是妳這賤人，妳還敢說。」大高氏惡狠狠地橫了小高氏一眼，徹底將她記恨上了。

「也不能全怪我啊。」小高氏嘀咕著，只是已經沒有人理會她了。

老張頭的屋子是整個張家最大的，剛好坐下這麼些人，也不算擠，老張頭抽了口旱煙，沈默一會兒，才慢慢道：「老大，你想清楚了嗎？現在分家是要被村裡人戳脊梁骨的。」

「爹，我想好了，分吧。」張升也知道分了後，別人會怎麼看待他家，但是不分，長此這麼下去，他怎麼還有臉見二弟，他們的兄弟情分恐怕就徹底完了。

「老二你說。」老張頭問過張升，又看向張闊。

張闊沈默一會兒，才斬釘截鐵地說：「爹，分吧。」說出這話，張闊覺得自己突然輕鬆了許多。

他想分家，很想分，不知道什麼時候，這種念頭就越來越強烈。是在青兒娘懷青兒的時候還得幹活，不幹活大嫂就冷嘲熱諷；或是在青兒娘生青兒，卻因為娘和大嫂不想掏請穩婆的那個錢讓青兒娘差點一屍兩命；還是看到青兒娘和青兒瘦骨如柴的身影，大寶、小寶卻長得那麼的圓潤，可是他的青兒卻瘦成了這個樣子；抑或者是青兒每次都被那兩個孩子欺負的時候？

這次的事情只是個導火線，讓他積攢多年的怒氣一次爆發了出來，既然大哥提了出來，那家一定要分。

聽了張闊的話，大高氏再也忍不住，號哭起來。「作孽啊，都是作孽啊，老二家的，是不是妳慫恿老二分家？還有老大家的，妳等著，分了家我就讓老大休了妳。」

小高氏一愣，有些囁嚅地低下頭，不敢說話；李雲則是有些委屈，只是看到張闊安撫的眼神，心裡突然平靜下來。

老張頭沈默一會兒道：「既然你們兩兄弟都想分家，那就分吧，家裡就這些東西，你們兄弟商量商量，一人拿一些吧。我們兩個老的自然是要跟著老大的，家裡的地也不多，老二，家裡還有塊荒地，那塊荒地就給你了吧。」

張闊也知道家裡的情況，大男兒有手有腳，他本來也沒想過要從家裡拿些什麼，有一塊地已經很不錯了，聽了老張頭的話，他也只是點了點頭。

聽到家裡那塊比較好的地不分給老二一家子，只分給他們一塊荒地，小高氏不由高興起來。突然發現其實分家也有分家的好，雖說少了個勞動力，卻也少了三張嘴吃飯。

「既然決定要分家，明天就去把里正請過來吧，你們下去商量其餘東西怎麼分吧。」老張頭揮揮手，一副十分落寞的樣子。

「孩兒不孝。」兩兄弟跪下，給老張頭磕了頭，才出了屋子。

家裡的東西不多，張闊一家除了自家住的那間屋子，分到了一隻雞，還有一口鍋，以及大高氏給的一貫銅錢；只是灶房只有一個，兩家先共用著，等張青家先蓋個灶房出來再說。

第二天，一家人請了里正來作證張家分家的事宜。

張家這分家可是驚動了這個小村子，不提眾人在背後的指指點點，張青一家三口卻鬆了一口氣，雖然這次分家，看似他們吃了虧，可是他們一家子卻毫不介意，只要給他們個住的地方，其餘什麼都不給，他們依舊是高興的。

三人互相看了一眼，然後面對面咧嘴笑了起來，只是都不敢放出聲音，要是被小高氏聽見還不知道要生出怎樣的風浪，讓老張頭、大高氏怎樣地傷心。

他們有手有腳，還有五兩銀子，短時間內生活都不會有什麼問題。

而他們當務之急，就是先蓋個灶房出來。

說幹就幹，那五兩銀子李雲死活不讓動，畢竟家裡還有分家時大高氏給的那一貫銅錢，再說蓋個灶房也不用費啥錢。

張闊一大早就去山裡砍樹去了，等張升忙完後根本不理小高氏的嘮叨，也一同去了山裡幫忙，還有同村和張闊交好的李大叔也過來幫手。

不過三天，蓋灶房的材料就備齊了，然後張闊邀了幾個相熟的漢子，來幫忙蓋房子，一人一天十文錢，還管飯。又不是啥大工程，不到五天，一個灶房就已經蓋好，張闊又將自家院子往外擴了擴，弄了個簡單的院子。

雖然屋子還是那所屋子，兩家中間只隔了一個簡單的籬笆牆，但是張青還是很高興，從今以後，她的生活將再也不會和原來的一樣了。

只是那一貫銅錢，近幾日花了不少，而張闊和李雲又不同意動那五兩銀子，當務之急，必須要想辦法掙錢才對。

張青突然想起自己從李孟氏那裡拿回來的那些布偶，那些布偶拿回來就被放進了家裡的箱籠裡，其實張青當時就想將這些賣了，只是當時家沒有分，先不說東西賣得出去賣不出去，反正賣出去的錢一定跟她沒有半毛關係，她依舊得吃那兩寶剩下的，想著，她也就歇了那個心思。

此時家都分了，這東西就剛好派上用場。張青樂呵呵地想，突然感覺前途一片光明。

三個人等灶房蓋好，就去了分得的那塊地，那塊地在村子最邊上，因為土質不好，一年也沒有多少的收成。

張青看著這龜裂的的土地，突然想起，以前在農村，奶奶說過，種綠豆是最養土地的。這樣想著，張青便提議種些綠豆。

張闊有些為難，他們從未在地上只種綠豆，一般都是種麥子，因為這吃的東西都不夠，所以更不可能分出來種其他的東西，而且豆子這些東西一般都是在自家後院裡種，還從未大量的在田裡種植。

「爹，種吧，反正在這裡種麥子也吃不飽，青兒在舅娘書房裡看過，綠豆最養土壤了，種上幾次，土壤會越來越好的，而且這東西種起來讓人省心。」

張闊想想好像自家後院那塊地確實是比其他地方肥沃一點，就像青兒說的，反正這塊地就算全種上麥子，家裡也吃不飽，還不如種綠豆，說不定真如青兒所言能養好地。至於家裡的糧食，他趁著現在還是春天，多打些獵，補貼補貼家用好了，好在他身體強壯，養活老婆、孩子應該是沒問題的。

說幹就幹，而後幾天，三人先將土翻了一遍，然後撒下了綠豆種子。張闊沒有休息，就又馬不停蹄地上了山，又是砍柴又是獵東西的。

不過短短半個月，張青和她娘看到瘦了也黑了的張闊都心疼不已。

窗外的月光如同點點銀灰灑落在地上，透過那小小的木製窗戶，一家三口坐在炕上，一片溫馨。

「家裡還有四十個銅錢，她爹，明天回來記得買些米，家裡的米快沒有了。」
「好，明天一大早我就去鎮上，順便將這幾天砍的柴還有捕獵的動物賣掉。」
「爹，我明天也要去。」張青舉手示意。
「妳去幹麼？這天氣已經開始熱了，再把咱家青兒曬到了怎麼辦，明天爹爹去鎮上，妳就在家陪著妳娘可好？」
「不、不，青兒要去，青兒要去。」張青這次去鎮上是有正經事情的，她已經想好了，把她做的那些玩偶試著拿去賣，看是不是能賣出去，能掙一點是一點。
「她爹，就讓青兒去吧，我看她在家裡也閒不住。」李雲笑著幫腔。
「那行。」聽到李雲都發話了，張闊笑笑也就應了。
張青看見她爹答應了，笑得眼睛都瞇了起來。
分家後，家裡的生活雖然依舊不太好，但是每個人心裡都透著一股幹勁，以及說不清、道不明的輕鬆感，而李雲也想方設法想讓張青多吃一些，張青這才半個月，又圓潤了不少。現在也就是頭髮還有些黃，其餘的都和正常小孩子一樣，白嫩的皮膚，滴溜溜的眼睛，小巧紅潤的嘴巴，而且她和平常小孩子不同，不會把自己弄得髒兮兮的，看起來更加招人喜歡。
第二天天還未亮，張闊就叫醒張青，揹著前一天整理好的簍筐，帶著李雲做好的菜團子，牽著同樣揹著一個包袱的張青，朝著李大叔家走去。張青迷迷糊糊地穿戴好，看著那從頭頂上撒著柔和光芒的明月，不由嘆了口氣，現在才是半夜吧。

到了李大叔家，李大叔已經套好牛車，拿著一盞燈站在門口，看起來像是等了有一會兒了，張闊有些不好意思。「李大哥，讓你等久了吧。」

「沒有，我也剛收拾好，我們走吧。咦，大丫也去啊。」

「李大叔好。」張青甜甜地喊了一聲人，然後有些不好意思，其實今天是因為她昨晚想得太多，睡得遲，剛睡著就被她爹叫醒，有些賴床，所以才來得遲了。

牛車上除了張青、張闊還有李大叔以外，還有李大叔家的二虎。

二虎看到張青眼睛亮晶晶的，有些害羞地看著她。張青看到二虎也很高興，這孩子不像其他孩子一樣，十分地乖巧。

一行四人趕著清晨的朝露，很快地到了鎮上。

依舊是那條街，張闊和李大叔都在街頭那交了錢，就進了市場各自找位置。現在時間還早，好位置也沒有被占去太多，張闊父女倆很快地就找好一片空地，將東西擺了開。

「爹，我去四處看一看啊。」張青說著就往外跑了。

「哎，妳這孩子，小心一點啊，看完就趕緊回來。」張闊在身後囑咐道。

「知道了爹。」張青邊跑著邊答應著。

張青在這個市場上轉了一圈，有賣雞蛋、小雞崽的，賣自家種的菜的，還有一些小荷包、繡帕什麼的，一個小荷包差不多也就是兩、三文錢，上面繡了花可能要多上一、兩文的，繡帕也是差不多的價格。

張青了然，這市場上不光是賣菜賣肉的，既然這些繡帕、荷包有人在賣，那就說明肯定有人會買，在瞭解了一下行情後，張青高高興興地跑回她爹跟前，打開包袱，也似模似樣地將包袱鋪好，將她那些手掌大的玩偶擺了上去。

天漸漸大亮，這市場上的人也多了起來。

「快來看啊，這裡有新鮮的野味，上好的皮毛，還有樣式新穎的娃娃，只此一家。」

張青看著人來人往好像沒有太多人注意他們這兒，便站起身喊了起來。

她這一喊，倒還真引起了人們的注意，大家紛紛看向他們擺攤的這裡，等看到是一個五、六歲大的小女孩在叫賣，越發好奇了。

「小姑娘，這是什麼東西啊？」有一位婦人有些好奇地拿起一個藍色的玩偶，這些模樣奇特的東西，她可是見都沒有見過。

「這個是我家裡做的玩偶，可愛吧，就只有我家有呢！這個藍色的是小海豚，那個綠色的是小海馬，還有那個黃色的海綿寶寶。」張青一個個介紹著，十分自豪的模樣。

「嘿，有些意思啊。」有個婦人拿起一個玩偶，笑道。

「姊姊，妳要不要買一個啊？」張青看到婦人十分感興趣的模樣，連忙問。

「這個多少錢啊？」

「五文錢一個。」

「啊，五文錢，太貴了，一個繡花荷包都沒有五文。」婦人皺眉連連擺手道。

「可是這個和荷包不一樣啊，姊姊，妳看這個多好看，多可愛啊，買了不虧的。」張青繼續甜甜地介紹著。

婦人猶豫了一會兒，還是買了一個。

其他的人看到有人買了，也紛紛湧過來，這些東西她們從未見過，而且確實小巧可愛，女人天生對這些可愛的東西沒有抵抗力。

不一會兒，張青包袱裡的東西就賣光了，順帶的，張闊攤上的肉也比往常賣得快了許多。

剛到正午，兩人面前的東西就賣光了。

看著荷包裡的銅錢，張青笑得眼睛都瞇了起來。

「看妳這一副財迷樣。」張闊笑著點了點張青的鼻子，他也沒想到閨女的那些東西真的能賣錢。

「爹，我們去舅娘那吧。」

「好。」張闊給李大叔打了聲招呼，就帶著張青買了些東西，去了李孟氏的布莊。

李孟氏看到兩人十分高興，拉過張青是看了又看，看到張青最近是又白又胖，不由滿意地點了點頭，吳文敏聽到張青來了，也趕緊跑了出來。

張青見到自己這個可愛的小跟班也很高興，只是有些奇怪，這孩子的性子是怎麼回事，看到自己明明很高興，卻依舊板著一張臉；別以為她沒有看到他雙眼已經放光啦，難道這孩子就是傳說中的悶騷，可是這才幾歲啊……

張青先是陪著李孟氏說了一會兒話，又在布莊裡四處轉了一圈，挑了許多各種純色的棉布。

「青兒妳要這些做什麼？」李孟氏疑惑道。

「舅娘，青兒有用，青兒要做大大的、軟軟的抱枕，能賣錢。」

「賣錢？」李孟氏疑惑地看向張闊。

張闊笑著將張青早上在集市上的事情講了一遍，李孟氏大感驚奇。「沒想到妳鼓搗出來的那些小玩意兒還真掙了錢。」

張青只是嘿嘿笑著不說話。

「好，舅娘這就讓人把妳要的東西包起來。」

張青又買了好大一袋棉花，將手裡的錢全花完才作罷。本來那些布，李孟氏是不準備要錢的，但是看著張青那執拗的樣子，無奈還是收下，只不過是按平常的進價收的。

張青當然知道這些，雖有些不好意思，但是特殊時期特殊對待，誰讓她現在沒有錢呢。

臨走前，李孟氏又是依依不捨地給張青拿了許多小東西。

接著張闊父女兩人在街上將家裡缺用的東西買全，身上的錢也花得差不多，看時辰已經到了和李大叔約好的時間，這才作罷。

第七章

這次趕集賣東西賺來的錢，幾乎被父女倆花光，除了米麵以外，張青纏著她爹買了許多肉。這裡的肥肉比瘦肉價格要貴，剛好張青又不喜歡吃肥肉，所以買的多半是瘦豬肉。

不但有肉，也買了些雞蛋，還有種蛋。

以前沒有分家的時候，雞蛋幾乎都是用來賣錢的，他們很少吃。分家時他們分得一隻老母雞，雖說這老母雞還能下蛋，只是三、四天才下一個，李雲本來想將雞蛋攢起來，可是被張青制止了。

這三、四天才得一個雞蛋，要攢來賣錢，得攢到什麼時候了？所以那雞蛋李雲一般都是做成雞蛋羹讓張青吃，每次張青都會將小小一碗的雞蛋羹分成三份，好讓一家人都吃得上。

這次買了種蛋，就可以讓這種蛋孵出小雞來，然後這蛋生雞，雞再生蛋，蛋再生雞，這樣下來可是一筆不小的錢呀！張青感覺自己有些小激動，果然這未來的好日子還在後頭呢。

回到家，李雲看到這麼一大堆東西，被驚了一下，得知錢幾乎全部花光，有些無奈。

「娘，青兒的那些玩偶今天賣了一百文錢呢。」回到家，張青向她娘炫耀道。

「這麼多！」李雲有些驚訝。

「是啊，一個能賣五文錢呢，青兒有二十個，全賣掉啦。」

李雲看著張闊，看他點點頭，才驚訝地拍拍張青的小腦袋。「我們青兒可真能幹啊。」

「那是。」張青就像個小孩子一樣，挺著胸膛驕傲道：「娘，這次青兒扯了許多顏色的布，我們做些大玩偶，樣子還是上次那樣的，只不過要大些，要人可以抱著，或者枕著。」

其實張青在玩偶賣完時就在想這些事情，她想做些大玩偶，就像現代那樣的巨型玩偶，這樣價格可以賣得高些。

「好，都依妳。」李雲說完後，提著些買回來的東西，去了老張頭兩老的院子。

當時分家說的是張闊不拿那些地，並且每年給兩老一兩銀子的花費，不過有好東西張闊還是會往那兒送。

不一會兒李雲從那邊回來了，只是臉色看起來有些不好。

「娘，您怎麼了？」張青有些小心翼翼地問。

「哦，沒事，就是剛才碰到妳大伯娘了。」李雲笑了一下，擺擺手解釋道。

張青撇撇嘴，想也知道，肯定是大伯娘說話又難聽了。

不過她想得也沒錯，李雲送東西的時候，剛好碰到小高氏，小高氏看到李雲手裡提的東西，立馬就迎了上來，說是要幫李雲拿。東西又不多，而且家裡誰不知道小高氏的德行，李雲閃開小高氏的手，婉拒後，就趕忙朝著老張頭的屋子裡去。

沒承想，那小高氏也跟著進去了，看到李雲打開布包裡的東西，眼都直了。

「我說弟妹分家後有錢了啊，剛剛看二弟回來可是揹了不少東西，不過弟妹也孝順，分家也沒忘了咱爹、咱娘。」小高氏樂呵呵地說著，眼睛一直盯著桌上的肉，眼中盡顯貪婪。

「大嫂說笑了，那些都是家裡平常用的東西，沒有啥好東西。」李雲柔柔地答著。

「弟妹太客氣了，這肉我拿去灶房給爹娘燉了啊。」小高氏說著就想拿桌上的東西。

大高氏看到，只是冷笑一聲。「妳敢動試試。」

聽出大高氏的態度不算友好，小高氏訕訕的放下手，轉而說起兩個孩子來。「哎，大寶、小寶和他們大丫妹妹好久沒在一起玩了，等會兒讓他倆去妳家找大丫吧。」

李雲明知道小高氏在打什麼主意，可是不答應卻也沒有辦法。

「青兒，等會兒妳大寶哥還有小寶哥要來找妳。」

「找我？」張青有些莫名其妙，那兩個上次被她整了以後，後面又挑釁過她幾次，都被她反擊了回去，他們雖然是一家子，可是現在目前的狀態是你看我討厭，我看你煩，那兩個小子找她幹麼。

「妳大伯娘說，他們想妳了，想找妳玩。」李雲解釋著，其實這話，她自己都不相信。

張青聞言撇了撇嘴，想她？騙鬼呢，她看那兩個小子是皮緊了想鬆鬆才對。

張青感覺自己好像能明白小高氏的意思，就在她和她爹回家的時候，她還看到小高氏在兩家中間隔的籬笆邊一直往她家瞅。

「娘，晚飯您等會兒再做，我和爹在街上吃的東西還沒有消食呢。」張青囑咐了她娘一句，就去了院子裡，搬著個小板凳給那隻老母雞餵食。

過了一會兒，張大寶和張小寶果然來了這邊。

「大寶哥、小寶哥。」張青看到人來了，甜甜地對著兩人笑著。

小寶還好，大寶卻有了警惕心，經過幾次打交道，大寶覺得，大丫這麼一笑絕對有鬼，其實今天他們是真的不想來這裡，只是娘說二叔家買了許多好吃的，他們才來的。

張大寶有意識的離張青遠一些，眼睛直往張青家新蓋的灶房裡瞄。

張青暗暗發笑。「大寶哥，我想去看爺爺。」

「看爺爺，看爺爺做什麼？」張大寶疑惑。

「我娘將買的肉都給爺爺和奶奶拿去了，我想吃肉。」張青眨巴了兩下眼睛，一副很饞的模樣。

張大寶警覺，剛才他娘說二叔家有好吃的，可沒說二叔給爺爺帶了肉。「真的？」

「哥、哥，我要吃肉、吃肉。」張小寶搖著張大寶的胳膊，纏著要吃肉。

「你們不信算啦，我去爺爺家。」說完張青不理張大寶和張小寶，出了院子，繞了一圈，跑到隔壁。

果然，小高氏在處理她娘送過去的肉，而大高氏站在旁邊虎視眈眈。

兩人看到張青俱都一愣。「大丫妳來幹啥？」

小高氏一臉不高興，剛才她讓兒子過去找張青，現在這丫頭過來了，那她兒子呢？

「大寶哥和小寶哥讓大丫過來吃肉。」張青笑嘻嘻道，一副十分高興的模樣。

「什麼？怎麼可能。」小高氏驚訝，她看到李雲送了好大一塊肉給大高氏，想著老二家肯定還有不少，所以想讓兩個孩子去吃。這邊的肉，大高氏只給了自己半塊，能夠幾個人吃啊？本來就少，這老二家的怎麼回事，還讓孩子過來，還有她家的臭小子怎麼就這麼笨呢。

「大伯娘不想青兒過來嗎？那青兒走了。」張青說著十分委屈的模樣。

「算啦，大丫就留在這吧。」也不知道是不是因為李雲分家了後，買了東西還心想著兩老，大高氏對於張青的態度比以前明顯好上一些。

「謝謝奶奶。」張青笑嘻嘻應著，等看到小高氏臉上的表情，她就越發的高興。她也不是非要在這邊吃飯，只不過是噁心噁心小高氏罷了，都分家了還老想著占她家便宜，什麼人呢。

從鎮子裡回來，看著家裡又沒啥錢了，張闊第二天又趕忙上山去打獵、砍柴。而張青和她娘除了去地裡看那些綠豆以外，就是在家做抱枕，雖然大部分都是李雲來做，誰讓張青沒那個技能。

除了這些活計，李雲也將種蛋放好，等著二十一天後孵出小雞來。張青對這個很感興趣，一天要看上七、八次。

等張闊再次決定去鎮上的時候，張青和她娘也做出了十個抱枕，零碎的布頭又做了些小玩偶。

依舊天不亮，依舊是蹭著李大叔的車。

這次張青的收穫不錯，每個玩偶依舊是五文錢，大的賣四十五文錢，十個抱枕，賣出去八個，還有十幾個小玩偶也全都賣了出去。至於剩下的兩個抱枕，張青直接拿去了李孟氏的布莊，準備一個送給舅娘，另一個送給吳嬸子，畢竟第一批的玩偶大都是吳嬸子做的呢。

這次回家，張青和她爹買的東西越發的多了，米麵糧油那是必須買的，張青除了買做玩偶用的布，還另外扯了些布給爹和娘做衣裳，畢竟張闊的衣裳已經有些小了，而且洗得發白不說，很多地方都已經磨損補上了補丁。

李雲看著提著大包小包，卻沒有帶回錢的父女兩人，是又好氣又好笑。

就在張闊信心滿滿，準備打獵然後好好掙錢發家致富的時候，誰知道卻下起了雨，這雨一下就是連綿不絕，這次可愁壞了張闊，沒打獵、沒柴砍，下次去集市上要賣些什麼？

不提張闊的憂心忡忡，張青買回來的種蛋，終於孵出了小雞來，五個種蛋，孵出了四隻小雞，只有一個蛋沒有孵出來，張青對於這個結果還是十分滿意的。

這雨一下就是七、八天，張闊無聊中主動承擔起照顧小雞崽的任務，而張青和她娘則加緊多製作些抱枕，希望到時候能多賣些錢。

當天終於晴了的時候，小雞崽的個頭長大不少，而家裡做抱枕的布也已經用完。

張闊看天終於晴了，就想去山裡打獵，這剛下完雨，山裡肯定有很多好東西。

張闊揹著簍筐，看著一大一小正在忙碌，心中有種淡淡的自豪感。「她娘、青兒，我去山上轉悠一圈，現在剛下完雨，山上肯定有不少好東西。」

「剛下了這麼長時間雨，上山的路肯定不好走，肯定有危險，還是過兩天吧。」李雲憂心忡忡地勸道，張青也在旁邊猛點頭。

「哎，沒事，我又不是第一次上山，怕啥，而且山裡現在好東西正多著。」張闊不在意地擺了擺手，揹著簍筐，拿著自製的弓箭還有匕首就往外走。

李雲無奈嘆口氣。「妳爹啊，可是鑽錢眼子裡去了。」說罷自己先笑了起來。

「可不是，不過，娘，咱們家的日子是越來越好了。」張青看著張闊走出去的背影，再瞅瞅床上堆的抱枕，嘿嘿直樂。

「妳這小傢伙，和妳爹一樣，都是鑽在錢眼子裡啦。」李雲笑笑點了點張青的額頭。

張青揉了揉額頭。「誰讓我是我爹的閨女呀。」

雨後初晴，太陽溫柔照耀著這個小山村，空氣中散發著一種泥土和草地的芬芳，藍天白雲，到處都是綠油油的一片，讓人心曠神怡。

張青難得的享受這雨後的閒暇時光，雖然這個家還是比較貧窮，沒有好的物質，甚至有時候有些煩心事，但是不可否認的是，這裡的安寧、清淨，讓人感覺別有一番滋味。張青坐在院子中，深吸一口氣，閉上眼睛，只感覺好一片愜意啊。

突然，院子前的路上傳來噠噠的聲音，而且那聲音離她家越來越近。

張青好奇地跑到門前，看到一輛熟悉的馬車。

等馬車停下來後，李玉先從馬車裡跳了出來，緊跟著才是李孟氏，李孟氏下車後，從馬車內還鑽出一人，原來是吳文敏。

「舅娘，您怎麼來了？」

「當然是想青兒啦。」李孟氏刮了刮張青的鼻子笑道。

這時李雲也聽到院裡的動靜，撩開簾子，看到院裡一行人，十分高興。

「嫂子，妳怎麼來了，還有玉兒，這孩子也來了。」李雲說著，忙上前迎著李孟氏招呼眾人進屋。

張青是站在眾人最後面的，等她準備跟著眾人進屋的時候，卻看到小高氏站在籬笆前，朝著這邊打量。張青皺了皺眉，眼中閃過一抹厭惡，心想，等著家裡再掙些錢，必須先蓋面牆，泥糊的也比這籬笆強。

張青進了屋子，看到舅娘和娘聊得正歡，就走到李玉和吳文敏跟前。

「表妹，把妳家牆上的那個弓拿下來讓我玩玩。」李玉一進門就看到牆上掛的那把小弓，看起來十分感興趣。

張青依言將牆上的弓解下來給了李玉，順便囑咐了句。「表哥，你小心點，可別傷了人，也別傷了自己啊。」

李玉笑嘻嘻看看手裡的弓。「娘，我去院子裡玩。」

「嗯，別亂跑，就在你姑姑家院子裡玩。」李孟氏囑咐了一句，就由著李玉跑出去了。

張青這才低頭看著吳文敏。「小文子，你怎麼也來了？」張青無疑是很喜歡吳文敏的，小小的人，肉肉的、白白的，大大的眼睛、小小的嘴，像個娃娃一樣。

吳文敏只是看了一眼張青，然後低下頭不說話。

張青疑惑，這孩子是怎麼回事，難不成不是自願來的？

吳文敏等半天沒等到張青說話，抬起頭，看到張青正直直地盯著他，又趕緊低下頭。

張青看著吳文敏紅紅的臉蛋，有些了然，這孩子怕是沒有什麼同齡的伙伴，看到他倆年紀差不多，便把她當成要好的朋友了吧。想到這裡，張青覺得十分有意思，嘿嘿地笑起來。

吳文敏被她笑得一臉惱怒，剛剛的一點害羞早跑到了九霄雲外，用力地盯著張青。

張青一愣，頓時感覺自己有些不厚道，這不是欺負小孩子純真幼小的心靈嗎？這樣想著，忙止住笑，然後拿出自己上次在鎮上買的東西遞給吳文敏。

吳文敏的臉色這才好了一些，重新變成一副羞答答的模樣。

「青兒來，妳舅娘有話說。」張青正在逗吳文敏，就聽見她娘喊她。

張青過去，才知道，原來上次她留給李孟氏和吳嬸子的抱枕早就被賣掉了，而且是她前腳走，後腳就賣掉，兩個一共賣了一兩銀子。

張青深深地震驚了，這價錢實在太凶殘了，要知道她一個才賣了四十五文錢啊，舅娘兩個居然可以賣一兩銀子！一兩銀子啊，她家一年才能賺多少，舅娘這一下子就是一兩。

而這次李孟氏來的原因就是，想讓張青和她娘多做些抱枕，也不必去集市上賣了，直接在她店裡賣，原料由她提供，扣除原料費，利潤張青家六成，布莊分四成。

張青甚至考慮都不用考慮，這樣其實最好，同樣的東西，在地攤上和在店裡的價格當然是不一樣的。

只是他們分六成會不會太多了，她這樣想著，李雲已經先一步出聲了。「嫂子，這怎麼可以，布都是妳家出的，還要占妳家的店面，我就是費些時間，怎麼能拿那麼多錢。」

「這有什麼不可以的，咱們姑嫂還講究這些做什麼，我也只是出了點店裡本來就有的料子，至於賣，都是店裡雇的伙計、掌櫃他們在賣，我出了工錢，他們賣布料是賣，賣這些東西也是賣，說起來我還賺了呢。而且這東西，也就是賣個新奇，別人可做不出這麼可愛的東西。」李孟氏笑著解釋。

「可是這也太多了。」李雲還是不答應。

「那我的好妹妹，妳說怎麼辦？」李孟氏笑著將皮球又踢給了李雲，看著李雲愣住的模樣，李孟氏轉頭問張青。「青兒妳說呢？」

「青兒覺得，不如就一半吧，舅娘一半，娘一半。」

李孟氏點點頭，知道以她小姑子的性子，這恐怕就是最好的分法了。「好，一半就一半，妹妹妳說呢？」

李雲也感覺，這可能是最好的辦法了，於是點了點頭。

等中午用過飯，送走了李孟氏三人，母女兩人相視一眼，眼中俱都是喜意滿滿。

「娘，舅娘說一個可以賣五百文呢，除過給舅娘的，咱一個可以掙兩百多文呢，賣出去五個，咱就掙一兩銀子啦。」張青越數越高興。

李雲聽著也是。「那我們可要好好做，不能辜負妳舅娘的信任。這次妳舅娘可又是幫了咱家大忙了，青兒以後一定要孝敬舅娘知道嗎？」

「嗯，那是肯定的了，舅娘這麼疼我，青兒長大會好好孝敬舅娘的。」

張青是真的很高興，這玩偶抱枕的做法並不難，只要看了幾乎都會做，但是在這麼大的利潤下，李孟氏卻從沒想過要自己雇人做，直接尋了張青家，僅憑這些，就足以讓張家一家三口十分感激了。

到了此刻，張青為自己是穿越女的身分感到自豪，那麼多的玩偶，足夠讓張家過上比較好的生活了，張青樂孜孜地想。

傍晚時分，張闊也拖著疲憊的身子回來了，只是樣子有些狼狽，估計是在山上摔了，一身的泥，好在沒有受傷，精神也好。

而山上也確實像張闊說的那樣，這次獵到的東西，比往常多了不少，這次除了獵物，張闊還揀了滿滿一筐子的蘑菇、木耳。

「看，我就說吧，這山上的好東西不少，這次可以賣不少錢啦。」張闊看著地上一堆的東西樂滋滋道。

「爹，這些東西很貴嗎？」張青指了指筐子裡的蘑菇和木耳。

「當然，這東西一般可不好找，只有在下過雨或者陰暗的地方才有，所以價格比較高，明兒我再去趟山上，再多採些，把這些曬乾處理好，咱再去鎮上賣。」

張闊後來又連著上山幾次，採了不少東西回來，只是隨著上山的人越來越多，張闊便不去了，留在家裡處理前幾天打的獵物，還有那些蘑菇、木耳也必須曬乾。

而上次李孟氏走的時候直接將做好的抱枕全部拿走，新的布料卻沒有送來，這幾天張青和她娘也無事，除了餵雞和去那畝田裡以外，就是在家幫著處理這些蘑菇、木耳。

很快的就到了又去集市的時候，不過這次去集市，只帶了曬乾的蘑菇、木耳還有獸肉，皮毛那些東西卻不準備賣了。馬上就要到夏天了，買皮毛的人越來越少不說，價格也賣不上去，所以這次準備將皮毛全部弄好，等到冬天的時候再賣，還能賣一個好價錢。

這次同往常一樣，張青和她爹又是蹭了李大叔的車，李大叔也對張闊總是帶著張青見怪不怪了。

這次張青先跟著她爹去了集市擺攤，剛下過雨，賣蘑菇和木耳的也不少，張青轉了一圈，打聽了下價格，這兩樣東西的價格比一般的菜要貴多了，而且這蘑菇和木耳賣得非常快，不到中午，張闊跟前的東西就賣得差不多了。

「爹，這東西怎麼賣得這麼快啊？」

「那是因為這兩樣東西只有山裡頭有，而且也不多，一般也只有下了雨，山裡比較潮濕的時候，才有這些東西。還有，像這蘑菇，一不小心還可能採到有毒的。」張闊笑著解釋。

隨後張青和她爹又去了李孟氏的布店，拿回了些布和三兩銀子。

張闊看著手上的這錠銀子，好長時間回不過神來。「這……」

「這是妹妹和青兒做的抱枕所賺的錢，一共十二個，一個五百文，一共賣了六兩銀子，一人一半，所以這是三兩。」李孟氏笑著解釋，她也沒想到這些東西的銷量這麼好，甚至將她布莊的生意都帶動起來。

「舅娘，咱們這裡有沒有一種上面有許多毛毛的布料？」

「有是有，不過好像不多，而且平常的銷量也不是特別好，現在的人都喜歡絲綢、薄紗之類的，尤其現在是夏天，那種布料買的人更少了。」李孟氏招過老掌櫃問話。

老掌櫃想了會兒道：「大概還有五、六疋。」

「那我可以看看嗎？」張青問。

「嗯，我和妳一起去。」李孟氏帶著張青到了後院的庫房，庫房比較暗，而且也不是很大，十幾個四層架子上擺滿了各式各樣的布料，在最後面一個架子的角落裡，李孟氏找到了那些絨布。

「青兒說的是這種布料嗎？」李孟氏雙手各拿了一疋布，讓張青看，一疋嫩黃色、一疋棕黃色的絨布。

張青一看，滿臉的驚喜，這不就是做大型玩偶最好的布料嗎。「舅娘，這些可以用來做好多玩偶抱枕。」

張青拿了布料和張闊一同告別李孟氏，直到回家後，張闊還有些回不過神，這短短幾天，他們就有了三兩銀子，實在太不可思議了，往常他要多久才能掙到這三兩銀子。

回到家，張闊將銀子交給李雲保管，臉上的驚訝也換為一種喜意。

「青兒，妳說，要什麼東西，爹爹買給妳，我家青兒實在太能幹了。」張闊抱起張青，嘖的一聲親在她的臉上，張青被她爹那短短的鬍子渣刺得癢癢的，格格直笑。

「爹，我們將院子裡籬笆撤了，圍上一圈牆可好？」

張闊想了想，便點頭應允。其實剛分家的時候，他本來就想圍上牆，奈何家裡確實沒錢，只能尋了些稻草樹枝紮了個籬笆。每天都看到他那大嫂在那頭朝這邊看，張闊也感覺有些煩躁。

「好，就聽青兒的。」

隨後的幾天，張青就和她娘專心做玩偶，閒暇的時候，李雲會拿著從李孟氏那裡帶回來的書教張青認字，只是讓她驚訝的是，張青學認字學得特別快。

而張闊除了去地裡以外，就是和往常一樣去山裡打獵，採些木耳、蘑菇之類的，至於打的一些小東西，也不賣了，讓李雲存起來自家吃。

這日子轉眼就過了三個月，綠豆已經成熟了一撥，賣出去一些後，張青留了許多，第二撥也已經種了下去，張青娘看過後，果然覺得土質好了些。

而張青和她娘所做的玩偶，在鎮上很快的有了仿品出現，李孟氏布莊玩偶抱枕的銷售量下降了不少。本來這東西技術含量就不高，張青早就知道會有仿品，只是沒想到這麼快，多虧了張青總是有新的玩偶樣式出現，雖然掙得沒有頭一個月多，但是後兩個月每個月也差不多有五、六兩銀子的進帳。

而張青也想了辦法，就是在他們家所做的玩偶上繡上商標，這樣才讓她家的生意沒被搶去太多，整個鎮子上的人都知道，要買抱枕玩偶那些，肯定要去布莊裡買，那裡總是有新的款式，而且是其他地方沒有的。

李雲從床底下的那個洞裡掏出一個罈子，小心翼翼地將罈子放在床上，然後將裡面的東西倒出來。裡頭全是銀兩和銅錢，李雲和張青細細數了一遍，頓時眉開眼笑。

「娘，有二十四兩五百文呢。」

李雲也使勁點點頭。

「娘，我們換個大點的房子吧。」張青出主意道。

李雲想想，這村子裡一般蓋個房子也差不多五兩到十兩，她家除了蓋房子，剩餘的錢還可以買點好的地。「好，等妳爹回來商量商量。」

傍晚張闊回來，一家三口吃過晚飯，坐在院子裡乘涼，李雲就向張闊提議蓋新房。

「蓋新房？」

張青和她娘齊齊點頭，張闊看著這兩人點頭，露出一種渴望以及欣喜的表情，便樂道：

「好，那咱就蓋新房。」張闊豪氣沖天的說完這話後，哈哈笑了起來，笑聲中有一種說不出的爽朗。

「老二一家子也不知道有什麼開心事，看這笑的，莫不是掙了大錢？我可看見了，老二家每次去集市回來，都給家裡帶的大包小包，還有他家幾乎頓頓都有肉。」老張頭、大高氏和張升一家，此時也都在院子裡乘涼，聽到張闊的笑聲，小高氏撇了撇嘴道。

「妳是狗鼻子呀，老二家吃肉妳都知道。」大高氏橫了小高氏一眼，自從分家後，她看這小高氏是越來越不順眼。貪婪，有啥好吃的，自己還沒吃呢，她就給順走了，更別提幹活了，那是踹一腳動一下。以前聽小高氏的，還總以為是老二家的偷懶，現在看來明顯是她偷懶，然後告老二家的黑狀。

小高氏知道大高氏最近不太待見她，但是她也不怕，她好歹是大高氏娘家的姪女，張家要休了自己，她爹娘肯定是不依的；更何況，她還生了大寶、小寶，老二家的現在除了一個丫頭片子，連個帶把的都沒生下，要休也應該先休了那個才對。

「娘，二弟他們每天在那邊吃香的、喝辣的，也沒給您送一點啊？」小高氏覥著臉朝大高氏跟前湊。

「給了。」大高氏有點懶得理小高氏，只是不高興地瞥了她一眼，淡淡地說。

「給了啥？」小高氏的聲音頓時高了起來。

「關妳什麼事，妳給我閉嘴。二弟有什麼，掙沒掙錢，都不關妳的事情，妳老老實實的就行。」張升也忍不下去了，沈著嗓子警告小高氏。

小高氏還是有些怕張升的，聞言不敢再多說，坐回椅子上，伸手從桌子上抓了一把炕好的南瓜子，邊吃邊吐著殼，嘴裡還嘀嘀咕咕讓人聽不清她在說什麼。

張青一家人也聽到這邊的動靜，嘆了一口氣，張闊打了個手勢，一家三口搬著椅子板凳回了屋子，細細討論家裡蓋房子的事情。

「爹，咱們要蓋就蓋好的，咱蓋成那種青瓦房吧。」

「青瓦房？」張闊驚呼一聲，他原本也只是想壘個牆，然後將家裡的房子擴大一些，蓋個泥瓦房就好，青瓦房他從來想都沒想過。

「是啊，爹，咱這些錢應該夠了，好不容易蓋房了，就蓋個好的。」張青興致勃勃道。

張闊有些猶疑，這二十兩他本來想蓋個房子，剩下的買些地，這要蓋了青瓦房，家裡豈不是沒有銀子買地了。

可是這錢，他也知道他幾乎沒有出過什麼力，這是青兒和她娘賺來的，他為她們感到高興的同時，心中也有些失落，什麼時候，這個家裡他成了最沒用的，而他本來應該照顧她們娘倆，現在她們娘倆不但要主內，還要賺錢，這讓他有一種說不出的虧欠感，越發覺得自己應該要再努力些，讓她們娘倆過上好日子，不再終日為錢奔波勞累。

「好，就聽妳們娘倆的，咱家就蓋青瓦房吧。」張闊垂在身側的手緊緊握成拳。錢沒有了，不怕，以後再慢慢掙吧，只要她們娘倆高興。

張青家的青瓦房就這樣熱火朝天地蓋了起來。

剛開始說要蓋青瓦房的時候，村裡的人都不相信，這村裡除了里正家有兩間青瓦房以外，還沒有哪家也能蓋起青瓦房，要知道這青瓦房蓋起來可是一筆不小的銀子啊，像他們這些農戶要不吃不喝五、六年才能攢得夠。

而張家老二，分家才沒多久，怎麼說蓋房子就蓋房子，還是青瓦房。

張家三口當然不知道別人是怎麼想的，張闊先是割了些肉，找了里正買下旁邊的一塊地，準備將院子擴大一些，又找了幾個村子裡相熟的漢子，買了磚、砍了樹、找人畫了圖，就熱火朝天地幹了起來，這麼一開始幹，也由不得村子裡的人不相信了。

房子是一家人商量好的，也先找了李孟氏和老張頭商量。李孟氏和老張頭知道張闊家要蓋房子，都是很高興，一個是為自己小姑子過上好的生活而高興，另一個是因為覺得自家兒子有出息高興，而所有的人中，估計也只有小高氏不高興。

看著那邊熱火朝天的，就連自家男人和公公都過去幫忙蓋房，小高氏就氣不打一處來。「蓋啥青瓦房，有那個錢還不如蓋個泥房就好了，剩下的錢給爹娘，說不定爹娘手鬆些，我還能撈一些呢。只是這才分家多久，這老二家怎麼就這麼有錢了，難道是以前偷偷攢的？那李孟氏對老二家的那麼好，說不定給了不少錢呢。」小高氏越想越覺得有這個可能，狠狠地朝地上啐了兩口，就去大高氏那上眼藥了。

大高氏聽了小高氏的話，沒有什麼特大的反應，只是問道：「中午做飯了嗎？」

小高氏一僵，這大高氏的反應怎麼和她想的不一樣，她嘿嘿笑了兩聲忙道：「娘，我這就去，這就去。」

大高氏等小高氏走了，若有所思，對於老二家一下子能拿出這麼多錢蓋房，她心裡也有疑惑，難不成，真像老大家說的，是以前偷偷攢的，想到這裡，她臉色便有些不好看。

張闊家最後決定蓋三間房，中間是大的主屋，兩邊是稍小的兩間，大的就是張闊夫妻住的，小的一間給張青自己，一間留著備用。而且這房子一定要蓋得高，中間隔上一層，用來放糧食，還不怕潮濕；此外他們還在院子的後面挖了個地窖，可以儲存些蔬菜什麼的。

張青家給的工錢不算低，一人一天三十文錢還管飯，張闊前幾天打的野味也不賣了，幾乎都用來給家裡做飯，另外還買了些豬肉、雞蛋什麼的，雞蛋就是從村子裡關係較好的人跟前買的，他們也不用累得去集市上賣，自家賣的也比較便宜。

張家的伙食好，待遇好，漢子們幹得越發有勁。

「弟妹，家裡需要幫忙嗎？我來幫忙給大家做飯吧，妳隨隨便便一天給上幾十文錢就好了。」小高氏給大高氏上眼藥不成，又看看家裡沒啥好吃的，再加上村人都說張闊家伙食不錯，便想來占點便宜。

她撩開張青家的簾子，看著李雲正在一口大鍋前，手拿著鍋鏟在那翻炒著，而另一邊的案臺上還擺了一盆子肉，小高氏雙眼掃了那肉一眼，眼睛驀然一亮，笑咪咪的。

「大嫂客氣了，幫忙就不必了，我一個人忙得過來。」李雲笑了一下道。

「弟妹可是不想出工錢？妳家都蓋房子了，讓嫂子過來幫些忙又能怎麼地，而且嫂子的工錢又不高。」小高氏不滿意地嘟囔著，覺得李雲太小氣了，那些漢子一個人就給三十文錢，她過來幫忙，還不出上二十文的。

這時候又有一個人掀開簾子進來了，是與張闊家交好的李大娘。

李大娘看到小高氏，先是一愣，素來她就瞧不起小高氏這人，又潑辣、又貪婪，就像隻吸血的螞蝗一樣，沾上一點甩都甩不掉，她實在懶得理這種人，有些鄙夷地看了小高氏一眼，接著對李雲說道：「大丫娘，我去將這肉洗洗啊。」說完端著那盆肉就走了。

小高氏眼看著那肉就從自己眼皮子底下被人端走，心肝俱都碎了。「我說弟妹啊，妳也不怕李大嫂偷了肉帶回去。」

「嫂子，李大嫂不是那樣的人。」李雲嘆了一口氣，無奈解釋道。

小高氏撇了撇嘴，小聲嘀咕著。「誰知道是不是呢，少了一、兩塊誰知道。」嘀咕完又笑嘻嘻地朝李雲湊過去。「哎，弟妹，妳不是說一個人能行，不需要人幫忙嗎？妳看妳，雇別人還不如雇自家人呢。」

「李大嫂是過來幫忙的，沒說什麼工錢不工錢的。」李雲繼續解釋。

「那我也不要工錢了，在這給弟妹幫忙好了。」說著便將李雲擠到一邊，拿著鏟子開始翻炒那鍋菜。

李雲嘆息一聲，這都開始幹了，讓她怎麼說？再那看了一會兒發現小高氏並沒有其他什麼行為，想想還有些菜沒有揀乾淨，於是坐到灶房前開始揀菜洗菜。

小高氏看李雲撩起簾子背對著她坐在門口，趕忙四處打量著，發現案上還有一塊臘肉和臘腸以及幾個雞蛋，趁著李雲不注意，她趕忙將這些東西塞進懷裡。

「哎呀，不行，弟妹我肚子疼，妳先忙，我稍後就來。」小高氏手裡的鍋鏟一甩，咚咚咚的跑出灶房，只留給李雲一個背影還有一句話。

李雲愣了一下，還沒來得及感嘆原來大嫂可以跑這麼快的時候，突然想起那大鍋菜還在爐子上，頓時也顧不得其他，趕忙起身繼續翻炒，只是間或看到案上的時候，總覺得少了些什麼東西。

小高氏這一跑，就到中午吃飯的時候才過來。這次她不但自己來，還帶了大寶、二寶。

「弟妹啊，不好意思，剛剛肚子疼，沒能給妳幫忙。」小高氏覥著臉道。

李雲搖搖頭。「無事的，嫂子。」

「這中午給妳家幫忙，然後肚子又疼，這兩孩子還沒吃飯，還有咱爹、咱娘，這……」小高氏一副很為難的樣子。

李雲再次愣了一下道：「那讓大寶、小寶就在這吃吧，至於爹娘，待會兒大嫂帶一些給他們兩老送過去吧。」

只是一上桌，眾人愣了。本來山村裡就沒有什麼男女之防，現在房子還沒蓋好，幾乎都是一人手裡端著一個碗，眾人就只見大寶、小寶還有小高氏，狼吞虎嚥迅速吃完一碗，然後齊喊。「我還要。」

說罷又添了一碗，最後三個人足足吃了差不多五碗。眾人都有些犯傻，他們這些幹了一天活的人未必能吃得下這麼多啊，更何況只是兩個半大的小子和一個婦人。

「我說張兄弟，你這兩個孩子還有你家婆娘可真能夠吃的，怪不得體格這麼好。」眾人說著就開始哈哈笑起來。

張升也在這幫張闊蓋房，他本來是沒想要工錢的，只是張闊不依，非得給，聽到眾人的調笑，張升狠狠地瞪了一眼小高氏，羞得是面色通紅。

也不知道是不是張升回家對小高氏說了什麼，隔天，小高氏就再也沒有帶著大寶、二寶出現在正在蓋房的張青一家面前。

張青常常為她大伯默哀，這麼老實、儀表堂堂的人怎麼就娶了個那種人，果然包辦婚姻害死人啊，張青為她大伯默哀了一會兒，就該幹麼幹麼去了。

第八章

張青家的房子蓋得很快，漢子們吃得好，力氣大、幹活足也夠細，不到兩個月，張青家的房子就蓋得差不多了，剩下的就只有一些內飾。

等房子徹底弄好，也到了秋天的時候，張青裡裡外外看著自己的新家十分滿意。圍牆厚厚實實，院子裡鋪了青磚，直接通到眾人的屋子門口，剩下的地方被李雲和張闊細心地用籬笆紮了一座小菜園，還有雞舍。

張青要來了自己房間的佈置權，屋裡的床和桌子以及旁邊雕了花的櫃子，都是張闊親手打造的，張青十分滿意。床幔和窗簾都由李孟氏提供，藍色的底，上面是大朵大朵的白花，讓張青想起了青花瓷。李孟氏說，這些布都是一些陳年貨，賣不出去又退不回去，樣式花色都比較老舊，張青雖知道李孟氏的話可能不是真的，但是還是接受了她的好意。

蓋房子期間，張青和她娘也沒忘了做抱枕玩偶，每過十天，李孟氏就會派人過來取一趟，張闊原以為蓋了房子就沒錢了，結果這三個月下來，家裡居然還有將近十五兩銀子。

這次經過家裡人的一致決定，這錢是必須買地的。只是上好的良田確實太貴，十五兩也只能買得起一畝，所以一家人商量商量，買了三畝中等田。

綠豆已經收了兩季，這東西在現代是好東西，可是在這裡卻不是特別值錢，這裡的人連吃飯都成問題，又怎麼會見天的吃綠豆呢。張青看著堆積在自家房屋上的綠豆，皺了皺眉，這綠豆確實養田，可是這麼多的綠豆要怎麼處理呢。

想了想，張青腦子裡冒出了一樣東西，豆芽，吃不完的綠豆可以孵成綠豆芽來賣啊。想到這裡，張青邁著小腿蹬蹬蹬地去找李雲了。

只是李雲並不在房間裡，張青又跑向灶房，果真李雲正在灶房裡忙碌。

家裡有錢了，也吃得好了，沒有婆婆、妯娌的煩心事，女兒乖，丈夫又貼心，李雲並不像張青剛來所看到的那樣，雖然漂亮但是透著虛弱，現在的她，面色紅潤，渾身上下充滿著一股朝氣，透著一股爽朗。

「娘，您在做什麼，怎麼這麼多好吃的。」張青還未走到灶房就聞到一股香氣。

「青兒忘了，今天可是青兒的生辰。」

「生辰？」張青有些驚訝。

「是啊，今天開始咱們青兒就六歲了呢，是個大孩子了。」李雲看著被養得白白淨淨的張青，十分欣慰。

李雲長得不差，張闊長得也不錯，張青自然是不會難看，加上才六歲的年紀，卻透著股與旁的小孩子不一樣的成熟穩重，看起來與其他的小孩子越發不一樣。

張青聽了她娘的話，有些發窘。哎，才六歲，還是個奶娃娃啊，要是十六歲多好。哦，不，十六歲就免了，這裡的人十三歲就開始說人家，算了，六歲也挺好的。

張青想了想，就將腦子裡想的東西拋開。「娘，爹呢？」
「妳爹去集市上了，回來給青兒帶好吃的。」
張青點點頭，又朝她娘湊過去。「娘，有豆芽嗎？青兒今天想吃豆芽。」
「豆芽？下次讓妳爹買回來。」
「下次哦，要等好久。」張青對了對手指，期盼地看著李雲。
李雲笑著點了點張青的額頭。「行了，待會兒娘去看看妳李大娘家有沒有豆芽，不過估計也沒有。」
「娘，咱們自己發豆芽不就行了。」
「自己發？這要怎麼做。」李雲愣了一下。
「娘，您不會？」
「妳當妳娘是神仙呀，什麼都會，這發豆芽都是別人家祖傳下來的，是一家子吃飯的手藝，怎麼可能交給別人。」李雲搖搖頭，發豆芽那都是家裡祖傳的手法，她怎麼可能會。
李雲剛說完就聞著自己鍋裡的味道不對了，趕忙看向自己的鍋。
張青想了想，邁著小腿，又蹬蹬蹬地跑了出去。
她在現代喜歡新奇，買過豆芽機，也在網上看過怎麼發豆芽，好像並不是太難的樣子。
張青想著就去抓了一把綠豆，準備發個綠豆芽試一試。她先是拿了一個碗，倒了點水蓋過綠豆，準備泡一個晚上再說。

下午太陽還未落山，張闊就回來了。買了點心、糖果，還有小女孩喜歡的珠花，甚至有一身粉色的新衣裳。

「這衣裳是在妳舅娘家店裡做的，妳舅娘說妳一定喜歡。」

張青拿著比劃了一下，樂孜孜的模樣。

「青兒，去妳爺爺、奶奶家，將這些東西送過去。」張青她娘將飯做好，舀了一碗紅燒肉對張青說。

張青有些不情願地應了聲，端起紅燒肉朝門外跑，心裡想著趕緊送過去，好回家吃飯。

張青過去的時候，老張頭、大高氏和張升他們也正在吃飯。

張青粗粗看了一眼，依舊是清淡得不見半點油腥的一盆燉菜，讓她詫異的是，旁邊居然還有一大碗肉，看起來好像是雞肉。

小高氏看到張青進來，有些不高興。「大丫，妳這是知道我家今天有肉才過來的嗎？」

張青深吸一口氣，告訴自己不要和她一般見識。「娘做了紅燒肉，讓我送些過來。」

張青說完，小高氏的臉立馬就變得喜笑顏開。「哎早說嘛，老二家的生活是越來越好，有肉還能想著咱們。」

張青不想理她，向爺爺、奶奶還有大伯問了好，就又跑回家，果然這家人除了自家爹娘，根本沒有人記得小張青的生辰。

張青的生辰在爹娘的陪伴下平淡而溫馨地過完了，對於隔壁那一家人根本不記得自己這個孫女、姪女的生辰，張青開始還為小張青生氣，後面想想，也就那麼一回事，沒什麼好在意的，他們一家子幸福才是真的。

第二天一大早張青起床第一件事情，就是將那些綠豆移到一個籃子裡，又從家裡找了一塊乾淨的棉布帕子，浸濕以後蓋在那些泡過的綠豆上。她每天給豆子洗一次澡，第三天的時候綠豆就有些發芽了，張青看著這小小的嫩芽，眼睛笑得瞇了起來，這還是她第一次純手工發豆芽，以前都是用豆芽機來著。

張闊夫婦覺得自家閨女最近也有些奇怪，總是一個人關在房間裡，即便是出來了也是心不在焉的。

終於到了第七天，看著白白嫩嫩、水靈靈、胖乎乎的綠豆芽，張青笑得險些咧開了嘴。張闊夫婦看到張青手裡捧的那一籃子豆芽，都很是訝異。「青兒這是？」

「娘，這是青兒自己發的豆芽。」張青一副驕傲的神情。

張闊撚了一根豆芽放進嘴裡嚼了嚼，對李雲點點頭。「這妳怎麼會？」

「很簡單啊，青兒看有的時候糧食受潮就會發芽，所以想豆子肯定也會發芽，發了芽的豆子不就成了豆芽了。」

「這麼簡單！」張闊夫婦愣了。

之後，李雲閒暇就做抱枕玩偶，而張闊閒暇時編了許多的籃子、竹盤，開始發豆芽。等一籃豆芽孵好，張闊一大早天不亮便去了集市，下午回來後，足足拿了五百多文錢。

這下，張闊種綠豆、發豆芽的情緒越發高亢了。

張家因為有錢了，所以伙食好了許多，張青更是讓舅娘幫自己買了兩頭剛生完羊崽子的母羊。

當她第一次喝那羊奶的時候，李雲駭了一大跳，就像李孟氏解釋的那樣，在這個時代人的心裡，有奶就是娘，喝了羊的奶，那隻羊就是她的娘。

張青剛開始也有些躊躇，只是看著自己已經六歲了，可是因為前幾年營養不良，現在雖然長胖了一些些，氣色好了那麼一點，可是依舊是頭髮稀黃，而且個子也小小的模樣。

除了喝奶，她不知道還有什麼讓她能補一補的東西，最後在她的軟磨硬泡下，張闊夫婦極度的愧疚心情中，張青如願喝上了羊奶。

羊奶不像牛奶，第一次喝的時候，張青緊咬著牙才沒將那股滿是膻味的奶吐出來，後來央求著她爹去集市的時候買些茉莉花茶，每次將茉莉花茶與羊奶一起熬，才去除了這膻味。

張青覺得，這羊奶還是挺有用的，才剛喝了兩個多月，這小臉嫩得都能掐出水了，頭髮也黑了許多，還長出許多小茬茬，跟個小刺蝟一樣，亂糟糟的，而身子更是像抽條子一樣，猛然竄高了許多。

張青的變化看得張闊夫婦兩人驚奇不已，張青就趁著這個時候，央著她爹再給她尋些奶羊過來，有奶牛的話更好。

張闊看這東西確實有用，就幫著尋回來三頭奶羊和一頭奶牛，又將羊圈修大了不少，還另修了座牛欄，整個後院分為四大塊，一座豬欄、一座牛欄，旁邊就是雞圈和羊圈，整個後院被塞得滿滿當當。看著這些個生命，張青兩眼直發光，這可都是錢啊，白花花的銀子啊。

夜裡，天氣突然涼了起來，張青睡得不安穩，索性起身，披上棉衣，支起窗子，窗外正在下雪。「哎，來這個地方已經快一年了啊，記得剛來的時候才剛剛春天，現在就冬天了。」張青呢喃幾句，伸手去接那大片大片似鵝毛的雪花，涼涼的感覺讓張青眯起了眼睛。

「這可是冬天的第一場雪呢，下得可真大，多虧提前買了新棉花做了被子。」張青自語著嘻嘻笑了起來。

第二天，張青實在有些不想起床，冬天最慘絕人寰的兩件事情就是起床和洗澡，太冷了。張青剛伸出胳膊，就哆嗦一下，趕緊又將胳膊伸回被窩，她愛上了她的床，她不想離開它，張青正掙扎間，就看見李雲推開門走了進來。

伴隨著李雲的身影，還有一陣凜冽的冷風，張青將頭徹底埋在了被子裡，只露出兩隻眼睛，對著她娘討好一笑。

李雲笑著點了點張青的額頭，笑罵一句。「小無賴。」然後拿起張青的衣裳，走到火盆前，撥了撥那火盆，讓那火燒得更旺些，拿著張青的衣裳烤了起來。

張青側頭看著她娘的神情，明明只是烤一件衣裳，可是臉上的神情卻認真得不得了，她深吸一口氣，憋回眼睛那好像要流出來的東西，小聲道：「娘，您真好。」

李雲怔了一下，感覺十分的受用，微微一笑道：「都說女兒是娘的貼心小棉襖，娘不對妳好，對誰好。」

「娘，外面好冷，是不是下雪了。」

「是啊，下得好大，都到腳踝上了，妳爹還在那堆了個雪人，妳趕緊穿上衣裳起來看，妳爹的雪人還差個頭呢。」

「是嗎？」張青眼睛瞬間亮晶晶的，迅速接過她娘烤好的衣裳。

衣裳被烤得軟軟的、暖暖的，別提多舒服了，出了房門，果然一片銀裝素裹，張青走下臺階，那雪瞬間埋到了她的小腿肚上，張青狠狠吸了一口空氣，雖有些冷冽，可是讓人通體舒暢。被大雪覆蓋的世界，似乎只有潔白與純淨，門前的大樹也變成了一棵雪樹，風一吹，就撲簌簌的掉下一塊雪。

張青看向院子中央，果然有一堆和她差不多高的雪堆在那兒，張闊還饒有興趣地在上面拍拍打打。

「爹，這就是您的雪人？」張青撇了撇嘴，看著那一堆雪。

「哦，是啊，這是身子，這頭還沒做呢，等堆好了，就像啦。」張闊樂呵呵道，一點都不在乎自家閨女的鄙視。

「好了你倆趕緊回來吃飯吧，今天下雪，家裡也沒啥事，吃完飯再玩好了。」

張闊聞言，停下了拍雪人的手，朝著灶房答了一聲。「來了。」然後一把扛起張青，走向灶房。

張青被挾在胳肢窩十分鬱悶，她好歹都是個大姑娘了，為什麼還會有這種待遇。

桌上是一碗濃稠的紅棗粥、一碟炒雞蛋、一盆燉排骨。

吃完後，張闊朝張青使了個顏色，張青了然。

「行了，今天的碗娘來洗，青兒出去和爹玩吧。」

「娘，還是我來吧，您都忙了一早上了。」

「沒事，今天娘放妳一天假，反正下雪也沒啥活幹，妳和妳爹玩去吧。」

「那好吧。」張青不好意思嘿嘿一笑，跑了出去。

張闊又在拍著那個雪人，張青對她爹的手藝是嗤之以鼻。「爹，您這雪人身子太難看了，一點都不圓，還有，那頭太小了，再做大一些。」

「知道了、知道了，妳趕緊尋兩顆黑豆子，或者衣釦來，咱們將眼睛放上，還有帽子、掃帚都拿過來。」

大約又忙了半個時辰，父女倆就將雪人堆好，兩人看著那雪人一陣得意。

「娘，您快來看啊，看我和爹堆的雪人好看不。」張青衝著屋子喊道。

李雲透過開著的窗子一直看著兩人，看著兩人都是一臉興奮，笑了笑，放下手中的針線，就準備出門，可是剛站起來，一陣眩暈感朝她襲來，李雲又撲通一下坐在床鋪上。

「青兒娘，快出來啊，快看看，這雪人是不是還需要什麼東西。」

「來了。」李雲揉了揉有些發暈的額頭，溫柔地答著。好在，這次站起來沒有了眩暈感，她快步走出房間，看著那嬉鬧的父女倆，滿心的幸福。

雪足足下了兩日，家裡無事，三個人便第一日堆雪人，第二日一家三口打雪仗，過得好不快活。

到了第三日雪停了，好久未見的太陽也露出個臉，張闊尋思著，這整個夏天、秋天打的皮毛現在一定能買個好價錢，於是將那些皮毛收拾收拾，準備去鎮上一趟。

張青在門口目送她爹離開，天太冷了，她實在沒有心情跟著去鎮上，而且大雪初化，到處都是泥濘一片，她還是在家跟娘學學女紅然後數銀子來得痛快。

李雲從床下的青磚下掏出個陶瓷罐子，打開倒在床上，母女兩人相視一笑。

「娘，買了地，咱家居然還有七十兩。」

李雲也是笑得十分燦爛。「是啊，咱家有錢了，我們青兒是咱家的大功臣。」

很快的時間便到了臘月間，張青一家人去了一趟鎮上，買了過年要用的肉、糖、糕點，還有布料什麼的。

回了家，張闊一家三口先是將東西整理好，就拿著中午在集市上買的東西去了隔壁。

「爹、娘，這是今天在集市上買的東西，都是過年要用的。」張闊將東西堆在桌子上。

老張頭看桌子上一堆的東西，有些滿意地點了點頭。「爹知道你一直都是個孝順的。」

大高氏看到桌子上的東西，哼了一聲。「老二啊，這大半年，我也沒問你，家裡怎就突然有錢了。聽說你是賣那個豆芽賺的錢，你是怎麼會種那個的，也教了你大哥吧。」

張闊愣了一下，一時不知道該怎麼說，幸好老張頭打了圓場。「現在說這些做什麼？」

大高氏不樂意了。「我只是讓小兒幫襯一下他大哥而已，有什麼問題？」

「行了，別說了。」老張頭有些暴躁地打斷大高氏的話。

「天晚了，你們今天累了一天，先回去吧。」老張頭揮揮手，示意張闊一家三口離開。

張闊苦笑一聲，也只得站起來。發豆芽其實不難，並不是他不想教給他大哥，只是這方法是青兒想出來的，即便要交教給大哥，也定要一家人一起商量一下，被自家娘這樣逼迫，心裡還真的挺難過的。

只是一家三口還沒出門，就迎面撞上撩簾子進來的小高氏。

小高氏一看桌上的東西，瞬間雙眼放光。「哎呀，如今小叔家財大氣粗，瞧瞧這些東西，可都是些好的呢，可花了不少錢吧。」說著就上前拿著張闊一家給老張頭、大高氏買的布料，摸了一遍又一遍，又拿起其他的東西，眼中掩飾不掉的是一股貪婪之色。

老張頭冷眼看著老大媳婦的動作，對於老大媳婦的動作，他們是說也說過了、罵也罵過了，只是這媳婦休又休不得，罵著也不改，他們也只能隨著她去。

「爹，這肉，我拿到灶房處理一下，明天給大家燉了啊。小叔，你家是怎麼發財的，改明兒個讓你大哥學學，可別光顧著自己發財。」小高氏笑得一臉諂媚。

張闊嘆了一口氣，也不和小高氏多說，和老張頭、大高氏說了一聲，就領著張青和她娘回了家。回到家，三人都是一臉放鬆的模樣，只是那原本的好心情也徹底不見。

看著自家爹爹皺著眉頭一臉沈思的模樣，張青開口。「爹，發豆芽本就很簡單，就教給大伯吧，大伯對咱家也挺好的。」

「青兒妳願意？妳不怪妳大伯娘。」

「大伯是大伯，大伯娘是大伯娘，大伯對我一直都挺好的，反正咱家以後也不能總靠著豆芽掙錢，教給大伯也是無礙的。」

張青說完，就看到張闊一臉喜意。

的確，張升對他們這一家子確實不錯，張青也記得從前大伯偶爾會偷偷的拿些東西給她吃，而且當初為了不連累她家，提出分家的也是他。

再說這豆芽確實能掙錢，但也不是什麼大錢，現在家裡的大錢多是靠那些玩偶抱枕掙的，李孟氏布莊的玩偶抱枕已經有些名聲了，雖然有些仿製品的出現，但是張青早先和李孟氏就已經商量過，在玩偶的底部，縫上孟家布莊的名字，所以日子長了，大多數人都會選擇去她那買。

想到這裡，張青也微微鬆了一口氣。

依舊是每過十天，李孟氏就會派人來家裡一趟，別人都以為李孟氏這是和小姑子好，常常來看她，或者送些東西，卻不知道其實她是來把李雲和張青縫的玩偶拉去店裡。而且這玩偶賣得好，就連吳嬸子也開始幫忙做這些東西，要是這做玩偶的事情被小高氏知道了，還不知道要鬧騰出什麼呢。

過年的氣氛逐漸濃厚起來，李雲一早就開始準備年貨，張青是十分有興趣的跟著李雲一起準備，炸紅薯條、紅薯丸子、炸麻花、豆腐丸子、豆腐乾，還有雞鴨魚肉，張青喜孜孜地想，這才是過年應該有的味道。

臘月三十晚，張青一臉不樂意地被她爹扛著去了隔壁的宅子，為了讓自家這頓年夜飯吃得舒服一點，李雲自己拿著籃子，裡面裝滿了吃食。她和小高氏多年的妯娌，哪能不知道小高氏的德行，只是以往，自己沒有兒子，在婆家的地位不如小高氏，吃些虧難免的；如今，她有錢、有房，有乖巧的女兒、有疼愛自己的丈夫，對她而言，有兒子沒兒子其實都一樣，他們一家三口只要在一起就很好。

只是讓人詫異的是，這次年夜飯吃得出奇的和諧，小高氏一改往日的貪婪，竟變得彬彬有禮起來，還招呼張青多吃點。

張青狐疑地看了一眼小高氏，暗自警覺，總覺得小高氏不懷好意。

吃過飯，一家老幼坐在一堂，聊著天，張青有些打瞌睡，被張闊抱在懷裡昏昏欲睡。

「看看，大丫啊，現在是越來越漂亮了，這以後還不知道哪家的小子有福氣，娶了大丫呢。只是可惜啊，咱們大丫是女孩子，倒是小叔子好不容易掙的東西豈不是要給外人了，娘您說是不。」小高氏樂呵呵的說，全然不顧，她此話一出來，整個家的氣氛就凝結起來。

可是，讓人更詫異的是，大高氏居然緩緩地點了點頭。「對，老大家的說的有理，老二，既然你家掙了錢、蓋了房，娘就作主再給你娶個媳婦吧。」

聽了這話，李雲和小高氏同時臉色一僵，小高氏急了。「娘，咱們不是說好的嗎？把小寶過繼給小叔家。」

小高氏這話一出，眾人更是大驚，而李雲臉色一白，頭一歪竟暈了過去。

眾人都是大驚，張闊父女除了擔憂更是滿心的憤怒，好在李雲並無大礙，被扶上床沒一會兒就幽幽轉醒，張家眾人這才放下心，而小高氏卻在李雲倒下去，眾人手忙腳亂的時候，偷偷溜了。

好好的一個大年夜就被這樣破壞了。

看著面色蒼白，眼睛中有著悲切的李雲，張闊挺拔的身子突然有些頹喪，他彎腰看著李雲，手和李雲緊緊相握。「放心吧，我去和娘說，不會讓妳難過的。」看著李雲臉上默默流出來的兩行清淚，張闊將它擦拭乾淨對張青道：「好好照顧妳娘，我去去就來。」

今晚是大年夜，恰巧李雲又出了事，隔壁依舊是燈火通明一片。

「大丫娘沒事吧？」老張頭抽了一口旱煙，然後吐出一個煙圈沈聲問道。

「她沒事，只是，請爹娘恕孩兒不孝，即便無子，我也不會另娶，更不會過繼。不管是誰的意思，還請娘和大嫂歇了這個心思。」張闊跪倒在地，沈聲說著，那黝黑的眼睛直直望著老張頭、大高氏兩人。

「你這孩子，說什麼呢，難道你是想要無後嗎？再者，娘沒有讓你停妻另娶的意思，只是現在以你家的條件，買個丫頭、生個孩子還是能養得起，咱們農村又沒啥嫡庶之分，到時候那丫頭再賣了，孩子養在大丫娘跟前也行啊，要是大丫娘不要，抱給我這老婆子養也行啊。」大高氏一臉恨其不爭的模樣。

「我有後，我有青兒，請恕孩兒不孝，也望爹娘成全。」張闊也不多說，只是狠狠地磕了個頭，然後倔強地看著堂上的兩位。

大高氏還想再說，可老張頭卻先一步揮了揮手。

張闊眼睛一亮。「謝謝爹的成全。」說罷再狠狠磕了一個頭，然後出了老張頭的房門。

「老頭子，這事你怎麼能依著他呢，這可是無後啊，咱以後要怎麼見咱爹、咱娘啊。」大高氏滿心的不忿。

「孩子長大了，有自己的想法，妳有什麼好辦法嗎？沒有就消停一些吧，再說老二家的也還年輕，也未必不能生。」

「可是，這麼多年，她都沒……」

「好了，別說了，守歲吧。」老張頭嘆了一口氣，閉著眼睛不願多說。

第二天是大年初一，可是張闊卻一大早離了家，雖然李雲昨晚只是暈了一小會兒，醒來後，除了臉色有些不正常外，看似好像沒有什麼問題，可是張闊依舊不放心，一大早就去了鎮上，準備尋個大夫。

午時，就在張青琢磨著要準備什麼給娘補補的時候，張闊帶了個大夫匆匆回來。

穿著青色棉襖，留著山羊鬍的鄭大夫在細細地把了脈後，喜笑顏開。

「鄭大夫，我家娘子這是？」

「呵呵，恭喜恭喜啊，你家娘子這是有孕了，最近可能有些操勞或者是心緒起伏太大才會暈倒，我給你開個保胎的方子，喝上幾天就沒事了。」

「真的，我娘子她是有孕了！」張闊一臉激動，而李雲此時也是一臉不可置信，而後淚水漣漣。

張青自然也是高興，只是看到那夫妻倆已經沈浸在巨大的喜悅中，忘了還在一旁的老大夫，不由笑著搖搖頭。

等老大夫走後，張青眼珠一轉，提上一籃子雞蛋和肉就去了隔壁。

大寶、小寶正在門口玩，看到張青提著籃子，眼睛一亮，但依舊是愛理不理的模樣，只是張青進門，兩個孩子趕忙跟在她身後，張青不以為意，看都沒看那兩個孩子，徑直走到老張頭的屋子。

正好老張頭、大高氏、張升、小高氏都在，張青對這個昨天害得她娘暈倒的罪魁禍首可是恨得牙癢癢的。

「大丫，妳娘沒事吧？」大高氏問道。

「沒事，爹請了大夫。」

「什麼，請了大夫，大過年的請大夫要花多少錢哪。」大高氏一臉心疼。

「沒多少，五百文罷了。」張青一副不在意。

「什麼，五百文？」小高氏瞬間兩眼放光，心裡打起了小算盤，老二家請個大夫居然就花了五百文，那把小寶過繼過去，以後老二家的錢不就都成她的了。

「那大夫說，我娘懷孕了。」

「懷孕了？」眾人不可思議，但是還是十分高興。

「老天保佑，老二家不會無後了。」大高氏口中念念叨叨。

只有一人滿臉的潰敗之色，老二家的不是隻不下蛋的母雞嗎？這怎麼可能？

「哇，娘騙我，娘說，我會過繼到二叔家，以後二叔家所有的東西都是我的，這下二嬸懷孕了，我就不會過繼給二叔家了。」張小寶跟在張青身後進來，聽到大家的談話，毫無預兆，哇的一聲哭了出來。

「孽子，你給我閉嘴。」張升大驚，直接朝著小寶就是一巴掌。

「你打我兒子。」小高氏一看自家兒子挨打，目眥盡裂，朝著張升就是一陣撓。

張青覺得她是越來越習慣大伯家的相處模式了，這種場景，過上個幾天就會出現一次，她默默地為大伯默哀了一下，就悄悄地提著籃子出去了，不過現在也根本無人會注意她。

張青心情大好的回家，只是看著那夫妻兩人，總感覺整個屋子裡滿是粉紅色的泡泡。

想著爹娘此時估計都沒心情做飯，只能她這個此時被忽視的女兒自己來了，好在現在是大過年，什麼東西都是齊全的，否則讓她這個才六歲的孩子做飯，也太為難了，她也就是幫忙洗個碗還行。

娘這一懷孕，想去鎮上開鋪子的事情估計就要等一等了，最起碼也得等娘生了以後再打算，好在她還小，還有時間。

張青默默地將飯端到房間，看到那兩人依舊對視著，這對農村夫婦周圍是怎麼也掩飾不掉的甜蜜氣息。張青不由想，原來這個世界，不是所有的男子都是三妻四妾，肯定還會有一個和爹一樣的男人，以後她應該也會找到像爹這樣的吧，窮一點也不怕，只要肯和自己一心一意的過日子就成。

現在李雲是全家重點保護對象，就連一向對他們態度不怎麼好的大高氏也來得殷勤了許多，而且每次來還不是空手，不是燉了雞湯就是拿著雞蛋。

張青每次出門看著小高氏那恨恨的表情，那笑就怎麼止也止不住。

冬去春來，一大早張青就和她娘準備將冬天的衣裳、被套都洗一洗收拾好，說是娘倆一起忙，只是張青哪敢讓她娘動一下，雖說大夫說沒啥大礙，但是張青和她爹依舊有些擔心。

李雲坐在躺椅上，一手拿著張青畫好的玩偶圖，一手拿著針線比劃著。

「娘，您做一會兒就要記得歇一歇，別讓眼睛難受。」

「知道了，看妳說的，其他的不能幹，連個針線活都不行了！」李雲作勢橫了一眼張青，但是看著自家閨女坐在板凳上，麻利地將床上的東西拆開分好，心底閃過一絲欣慰。

「好好，不說，不說了。啊，忘了，奶還在灶裡熬著呢。」張青一拍腦袋，迅速朝外奔去，卻不見李雲苦著一張臉。

不一會兒，張青吹著氣端著碗回到屋裡。「娘快趁熱喝吧。」

「不喝不行嗎？」李雲可憐兮兮地看著張青。

「娘，您乖，趕緊喝啊，這可是沒有一點腥味的，我加了好多的茉莉花。」

李雲苦著一張臉，小口抿著碗裡的奶。

張青看她娘將奶喝光，深感滿意地將碗拿進灶房洗乾淨。自從知道李雲懷孕的第二天，張青每天都會給她娘準備一碗奶，看著李雲最近氣色越發好，甚至開始有點珠圓玉潤的感覺，張青就覺得這絕對是她的功勞。

不過她娘本身也不過二十來歲，在現代還是最好的年紀，由於家裡現在有些錢，補得又好，每天不是雞蛋就是牛奶，她爹每次去集市更是大包小包的往回帶，再加上懷孕了，等於是除了一樁不能生的心病，這養得是越發的好了，膚如白玉，眼似泉水，隱隱中又多了一絲成熟少婦的韻味，跟村裡的其他婦人更是不相同。李雲不像其他孕婦那樣，總是吃了就吐，相反她的胃口好極了，只是張青怕她補得太過，到時候太過豐腴，就不太好了。

張青看著她娘，捏了捏自己的臉蛋，她娘長得挺好看的，自己長大總不會難看吧。

想了想，發現自己手中的活好像還沒幹完，於是又坐在床邊，麻利地將被子拆開，然後看看外面的太陽，琢磨著時間也不早了，便對她娘道：「娘，我去做飯，您在這好好坐這啊。」說著就去了灶房。

「別、別，讓娘做。」李雲連忙跟著去。

「哎呀，嗆到怎麼辦，您先出去啊娘，這都是爹提前弄好的，我熱熱就行。」張青不由分說地推她娘出去，小小的身子開始忙碌起來，要在她爹回來之前把飯弄好，免得她爹回來又得餓肚子不說，肯定要自己弄，不讓她娘倆動手。

站在灶房外，李雲有些好笑，無奈回了房間，只是臉上眼裡的笑意怎麼也藏不住。

等張闊從鎮子上回來天已經黑了，張青沒敢讓她娘等，先讓她吃了飯，她自己坐在那等著她爹。

「青兒，這是今天的銀子，收好啊。」張闊掏出一個錢袋子扔給張青，揉了揉她的腦袋，就趕緊去看自家媳婦了，然後才樂呵呵的吃飯。

第九章

一晃眼三個月過去了，張青家的生活簡單而有序的進行著，李雲的胎穩了，肚子也大了起來，只是家裡不讓她幹稍重的活，張闊每天早上去地裡轉悠一圈，隔幾天和張升去賣掉發的豆芽。

那孵豆芽的技術，張青一家人商量過後，在年後都已經教給張升。

張青看著眼前多餘的一盆奶，想了想，她是不是應該學著做蛋糕了，現在多做一些，等娘生了娃以後，她家就可以去鎮上開個點心鋪子。

說幹就幹，張青先是從罐子裡拿了五個雞蛋，將蛋白和蛋黃分離，然後按照記憶，先是將蛋黃、牛奶、油和麵粉拌成麵糊，接著就開始打蛋白。只是那時候有一種東西叫做自動打蛋器，而現在明顯是沒有這種東西的，有的只有三支筷子，還有兩根蓮藕一樣白胖的胳膊。

「青兒在幹什麼呢？」李雲在灶房門口晃晃悠悠。

「我也不知道，可能又在折騰什麼東西吧，還別說，咱這閨女聰明，折騰出來的東西都是能掙錢的。」張闊樂呵呵道，一副驕傲的模樣。

「是啊，可不，真希望肚子裡這個跟他姊一樣，咱不求大富大貴，是個聽話的就行。」

李雲摸了摸尖尖的肚子，滿目柔情道。

「爹、爹，您在哪，快來。」在用筷子攪拌了一刻鐘後，張青揉揉痠痛的胳膊，終於忍不住喊了她爹。

「哎，閨女，怎麼了？」

「爹，這個，就順著一個方向攪拌，攪拌起泡，倒扣著掉不下來就行。」

「弄這個幹啥？」

「哎呀，爹，別問了，一會兒您就知道了。」

張闊聳聳肩，開始完成閨女交代的任務。

張青搬個小板凳，坐在張闊跟前看著她爹攪拌，然後想著下一步的動作，順便在合適的時候給蛋白裡加些糖。

大約又過一刻鐘左右，蛋白終於被張闊攪拌成功。

「嘿，這還真是個累人的工作。」張闊揉了揉胳膊道。

「爹，好啦、好啦，您先出去，等青兒做好您再進來。」

「這丫頭做什麼呢，神神秘秘的。」

張青將麵糊和蛋白霜混合，然後放進鍋裡。只是以前用的都是和烤箱，現在用這灶來烤也不知道能不能成功，張青只能坐在灶臺旁邊靜靜地等著。

「這什麼味，挺香的。」張闊動動鼻子道。

「我也聞到了，是不是就是青兒正在弄的東西。」
「大概是吧。」
剛說完話，就看見張青端著個盤子，上頭擺著個金黃的東西。
「爹、娘，來嚐一嚐。」張青給兩人一人切了一塊。
「好吃嗎？」張青語含希冀地問。她自己嚐過，雖然口感和現代的蛋糕不太一樣，但總體來說還是不錯的，就不知道這年代的人買不買帳。
「這真好吃，還真沒吃過這樣的東西。」李雲吃了一塊，又迫不及待地拿了另一塊。
「爹，您說呢？」
「不錯，雖然爹不喜歡吃甜的，可是這東西真香，這個叫什麼名字。」
「這是蛋糕，爹，咱以後就開個這樣的鋪子怎麼樣？」
張闊沈思一會兒。「開鋪子是好事，可是咱也不能只賣這一種啊，鎮上的點心鋪子，都是有自己的點心師傅。」
「這個啊，沒關係，咱也找一個不就行了。」
「那行，等妳娘生了後，咱就好好合計。」
一家三口正在說著話，突然聽到門前傳來幾聲狗低聲嗚咽。
早在蓋好房子沒多久，張闊就尋了一隻小黑狗在家看家護院，再加上後院還有一群雞，養狗也能防黃鼠狼。

「誰啊？」張青邊問著邊小跑著去開門。

門外站著的是李大娘和二虎。「李大娘，妳怎麼來了？」

「也沒啥，看妳娘懷孕了，給妳娘送條魚。」李大娘掂量了下手中的魚。

「謝謝李大娘，趕緊進來。」張青接過李大娘手裡的鯽魚，心想，這玩意可是好東西，晚上給娘熬鍋湯，好好補一補。

「喲，這什麼味道，可真香。」李大娘一進門就聞到一股以前從未聞到的香味。

「這是青兒剛剛試著做出來的糕點，還熱呼著呢，李大嫂，妳和二虎子趕緊過來吃。」

李雲看到李大娘連忙迎了過來。

「別別，妳懷著身子呢，可別亂跑，看妳這肚子尖尖，這次肯定是個小子。」

「那就謝謝李大嫂吉言了。」

「妳家大丫可真能幹，這麼好吃的東西都被她鼓搗出來，我家有個這樣的閨女我還不笑死啊，只是可惜我家只有兩個淘死人的小子。」

「哎呀，李大嫂，二虎不是挺好的嗎？我看這孩子透著股靈氣。」

「妹子，妳真這麼覺得？」

「是啊，可不。」

「這就好、這就好。」李大娘眼睛一亮，拍著李雲的手。

等李大娘和二虎子走的時候，李雲又把剩下的蛋糕給李大娘包了許多，然後回過頭，總感覺有些怪怪的。「她爹，我怎麼覺得李大嫂今天怪怪的啊。」

張闊嘿嘿一笑。「我的傻媳婦，這是李家看上咱家的閨女啦。」

「什麼？」錯愕的除了李雲還有張青。

她這身體才不到七歲吧，這麼早就開始想終身大事了，不至於吧！張青鬱悶，她還沒有發家致富，大好的人生還沒有享受，怎麼就要說親了，這世界太瘋狂了。

「青兒還小，這是不是太早了，而且二虎比青兒還要小一歲。」李雲躊躇。

張青在旁邊猛點頭。

看著一大一小的兩個腦袋，張闊笑笑。「李大哥家裡估計是有這個意思，這事不急，怎麼也得等青兒長大了，李家二小子現在看著是個機靈乖巧的，以後還不知道是怎麼呢。」

張青聞言開始琢磨起自己的終身大事，她實在不能將目前那個流著鼻涕的李二虎和自己未來的相公聯繫到一起，雖然這孩子長得還挺可愛的，但是怎麼覺得有些不靠譜啊，還是需要斟酌斟酌。

轉眼到了七月，天氣已經熱了起來，李雲到了快臨盆的時候。

張青每每看到她娘的肚子，都有些擔心，這肚子真的好大啊。家裡的活計基本被張青全包了，餵雞餵豬、放羊、做飯、做針線，樣樣不落，張青心想，她都快成全能人才了，除了這些，就是每天下午扶著她娘在院子或者家的周圍散散步。

對此大高氏顯得不太高興。「這挺著老大一個肚子，就應該在床上休息，好不容易才懷上一個，出了事可怎麼辦。」

張青和她娘一般都是前腳受教，後腳該幹麼幹麼。

張青她娘算算日子也該生了，她爹也不出去了，就在院子裡砍柴，或者幫張青照料一下後院的東西。

李雲原本是想起來活動活動，只是剛一起來，肚子就一陣抽痛，而且這抽痛也不像往日那樣一陣一陣，忍一會兒就過去了，反倒是越演越烈。

「她爹、青兒。」

「娘，您怎麼了？」張青聞言趕忙跑進屋，就看到她娘煞白著一張臉，眉頭緊皺著。

「我怕是要生了，趕緊讓妳爹找村頭的劉婆子來。」

張闊本來緊跟著張青進屋，聽了李雲的話，二話不說就奔出了門。

「娘，我要做什麼？」張青過去將她娘扶著躺好，雖然手有些抖，卻依舊鎮定地問。

「先去燒點熱水，然後準備些帕子。」

張青準備好一切，看了她娘狀態還可以，連忙跑到隔壁通知老張頭和大高氏。

張闊幾乎是拽著劉婆子一路奔回家的，家裡已經在大高氏的指導下開始有條不紊地進行。

聽著屋裡一聲聲的慘叫，再看那端出來的一盆盆血水，張青感覺自己的腿都在發抖，轉頭看她爹，好像也不比她好多少。張闊看著房門的眼睛滿含焦急，在院子裡差不多都轉了有二十幾圈。

好在李雲年輕，這一年多來養得也好，底子打好了，不到兩個時辰，就聽見哇的一聲。

「恭喜張家兄弟，是個帶把的。」屋裡傳來劉婆子的聲音。

「她娘、她娘好嗎？」來不及關心孩子，張闊先趕忙問孩子娘。

「她爹，我還好。」屋裡傳來李雲虛弱的聲音。

「好疼。」李雲剛說完，就感覺好像還有個東西要滑出體內。

「唉唷！這竟是還有一個！」

張青趴著看兩個搖籃，搖籃裡放著兩個長得一模一樣的嬰兒。「娘，哪個是大弟，哪個是二弟啊？」

「右邊的是妳大弟，左邊的是二弟。」李雲躺在床上，臉色還是有些蒼白，但是看著自己的兒女們，眼裡的喜悅遮也遮不住。

「好像啊。」張青嘆著，原本就覺得她娘的肚子有些大了，卻沒想到懷的不是一個，而是一對。家裡對李雲生了雙胞胎一事，都俱是興奮，在這個時代，據說懷了雙生子的都是有大福氣的。

當然除了小高氏。

小高氏本還想，說不定老二家懷的還是個女娃，到時候，給婆婆好好說說，把小寶過繼過去，誰知道這老二家的也不知道走了啥狗屎運，居然一次生了兩個男娃。

「娘，大弟他睜眼看我了。」張青看著右邊白胖的娃娃，睜著圓溜溜的眼睛，看了她一眼，然後打了個呵欠，便十分興奮地對她娘道。

只是張青話還沒說完，就見白胖小人兒嘴一張竟哇哇的哭了起來，而且哭得好不委屈，張青有些懵了。「娘，這。」

「沒事，剛剛才餵過，妳摸摸是不是尿了或者拉了。」

張青伸手塞進小人兒的包被裡，摸了摸那滑嫩的小屁屁。「娘，沒有啊。」張青看著依舊在哭的大弟，感覺有些不理解了。

此時讓她感覺更驚奇的事情是，那左邊的二弟也緩緩地睜開了眼睛，就在張青害怕這二弟也哭的時候，二弟的小胖手呼的一下伸出來，拍在他哥臉上，然後他哥好像愣了，嚎啕大哭戛然而止，接著他好像對自己哥哥停止了噪音十分的滿意，竟又緩緩地閉上了眼睛。

張青愣了，而後便是笑得止都止不住。

很快這兩個孩子就滿月，張闊在院子裡擺了席，將村裡要好的都請了過來。都說他這輩子只有閨女命，就在他認命，覺得閨女就閨女，沒有兒子也行的時候，上天一下子送給他一雙，怎麼能不讓他高興。

「這兩個孩子真可愛，一模一樣，真的分都分不清啊。」李孟氏坐在搖籃前逗著兩個孩子，然後掏出長命鎖，給兩個孩子一人掛上一個。

「嫂子，這太貴重了。」李雲看著兩個孩子脖子上的長命鎖，趕忙推辭，原來那長命鎖竟是金的。

「這有什麼貴重的，也就是兩塊金子，妳盼了這麼多年才盼到這兩個孩子，還不准他舅娘好好疼疼他倆啊。」李孟氏嗔怪一聲。

「那謝過嫂子了。」

張青此時忙著幫她爹招呼客人，給客人倒個茶、遞個水的，身後亦步亦趨地跟著兩個小蘿蔔頭，一個是李二虎、一個是吳文敏。

張青好久沒去鎮上了，她也沒想到，這次舅娘來竟然帶了吳文敏過來。看到好久不見的小正太，張青還是很高興的，連忙拿出家裡好吃的招待，其中就有自己烤的蛋糕。

李二虎就不樂意了，心裡覺得這個看起來比自己白一點的傢伙，肯定是和他搶張姊姊的，他還吃了自己最喜歡吃的蛋糕。

吳文敏也是難過得緊，才多久沒見，張青就有了新的小夥伴，她都不理他了。

張青可不知道這暗潮洶湧，只忙著招呼客人。

過了最忙碌的秋收，張青一家人商議過後，決定在鎮子上開個點心鋪子。

李孟氏得知他們有打算在鎮裡開鋪子，一早就找人開始幫忙相看房子，等張青一家過來的時候，經過篩選，合適的房子已經選了三處。
「嫂子這次又麻煩妳了。」李雲有些歉意道。
「說什麼麻煩不麻煩，妳日子過得好，我就高興，快來看看這三家鋪子，這三家的位置都是極好的，你們再相看相看。」李孟氏拿著一張紙，張青一看，原來是一張類似於地圖的東西，而圖上標的三個紅點，就是李孟氏幫忙相看好的店鋪。
三人看了地圖，覺得還是出去走走，看看實際情況比較好，只是怕帶著雙胞胎不方便，於是將雙胞胎交給李孟氏，三人一起出了李孟氏的店門。
三人將三個鋪子都看了一遍，也詢問了周圍的鄰居，等回來時，日頭已經西下。
「嫂子，這兩個孩子今天可乖？」李雲一進門直奔向兩個寶貝蛋。
「這兩孩子可真夠乖的，就是尿了哼一聲，其餘時候竟是乖得不得了。」李孟氏看著兩個孩子，喜歡極了的模樣。
「乖就好、乖就好。」李雲喜孜孜的抱著兩個孩子，一人狠狠親了一口，老大見到親娘，喜得格格直笑，手腳胡亂蹬了半天；老二只是睜了睜眼睛，看了他娘一眼，又將拳頭放在嘴邊秀氣地打了個呵欠，而後又緩緩地閉上了眼睛。
「可選好哪家做店面了？」李孟氏詢問道。
「就選第三間，與嫂子離得近一些，位置也是十分繁華的，而且後面還帶個小院子，以後青兒和她娘帶著兩個小的就可以住後面，只是不知道租的價格是多少，還有那店面不知道賣是不賣。」張闊有些憂心這鋪子的價格，他們今天也打聽過，這裡的價格並不便宜，原本他只是想租個店面，可是聽閨女的，用買的要更划算一些。

其實這完全是張青現代觀念作祟，沒辦法，誰讓她前世拚死累活的也才能買間小公寓，現在看著全家攢的這一百多兩銀子，她總有種財大氣粗的感覺。

「這個啊，租的話一年是二十兩銀子，買的話，估算著也得兩、三百兩吧，只是也不知道那家是不是要賣。」李孟氏細細估算一下回答。

張闊有些懵，租一年就得二十兩啊，他家以前九個人一年的花銷才五兩，雖然現在家裡有些錢了，但是這麼一下子就二十兩，兩、三百兩的，他覺得心都開始抖了三抖。

「你們是想買呢還是租？」李孟氏問道。

「當然得買，那後面有好大一片院子，青兒很喜歡呢。」仗著人小，張青趕忙發言。

張闊苦著臉看了一眼自家閨女。「嫂子，這個容我回家考慮一下，明兒個給妳答覆。」

「也好，我也著人打聽打聽，看看這價格還能不能低一些。」

「那就先謝過嫂子了。」張青一家五口告別了李孟氏，趕著牛車晃晃悠悠地歸家去了。

三人關著房門商量了半宿，終於在租還是買中，選擇了買。

張青說服她爹的理由很簡單，租的話一年二十兩，十年就二百兩了，還不說中間可能有漲租金或東家收回房子的問題；而買的話，至多二、三百兩銀子，先不說自家點心鋪掙錢與否，便是不掙錢，把鋪子租出去，一年便有了二十兩的租金，現在雙胞胎還小，總要為他們攢些家財的，所以，最後決定還是買的划算。

說服了自個兒爹娘，又看了下雙胞胎弟弟，張青伸了個懶腰，便去睡了。

第二天起來才知，她爹一大早又去鎮上了，這次是告訴李孟氏自家的決定，然後順便打聽一下那鋪子的價格，既然決定要買了，就要趁早打算。

夜幕落下時，張闊風塵僕僕地趕了回來，一回來先是扒了幾大口飯，灌了幾大口茶水，才有空搭理滿含希冀的看著自己的娘倆。

「數數，看咱家現在有多少錢。」

「今天我和娘已經數過了，咱家共有一百七十五兩銀子。爹，那鋪子要賣多少錢？」

「妳舅娘打聽過了，那鋪子位置極好，原先是不賣的，只是那家的兒子賭博，欠了賭坊差不多有七百多兩，給人家捉住不還錢要剁胳膊、剁腿的，所以那家才決定賣了這店面。」

「七百兩啊！」李雲嚇了一跳，第一個反應是，以後必須要讓雙胞胎離那賭坊遠一些。

「那店面究竟得多少錢啊？」張青對賭徒的事情不關心，她只關係那店面的事情，於是便急忙問道。

張闊伸出三根手指，讓李雲驚叫一聲。「三百兩。」

張闊點點頭。

「爹啊，那咱還買嗎？」張青囁嚅地問，三百兩，在古代可不是個小數目啊，原以為兩百多兩就了不得了，雖然貴，但是借一點還是能湊足的，可是這三百兩就有些太多了。

「不能便宜了？」李雲緊跟著問。

張闊嘆了一聲，搖搖頭。「這個不太清楚，嫂子說，她明天再去打聽打聽，或者找個相熟的人詢問一下，說不定能便宜些，我明早再去一趟鎮上。」

連著好幾天，張闊日日去鎮上，消息也是一個個帶回來。

因為李孟氏找了熟人，而且那家欠賭坊的錢也拖不得了，最後決定兩百八十兩就賣。

可是兩百八十兩張青家也拿不出來啊，頓時一家人又陷入了沈思之中。

「要不找大哥和爹娘借一些。」張闊出主意道。

「不行。」李雲和張青異口同聲。

開玩笑，先別說那兩家有錢沒錢，便是有錢也不過是十幾兩，頂不了用不說，人家估計還不借呢，不借就算了，怕就怕小高氏知道自家買了店面又要生出多少事端。

「那怎麼辦。」張闊對於娘倆異口同聲的反應有些鬱悶。

「不行便找我嫂子吧，頂多多給些利息錢吧。」李雲嘆了一口氣。

三人望著油燈沈默半晌，最後都覺得，這可能就是最好的辦法了。

張闊第二天又奔向鎮上。

「嫂子，這房子太貴了，家裡也就是今年才攢了些錢，這……」張闊紅著臉，可是借錢那兩個字卻怎麼吐也吐不出來。

「我明白，家裡現在有多少銀子了？」李孟氏不當一回事，笑吟吟地問。

「一百七十多兩。」張闊只覺得自己越發不好意思。

李孟氏點點頭思索一會兒，正色道：「這樣吧，我這有二百兩銀子，先給你們周轉。」

「這太多了吧。」張闊大張著嘴，有些呆掙。

「不多不多，等買了房子，還有家具，還得雇上兩個點心師傅，這錢用起來快著呢。」

「那謝過嫂子了，我們給利息。」張闊想了想道。

「利息？」李孟氏的臉色有些不好看了。「你當嫂子什麼人啊，借錢還要利息。」

「嫂子莫生氣，我知道嫂子對咱們這一家子好，可是嫂子好歸好，我們卻不能總占嫂子的便宜，這利息一定要給的。」張闊堅持。

李孟氏嘆了一口氣，揮揮手。「隨你吧。」

張闊這才高興地拿了那二百兩銀票回家。

有了錢，後面的事情就簡單許多。先是簽了文書，然後去官府備了案，一家三口站在大街上看著面前的小店，內心的激動久久不能平復。

「爹，這就是咱的了。」張青拉拉她爹的衣角。

「嗯，是咱的了。」

既然店面有了，餘下的就是準備開店的事宜，張青想最起碼應該在過年前三個月就將店面開起來，好趕上過年那個購物高峰期。

那家人走的時候，將院子裡能賣的、能搬的東西都弄走了，只餘空蕩蕩的店面，後面的院子同樣也是空蕩蕩的。但是張青很喜歡院裡頭那棵枝繁葉茂的楊樹，還幻想著明年夏天，讓她爹在這下頭給她弄個秋千啥的，讓她隨便蕩蕩，光是想想，張青都滿意得不得了。

正想得美，冷風吹來，張青打了一個冷顫清醒後，朝她爹喊了一聲。「爹，這啥都沒有，怎麼辦，是將家裡的東西搬過來，還是重新做啊？」

「搬過來家裡不就沒了，咱做新的，青兒看看有沒有喜歡的花樣，要不咱去街上木匠鋪子裡看看。」

「行，娘，咱們去木匠鋪子裡逛逛。」

李雲頭上綁了頭巾，穿了一身舊衣衫正在打掃，聞言抬頭。「不了，你們爺倆去吧，我將這裡打掃打掃，然後過一會兒還得去妳舅娘家看妳弟弟。」

「哦好，那我和爹先走了啊。」

張青和她爹直奔鎮上的兩家木匠鋪子，張青看了看裡面的東西，得出了一個結論，好看的、高大上的東西，估計買回來她家的家底就光了，其餘的東西，她又看不上眼。

「爹，咱們的東西自己做吧。」張青搖搖她爹的胳膊。

「這……」

「爹，櫃子的樣子我會畫，其餘的桌椅什麼的，咱找咱村裡的人，用竹子編成，放在店裡，您看怎樣？」

張闊想了想。「這倒行，就按妳說的辦，還能省好多錢呢。」

張闊先是找人將屋子和店面重新粉刷了一遍，然後回了一趟村子，找了相熟的人家，給了工錢請她們編一些竹椅和竹凳子，再和幾個漢子趕製了一批家具。

終於在一個月後，張家的點心鋪子要開張了。

而一早李孟氏就幫著尋了兩個點心師傅，至於做蛋糕的手藝，張青暫時還沒想過要交給別人，這只有她家三個人會就行了，現在這時代，教會徒弟餓死師傅的事情比比皆是。

開張前幾天，張青就和她爹娘還有李孟氏商量過了，用紙寫了宣傳單，開業前三天，每天前五十名顧客，免費領一份糕點，消費滿一百個銅錢的，額外再送塊蛋糕。此外還準備了許多小塊的蛋糕，客人排隊的時候，再讓人端著盤子，請客人試嚐一塊。

李孟氏看著張青的眼睛越發亮了，這孩子太聰明了，只是歡喜過後難免有些唏噓，這要是個男娃該多好；不過女娃也不錯，剛好，這表哥、表妹的，呵呵。李孟氏越想越為自己的想法感到得意，小小七歲女童張青同學，此時還在暢想自己錢財滾滾美好的場景，卻不知道，已經有人在打她的主意了。

張青家點心鋪子開業那天，連著下了幾天雨的天氣居然奇蹟般的放晴了，明朗的太陽帶著些許暖意，溫柔地照耀著眾人。張青搓了搓手，哈了一口氣。「爹，今天天氣真好，咱家選今天開業，以後一定能生意興隆的。」

「借我家閨女吉言了。」本來還略有些忐忑的張闊，聞言也爽朗地笑出了聲。

鞭炮響，鑼鼓齊鳴，不一會兒張家的點心鋪子前就排滿了人，李玉做好了大哥哥的模樣，帶著吳文敏、張青和二虎子，一人端著一個盤子，遊走在排隊的眾人間。

晌午剛過，張青家準備的點心就賣得差不多了。

「東家，這東西都快賣完了可怎麼辦。」張青家雇的小廝急忙來報。

「告訴兩位師傅，今天辛苦了，讓他們再加緊時間準備一些。」看著生意好原本挺高興的，可是貨就這麼一下子賣完了，可就不怎麼讓人高興了。

「先別，爹，今天賣完了，就關門吧，請客人明天再來。」

張闊驚訝地看著張青。「這是什麼道理。」

李孟氏卻第一時間反應過來。「就聽青兒的，等貨賣完就關門。」

看著李孟氏都發話了，張闊雖然還有些不太明白，但是還是吩咐給了小廝。

不到中午，鎮上的人都傳開了。

「哎，聽說了嗎？鎮上今天新開的張家點心鋪子，不到半天，裡面的東西就賣光了，補都補不及，沒辦法，只好休息了，明天才開。」

「哦這個，我也聽說了，聽說他家那什麼蛋糕，特別好吃，那可是以前從來沒吃過的東西，我排隊好不容易排到了，人家居然關門了，氣死了。哎，明天還得去，我家小崽子今天嚐了一口那啥蛋糕，這下好了，非要吃，攔都攔不住。」

這鎮子不大，一天下來，整個鎮子上的人都知道，張家的點心鋪子生意好得不得了，還有那蛋糕，從前根本沒有見過，吃了還想吃。

連著三天，張家的點心鋪都是中午早早的關了門，張家點心鋪也徹底在鎮子上打響了名聲。經過商議，張青覺得，因為自家人手有限，所以蛋糕每天只限五十份，賣完就沒有，但是其他的點心如果買足三百個銅錢，則免費送一份蛋糕。

畢竟手動打蛋太累了，即便是張闊也有些受不住，張青只能盡力仿照後世的器具，研究出蛋清分離器，手動打蛋器也做了改良，節省了一部分的時間和人力。

這樣只將將半個月，除過成本竟然掙了五十兩，這下張家一家人才放下心。

「照這樣下去，很快就能還上妳舅娘的錢了。」張闊感嘆道。

一家人相視一笑。

這時候伙計小東跑進後院。「東家、東家，前面來了幾人，說是您爹娘和哥嫂。」

「什麼？」

小東覺得有些不對勁，東家聽到這不是應該高興嗎？可是現在看這樣子不像啊。

張闊站起來，看著李雲苦笑一聲，這次開店他們一家三口商量過後，確實是瞞了隔壁那一家子，不是他們自私，只是想到小高氏的性子，若知道他家開店還不知要怎麼鬧呢。

原也沒以為能瞞得了多久，只是想忙過開業再說，只是該來的終究還是會來。

張青看到她爹這樣也頗不是滋味。「爹，沒事，反正店都開了，咱也不怕啥。」

「嗯，知道了。」張闊深吸一口氣，打起精神，暗自嘲諷了一下自己，自己堂堂七尺男兒，竟然還沒有自家閨女有膽量。

小高氏坐在張家點心鋪子裡，旁邊的桌子上擺了各色的點心，小高氏拿起一塊就往自己嘴裡塞，還沒吞下就連忙塞給大寶、小寶，趁人不注意的時候，又偷偷往自己的袋子裡扔進去兩個。只是她突然想到，這是小叔子的店，以後還愁沒有點心吃麼？想到這裡小高氏眼睛一亮，才緩緩停下了往袋子裡扔點心的手。

即便是這樣，她桌子上的盤子也已經空空如也，她這才拍拍身上的點心渣渣。「哎，那小二，我家小叔子怎麼還不出來。」

「不好意思，今兒個有些忙，讓爹娘和哥哥、嫂嫂久等了。」張闊滿面笑容地走進來，身後跟著張青和她娘。

「哼，開店這麼大的事情怎麼也不告訴家裡一聲。」老張頭一臉的肅然之色。

張闊摸了摸鼻子，這讓他怎麼說，難道說是怕你們添麻煩。

「爺爺、奶奶好久沒見弟弟了吧，肯定很想弟弟，爹，咱們趕緊帶爺爺、奶奶去看弟弟。」

張闊有些感激地看了張青一眼，心想閨女好樣的。張青則是朝她爹眨眨眼，父女兩人相視一笑。

聽到雙胞胎孫子，老張頭火氣才消了一點。

只是看到這店面居然還有後院，張家眾人皆吃了一驚。

「乖乖，老二你這房子得多少錢啊，後面怎還有個院子呢。」大高氏一臉驚訝。

「這每月二十兩銀子的租金。」張闊沒敢告訴他娘，這是他借錢買的店鋪。

「二十兩，每月！」大高氏一驚。

「小叔子看來發財了啊，這房子一個月二十兩都能租得起，還有前面的伙計，不少錢呢吧。」小高氏滿眼放光。

「嫂子說笑了，這鋪子也才開了幾天，還欠著青兒她舅娘的錢呢。」

「怎麼可能，我們一路來可都聽說了，你家這鋪子生意好得不得了，前三天不到中午，裡面的東西就賣光了。」小高氏一臉不信的模樣。

「當然賣光了，賣得便宜，買三斤還送一斤的，能不賣光嗎？我爹娘正愁這生意周轉不開怎麼辦呢，咦，大伯娘，妳家……」

張青話還沒說完，就看到小高氏一臉防賊的模樣。「我家可沒錢借給你們啊。」

張青撇撇嘴，就知道，不過，她家也沒打算找她借錢好嗎？只要她這大伯娘別三兩天就過來打秋風就成。

看到孫子躺在搖籃裡，相似的臉色掛著相似的笑容，睡得十分香甜的模樣，老張頭的臉色又好看了一些。

「說說吧，開店為啥不給家裡說一聲。」老張頭坐在主位上看著下方低著頭的張闊。

張闊遲疑了下道：「當時只是著急想開店，所以沒來得及給家裡報備。」

「胡扯！」老張頭一聲大喝。

雙胞胎被這厲喝驚了起來，左右看不到人，哇的一聲哭了出來。

「大丫娘，妳去看看兩孩子。」察覺孩子被自己吵起來，老張頭壓低了聲音，繼續質問。「你眼裡還有沒有我這個爹，這麼大的事情居然不和家裡商量。」

「爹，當時資金不足，我也是怕給家裡添麻煩，怕您憂心。」

「差多少銀子？」老張頭猶自不信。

張闊想了想，這房子剛才告訴家裡是租的，且說租了三個月，那就是六十兩銀子，再加上這裡面各項東西，雇人的費用，張闊報出一個數字。「差不多一百兩。」

老張頭倒吸一口涼氣，乖乖，他活了這麼一輩子還沒見過一百兩啊。「那怎麼辦？」

「是青兒舅娘借給了我一百兩。」

「就知道李孟氏是個有錢的。」小高氏癡癡地笑著，好像那有一百兩的人是她一樣。

張升默默地瞥了自己媳婦一眼，小高氏一抖，突然想起今天張升對自己說的話，頓時老實起來。張升出門前說了，如果她敢鬧的話，這次他一定會休了她，甚至拿出了一張休書。想到那張寫滿字的白紙，小高氏立刻就蔫了。

老張頭默默地抽了口旱煙，吐出個煙圈道：「罷了，既然這店都開起來了，咱們也不說啥了，是爹沒本事，也沒錢幫襯你，以後好好地幹，早日把大丫舅娘的錢還上。」

說罷對大高氏示意，大高氏從懷裡掏出個帕子，帕子裡三層、外三層的解開，裡頭居然是一錠銀子。

「多餘的家裡也沒有，就只有這五兩。有三兩是我和你爹這幾年辛辛苦苦攢的，你教了你大哥發豆芽，你大哥嘴上不說，心裡卻清楚，這二兩是你大哥給你的。」

聽說那居然有自家的二兩，小高氏臉色一變，剛想說話，就看到張升正虎視眈眈地盯著她，於是她又蔫了，只是看著那銀子的眼滿含不甘願。

張闊看著那五兩銀子，默了，突然覺得自己不是東西，開店防著他們。「爹，我……」

「好了別說了，爹都知道。」老張頭嘆了一口氣，示意張闊收下銀子。

張闊覺得那銀子放在手心裡，燒得他真難受。

臘月二十八，忙完年前的最後一天，張家就將店門關了，叫過店裡的人，多發了半個月工錢，讓其各自回家過年。

而李雲也將一早就備好的年貨收拾起來，張闊趕了牛車，一家五口浩浩蕩蕩的歸家去了。回到家，先是給隔壁送了些年貨，然後才回家打掃屋子，一直到晚上，張青一家人才盤腿坐在床上，算著點心鋪子的盈利。

這不算不要緊，一算嚇一跳，三個月不到，家裡竟然掙了差不多有二百兩。

「這下，夠還妳舅娘的了。」張闊有種無債一身輕的感覺。

「可不是。」李雲手裡拿著針線，正給雙胞胎縫著尿布，聞言抬頭一笑。

大年三十，一家人和和美美的吃了飯，讓張青訝異的是，她的那個大伯娘居然安分得厲害，雖然眼睛還是四處亂瞥，但是看起來明顯老實許多；而大寶、二寶兩兄弟也是老老實實地吃飯，只要挾肉的動作稍微那麼快上一點，就見她大伯哼的一聲，兩個孩子就老實了。

張青心裡不厚道地嘿嘿直笑，這三個肯定是被大伯給馴服了。

這年的守歲就在大家一片和睦中過去了。

初一早上，張青被她娘從熱氣騰騰的被窩裡拽了出來，然後又去了隔壁拜年，她竟收到了她爺、她奶、她大伯給的銅錢。

看著手中的銅錢，張青眼裡滿是感嘆，好多年都沒有收過壓歲錢了。去年因為她娘正懷著孕，還被人氣到暈倒，一陣忙碌，有誰還想得起給她壓歲錢呢。

原本初二，李雲是要回娘家的，可是她娘家現在基本是廢屋一棟，雖說還有嫂子、姪子在，可是嫂子和姪子卻是住在自己娘家屋裡頭的，所以張青她娘初二一般是待在家裡的，過了年以後才會去她嫂子那轉上一圈，當然今年也不例外。

點心鋪子已經訂好了初八開張，初五的時候，李雲就開始收拾東西，等著明天一大早回鎮上，而張闊則是去了要好的李大叔家喝酒。

就在這時院裡突然傳來小黑的狗吠聲和一陣敲門聲。

「娘，有人來了，怕不是熟人呢。」張青向她娘道了一聲，要知道小黑極聰明，一般熟人的腳步氣味牠老遠就能認得出來，就是嗚咽的告訴家裡一聲，當牠開始吠的時候就說明，來的肯定不是熟人。

李雲點點頭。「去開門吧，可能是村裡哪家不常來的人吧。」

張青門一開，愣了，門外站著一個陌生的男人，這男人個子很高，一把絡腮鬍，看起來有種特別勇猛的感覺，而且身上透露出一種凜冽氣息，讓張青不自覺得縮了一下。

「妳可是青兒？」

張青愣愣地點頭，就看見這男人好像紅了眼眶，再然後，張青就感覺自己被扛了起來。

「哈哈，這是老子的甥女，哈哈。」等張青被扛到肩上，才發現，這男人的後面還有兩人，那兩人赫然就是李孟氏和李玉，張青愣了，難道這男人就是她傳說中的舅舅。

可是她舅舅不是應該面白無鬚，呸，那不就是太監了，張青暗啐了一口。可就算不是面白無鬚，也應該是個斯斯文文的美男子，她舅舅怎麼長這個樣子，和她娘一點也不像啊。

「妹妹、妹妹，我家妹妹在哪裡。」還未走到堂屋，李攀的粗嗓門就喊起來了。

李雲正在綁包袱的手一怔，有些不可置信地聽著門外的聲音，然後喃喃地吐出兩字。

「大哥。」待反應過後，急忙奔到門口想撩起簾子。

簾子同時被撩起，兄妹兩人對視，然後張青就看到她娘眼睛紅了，那淚珠子一串串的掉了下來。

「好妹子，莫哭、莫哭，大哥這不回來了。」李攀有些手忙腳亂的。

讓張青欣慰的是，這舅舅沒有忘了肩上還扛著她，將她放下後才去哄她娘，只見她這個舅舅隨便從桌子上抄起一片布就往她娘手裡塞，嘴裡還一直呢喃著。「妳擦擦、妳擦擦。」

要不是這個舅舅七年未歸，她娘這會兒正難過著，張青真的是想放聲大笑。

「大哥，你這幾年去哪了啊。」李雲止住了哭泣，不好意思地對眾人笑笑，帶李家三人坐下，李雲才問道。

而張青則飛奔去李大叔家找她爹去了。

「哦，有一天我看到街上招兵，然後就動了心思，這幾年一直在西北，跟著長門侯。」

「什麼侯不侯的，我們不懂。哥哥，妹妹就問你一句，這次回來，還要走嗎？」

李雲這話問出來，屋裡一時靜了下來，半晌過後才聽到李攀道：「走，過完年就走。」

這話一出來，屋裡的兩個女人和一個孩子齊齊紅了眼眶。

「不得不走，我好不容易升到參將了，再熬熬，不是沒有升副將，或者將軍的可能，以後，以後我們都會有好日子過的。」李攀這話，連他自己都不知道是說給自己聽的，還是說給妻兒、說給妹妹聽的。

其實喊出那一聲，他就有些害怕了，殺了那麼多敵人的他，第一次感到害怕，所謂的近鄉情怯，估計就是他這樣的吧。

等張闊回來後，就看到不斷擦著眼淚的兩個女人，還有眼眶紅紅的李玉，以及頭低沈著，半晌無語的李攀。

「大舅哥，你回來了。」張闊出聲打破了這種哀傷的沈默。

李攀也覺得他這妹夫來得相當是時候。「是妹夫啊，可不，大哥回來了，謝謝你這麼多年照顧家妹，對她好，大哥記得你這份情。」李攀在西北待慣了，見多了生離死別，幾乎是瞬間拋去哀傷，衝著張闊爽朗道，還拍拍他的肩膀。

然後張青就看到她爹好像踉蹌了一下，臉色有些發苦的模樣。

李孟氏也不好意思在張闊面前掉眼淚，於是忍著淚意，擦乾了眼眶。

第十章

在潭水村的山頭上，李攀和張闊兩人隨意選了兩塊石頭，將上面的雪掃落，一人坐著一塊。李攀拿起手中的酒，仰頭灌下，那沒被灌進嘴裡的酒順著下巴，瞬間濕了衣裳。

張闊目瞪口呆，然後側頭看著自家大舅子有些落寞的表情。

「讓妹夫見笑了，在西北習慣了，人人都是這麼喝酒，再大口吃肉，痛快、痛快啊，不信你也試試。」

看著自家大舅子殷切的眼光，張闊想了想，也學著那樣喝酒，結果就被嗆住了。

「哈哈，就知道是這樣，當年我剛到西北的時候也和你一樣。」李攀哈哈笑著，臉上的落寞消了幾分。

張闊嘿嘿一笑，擦去臉上的酒漬問：「當兵好嗎？」

「好啊！保家衛國，升官發財，好男兒志在四方，豈能困於這一方小小天地。」

張闊默了，其實他小的時候也曾想過去當兵，最喜歡聽的故事也是將軍打勝仗的故事，也渴望自己有把劍，去那戰場上廝殺。

「那開心嗎？不會想嫂子嗎？」

張闊這話一出來，李攀怔了一下，情緒低落下來。「想，怎麼不想，我走的時候，玉兒才五歲，剛去的時候，想你嫂子，想得心都疼了，時間久了，卻連你嫂子的模樣都記不起來。只是，大丈夫，怎麼能拘泥於兒女情愛當中，上陣殺敵才是最重要的。」

張闊無法評論李攀的作為是對是錯，但是他也有建功立業、上陣殺敵的夢想。接下來，李攀向張闊講述了在西北軍營的生活，待他們回家後，兩個女人的心情都已平復了不少。

張家留李家三人用了飯，在臨走的時候，李攀塞給張青一根金釵，雙胞胎兄弟一人一塊玉珮，還有一張五百兩的銀票。

張家三人惶悚了，給張青的金釵可是實打實金子做的，雙胞胎的玉珮看起來也很值錢，更別提那五百兩銀票了。

「哥，這個你拿回去，我不能收。」李雲將東西死命往李攀懷裡塞。

「妹子，妳這是啥意思，這是給我甥兒、甥女的禮物，值不了多少，別看哥只是個小小的參將，在西北那地方，長門侯對大家好，繳收的戰利品是更多不勝數。這都不是啥事，等哥過兩年回來，在京城給咱買座大房子，咱們全搬去京城，說不定不用買，等哥立了大功，聖上就賞哥一座宅子。」說到這裡，李攀哈哈笑了兩聲，眼裡滿是對未來的憧憬與渴望。

「京城、聖上。」張闊喃喃地說著，突然有些羨慕大舅哥。

最後張家三口還是收下了東西，無他，李攀說，這些年他得的賞賜，差不多已經有萬兩銀子了，這區區五百兩他不在乎，只是心想，給得多了，恐妹妹、妹夫不收，也讓他們心裡不痛快，想了好久才覺得給個五百兩不多不少剛剛好。

等李攀一家走後，張青一家子還坐著久久不能平靜，總感覺好似在作夢一般，有些不真實的感覺。

初八，張家點心鋪開了門，李雲無事便帶著張青往李孟氏家布莊跑，李攀隔幾天也會來點心鋪，兩兄妹都想著，能見一面便是一面，都是十分珍惜。

只是李雲和張青都未發現，張闊越來越沈默了。

張闊呆呆地坐在院子裡，腦子裡更是一遍一遍回想著李攀的話，建功立業、京城、聖上，他第一次對外面的世界充滿嚮往，甚至在腦海裡構想著舅兄說的西北是什麼模樣。

李攀正在收拾要走的行李，李孟氏紅著眼眶將李攀的東西一樣一樣放進包袱裡，這都是這麼些年她為他做的衣裳，納的鞋子。

李攀也悶悶地看著自己媳婦，心裡有種說不出的難受，他回來幾乎沒帶什麼東西，只有家裡人的禮物，其餘的都被他換成了銀票，誰知走的時候卻要拿著這麼多東西。

張闊尋來時，就看到這種壓抑的氣氛，他有了一絲退卻，只是想到以後，他握了握拳頭。「大舅哥，我有話要與你說。」

短短幾天，李攀覺得，張闊好像有什麼地方不一樣了。

「走，我們吃酒去。」李攀搭著張闊的肩膀，兩人一同走出去。

街上許多食肆都已經開了門，兩人隨便選了一家，要了兩罈子酒，還有臘肉若干。「說吧，什麼事。」

張闊狠狠灌了一口酒，目光堅毅地看著李攀。「舅兄，我想跟著你去。」

「什麼？我妹妹知道嗎？」李攀問。

張闊搖搖頭，老實答道：「不知道。」

「你為何要去西北。」

「和舅兄一樣，大丈夫豈能拘於這一方小小天地，我堂堂七尺男兒，一輩子就靠著一個點心鋪子過活嗎？我娶青兒娘時，暗暗告訴自己，要讓她過上好日子，可是現在的日子就是好日子了嗎？我不想看著她們娘倆起早貪黑，不想看著青兒小小年紀，總是想著掙錢，是我這個當相公、當爹的沒用，才讓她們如此受累。」張闊沈聲說道。

「你的心情我明白，當年我也是懷著和你同樣的心情去西北參軍，只是，戰場不是你想的那樣，稍有不慎，丟的可是一條命啊，這事情我不能答應你。」李攀斷然拒絕。

「大舅兄。」

「別說了，我是我，你是你，你走了我妹妹要怎麼辦。」李攀紅著眼眶，他不能帶著張闊走，要是走了，他妹妹會恨他的。

「大舅兄，若是青兒娘答應了呢？」

李攀只是嘆息一聲，並不說話，張闊心中卻是一鬆。

張闊將那一罈子酒喝光，擦了擦嘴。「舅兄放心，青兒娘那裡我去說。」

回家後，張闊有些貪婪地看著妻兒的臉龐，心裡不停地問自己是不是真的要走。

李雲直起身，捶了捶有些僵硬的腰。「怎麼了，怎麼這副表情看著我們。」

張闊敷衍地笑了一下。「雲兒，我有話要同妳講。」

李雲愣了一下，只有剛成婚的時候，丈夫才叫自己雲兒，如今更多的是叫自己「青兒娘」，她有些怔怔地看著張闊，心裡卻有種不太好的預感。

兩人走到房內坐下，張闊抿了一口茶。「我想隨妳哥哥走西北。」說話的時候張闊低著頭，有些不敢看李雲的表情。

「是要隨著去看一看嗎？」李雲柔聲問，話語中有些小小的顫抖。

「我想當兵。」

「不行。」李雲斷然拒絕。

「為什麼？」

「那太危險了，你走了這個家要怎麼辦，三個孩子要怎麼辦。」李雲苦聲道，聲音中帶了些哽咽。

「我要建功立業，我娶妳的時候答應過要讓妳過好日子，不讓妳受苦，可是妳嫁到我家，快十年了，也就這一年的日子好過許多，我想給妳掙個光榮出來，買丫鬟伺候妳，讓妳住大宅子。我也想讓青兒像那些大家小姐一樣，每日只須看花撲蝶消遣，而不是日日為著錢財發愁；更想我的兩個兒子，以後不會像我和大哥一樣，一輩子做個農夫，吃不飽、穿不暖。」張闊溫溫地說著，語氣裡卻是不容置喙的堅定。

「不行、不行，那些東西我都可以不要，我們再勤快一些，家裡的日子總會過得好一些，不會吃不飽、穿不暖，只要一家人都在，對，只要一家人都在，都在就好。」李雲急切甚至有些語無倫次地說道：「況且，那裡太危險了，你知道的，我們平平安安的活著，縱使沒有大富大貴，縱使日子平淡，但是我們活著，那裡一不小心就會沒了命啊。」隨著李雲一連串的話，淚也如斷線的珠子，從滿是焦急的臉上滑落，一串、一串，看得張闊心疼不已。

莫怪李雲對戰場充滿了恐懼，大哥去西北的那些年，每每聽到哪裡有戰事，打仗又死了多少人，心裡就懼怕得厲害，每次要等大哥的家書平安到達，心裡才安寧一些。她無法想像，當兩個最親的人一同去當了兵，去了西北，過那刀口舔血的日子，她會怎麼樣。

「雲兒，我希望妳能理解，我是男人，我不想永遠窩在這個小鎮上。」張闊沈聲說道，暗藏在每個男人心裡的宏願蠢蠢欲動，在此刻強烈爆發。

李雲看著張闊早已泣不成聲。

張青不知道，那天連著那夜，她爹是怎麼說服她娘的，她只知道，第二天一大早，她娘便腫著眼睛，告訴了她這個消息，而張闊則是回了潭水村徵求老張頭夫婦的意見。

張青初聽到也是十分詫異，只是她娘都已經答應了，她又能說些什麼，唯一能做的就是幫著她娘給她爹收拾行李。收著收著，突然想到電視劇常演的橋段，她飛快地拋下手中的東西，朝著離家最近的鐵匠鋪子裡。

「王大叔，麻煩你給我打一些鐵片，要圓的，大概這麼大，不要太厚，要方便攜帶。」張青向打鐵的王老漢比了一下形狀大小。

「青兒啊，妳要這些做什麼。」

「這是給我爹爹還有舅舅的，大叔，麻煩你了，要快些，我明天早上來取可以不？」

「能行。」年還未過去，這是王老漢今年的第一筆生意，王老漢那是幹勁滿滿。

「那就謝謝王大叔了，我先走了，這是錢。」張青付了錢，就急匆匆地往家趕，心想，這鐵片戴在胸口，總是多了一道屏障。

張闊找到李攀，告訴他，青兒娘已經答應，李攀愣了半晌，點了點頭，回過身嘆息一聲，也不知道他這趟回來是對還是錯，累得妹夫要和自己走，他怕往後妹妹會怪他。

終於到了離開的那一天，一行人站在鎮子口，任那風凜冽地颳著眾人的臉。

兩個七尺男兒滿臉不捨，一行婦孺已經哭成了淚人兒。

「青兒爹，照顧好自己，記得，咱們不求大富大貴，咱只求能平安，想想咱閨女、想想咱兩個兒子，一定要回來，平平安安地回來。」李雲紅著眼眶一遍一遍叮嚀著。

直到張闊也紅了眼眶。「我曉得的、我曉得的，放心，為了妳和孩子我一定會平安回來的，妳要照顧好孩子。爹和娘生我的氣，不願來送我，我走後，妳多多回家。」

李雲用力地點了點頭。

「我們家青兒是個大姑娘了，聰穎、懂事，要幫著爹爹照顧母親，照顧弟弟可好？」

張青抱著張闊的手臂，淚水早已打濕了張闊的衣袖，聞言哽咽地說道：「青兒知道的，青兒會很乖，會照顧好弟弟、娘親的，青兒只是不想爹爹走。」

張闊憐愛地將張青和她娘摟在懷裡，又留戀地看了雙胞胎，最後轉身走到李攀跟前。

「妹妹別怕，有大哥呢，妹妹且放心。」

「那就有勞大哥了。」

看著載著兩人的馬車緩緩離去，只留下飄揚的塵土，李孟氏和李雲不禁抱頭痛哭。

這時他們身後又傳來噠噠的聲音。「老二呢、老二呢。」說話的是趕來的老張頭，後面是大、小高氏還有張升。

「爹、娘，相公他走了。」

「什麼，走了？」大高氏先是愣了一下，然後放聲嚎啕大哭。「我可憐的兒啊，是被什麼迷了心竅啊，非要到那死人骨頭堆裡去，有個好歹我怎麼活呀。」嚎過之後，卻突然直奔李雲，忽的伸出手就是一巴掌搧到李雲臉上。

眾人都被這反應弄懵了。

「是妳，就是妳這個禍害，是妳哥哥！要不是妳，我兒怎麼會想去那凶險的地方，妳這個賤人，我要打死妳。」大高氏說著又揚起手。

眾人趕緊拉扯住大高氏，又是一陣手忙腳亂，李雲此時臉上卻已經死白一片，只有那紅紅的、腫起的手掌印在臉上分外清晰。

「夠了，妳再敢動我小姑子試一試。」李孟氏厲喝一聲。「男兒本就應該建功立業，你們倒好，把西北形容成死人骨頭堆，妳這是想讓縣令抓妳進牢裡，砍妳腦袋嗎？」

聽到縣令，大高氏本能的有些害怕，可是想想遠去的兒子，又是一拍大腿，繼續嚎啕起來。「我可憐的兒啊，我苦命的兒啊。」

李孟氏冷笑一聲。「姑爺沒死，也要被他親娘給咒死了，哼。」說罷就拉著有些失了魂的李雲上了家裡的馬車。

張青看著她娘，分外心疼，只是想，她能做的，也只有幫爹照顧好娘、照顧好弟弟，等著他回來吧。

一年又一年，一晃眼便是三年多，張闊每隔三、五個月便會寄來一封家書，知道他無事，李雲母女倆才會放心些許。

至於大高氏雖已有老張頭父子勸說，卻始終對李雲耿耿於懷，認為兒子要去西北當兵，全都是拜這個兒媳婦所賜。

張家的點心鋪依舊生意紅火，張青又陸續地推出一些其他口味的蛋糕，只是這蛋糕的方子，她死死地握在手中，除了她娘，她誰也沒有教。蛋糕依舊是每日限額供應，她爹不在，雙胞胎還小，才不滿四歲，雖然有大伯、舅娘、表哥偶爾過來幫忙，只是家裡沒有個頂事的男人，總讓人心裡有些發慌，所以更加應該小心一些。

這幾年，她努力研發，請鎮上相熟的鐵匠，改良了做蛋糕用的鍋，以及簡易版的烤箱，雖然蛋糕的種類多了，但是人工卻還是一樣的，而且還可以做一些小西點之類的甜點，張青做了不少模子，做出各種造型餅乾，放在了店裡賣，同樣限量供應，銷量也十分不錯。

三歲多的雙胞胎，白嫩得就跟個糯米糰子一樣，而且是兩個一模一樣的糯米糰子，如果不仔細分辨，連張青和她娘有時候都會叫錯。只是仔細觀察，還是能發現兩個小傢伙不一樣的地方，老大總是一副笑口常開的樣子，看起來生龍活虎的，而老二則隨時都是懶懶的，一副要去睡的模樣，神色看起來也有些冷漠、不愛笑。

名字是雙胞胎滿一歲以後，她爹來信取的名字，據說，還是專門找人問軍師的。老大名字叫張睿，老二名字叫張智，合起來就是睿智兩個字。

「姊姊、姊姊，哇～～」午後，張青正在準備明日的蛋糕，就聽見房間裡傳來弟弟的號哭聲。

「娘，我去看看。」張青放下手中的東西，跑進房裡，就看到一個白嫩的糰子穿著一件紅色肚兜，好像觀音座下散財童子一樣坐在地上，臉上還掛著一行清亮的淚珠。

「這是怎麼了，睿兒為什麼坐地上？」張青在圍裙上擦了擦手，走過去一把撈起糰子。

「弟弟踢我下來，他壞。」小糰子控訴道。

張青朝床上看去，另一個相似的糰子，坐在床上，靠著枕頭，聞言大大的打了一個呵欠，看著張青一臉無辜。

張青默了，正準備說話，就聽見床上的小人兒小小聲道：「智兒不是故意的，睡著了，不知道怎麼就，然後哥哥就下去了。」

張青嘆了一口氣，將張睿抱上床，替他把身上的灰塵拍了拍。

「那智兒有沒有向哥哥道歉啊。」

「唔……哥哥對不起，我不是故意的。」

張睿咧嘴呵呵一笑。「原諒弟弟，不壞。」

看著小傢伙又好似好得和一個人一樣，張青笑了笑，轉身出了房間。

都說三歲看到老，張青覺得，她家老大一看就是個沒心眼的，而老二那就不一定了，張青總覺得，這貨長大肯定是個奸詐的角色。

到了前頭，小東迎上來道：「小掌櫃，有人要買咱家蛋糕。」他現在也不是個跑堂小弟了，而是一個點心學徒。

聞言張青疑惑。「沒有告訴他賣完了嗎？」

「說了，可是那人非要買。」

「那就告訴他，買夠三百銅錢的點心就免費送一份。」

「說了，那位公子都買了三兩銀子的點心，蛋糕也送了有十份了，可是那公子還要，還說是想吃的沒吃到，不想吃的倒是買了一大堆。」

張青有些不耐煩。「那就告訴他明日請提早來買。」

「說了。」小東今年十六歲，比張青年長，可是卻總覺得小掌櫃身上有股讓人不能忽視的氣度，常常讓他心驚。

「那公子不行肯，外面都快鬧起來了，而且看那公子的穿著打扮，不像是平常人家。」

張青嘆了一口氣。「我隨你去看看吧。」

張家點心鋪子門口停了一輛馬車，這馬車豪華的裝飾在這個不大的鎮子裡從未見過，是以馬車剛進鎮子就引起了鎮民們的注意，當馬車停在張家點心鋪前的時候，大家紛紛了然，看來張家點心的名聲已經傳到別處去了，也不知道這馬車裡坐的是什麼貴人。

「掌櫃的還沒出來嗎？」馬車裡傳來一道清澈的男聲，語氣有些許不耐煩。

「回公子的話，還沒有，那小廝去請東家了。」

「表哥，莫急，再等等吧，都是小雲的錯，非要吃這裡的點心，累著表哥和我趕了大半天的路才到了這小鎮。」

「無妨，不怪表妹，這點心確實好吃，連我也未曾吃過這樣的東西，還想著多買一些，給娘親帶回去，她吃了肯定會很高興的。」

「表哥這次出來的時間這麼長，不怕姨母擔心嗎？」

「無事，娘知道我是來找妳的，心裡可是樂意得緊，再說我也不是一個人出來的，這不有人跟著嗎？這個鎮子，我記得小時候倒是來過，還在這裡待過一段時日。」

江雲聞言有些害羞地低下頭，卻又有些好奇。「表哥來這裡做什麼呢？」

穆錦看著表妹那紅彤彤的臉，心情大好道：「也沒什麼，從京城去妳家，剛好路過這個鎮子，當時父親去辦公，我也跟著去，結果跟丟了，遇到壞人。」穆錦不以為意地說，只是想起往日的事情，還是有些憤恨，那群人最後也沒有抓住，也不知道那就是普通的人販子還是和父親有仇的。他還記得，他在這裡丟了自己母親給的傳家玉珮，而且是要傳給兒媳婦的。

從小他娘就告訴他，他長大以後要娶姨母家的表妹，而他爹也沒有反對過，穆錦只當爹娘同意，從此便把表妹當成自己的未來媳婦。

表妹飽讀詩書，琴棋書畫樣樣精通，容貌又極為秀美，性格也十分可人，他家也不需要他聯姻來壯大門楣，所以穆錦覺得，娶了表妹沒什麼不好，更何況這麼多年，他也把這表妹放到了心上，只等著他爹回來就為他倆主婚。

正在兩人對視，含情脈脈之際，身邊的小廝回話了。「世子，鋪子的東家出來了。」

穆錦有些不高興，覺得自己的小廝實在有些沒有眼力見，沒看自己和表妹正在培養感情嗎？「哦來了，我去看看，表妹先在車裡等候一會兒。」

「表哥去吧，我等著。」江雲柔聲說著，目送著穆錦出了馬車。

張青一身素淨的青布衫，頭上也只是簡單地插了一根玉簪，這玉簪子是上次她爹隨著家信一起寄回來的，成色雖稱不上頂級，但是也不錯。她到前頭看到那要買東西的人不在，於是便先看看今天的帳本。

穆錦進門就看到這麼一幕。

「妳們東家呢？」左右看看，似乎沒有看到什麼類似東家的人物。

張青聞言抬起頭，仔細打量穆錦，此人一身青色錦衣長袍，頭戴玉冠，面色如玉，鳳眼向上斜挑，感覺是個富家公子。張青暗暗下了判斷。

「我就是，不知公子有何事。」張青從櫃檯走到竹椅、竹桌前。「公子請坐，東哥，麻煩上些茶水點心。」這麼一個看似富貴的公子，張青並不打算得罪，誰知這是不是什麼官員富豪的兒子，惹怒了人，人家隨便一根手指頭就能摁死他們一家。

「妳就是這家店的東家？」穆錦詫異地看著張青，萬萬沒有想到，這麼一家有名的點心鋪子，竟是一個十一、二歲的女童來經營，這女童看起來倒是漂亮，稚氣未脫，讓這漂亮中又帶了些可愛，只是說話帶了絲老成，而眼中也帶了絲不符合她年紀的淡然。

「是的，不知公子今日有何事。」張青淡笑地看著穆錦。

都說伸手不打笑臉人，何況還是一個漂亮可愛的女孩子，穆錦的臉色好看了許多，聲音也放柔了些。「我已經買了妳家三兩銀子的點心了，可是就想要一些那個什麼蛋糕，只是妳家小廝卻說賣完了，要到明日才有，可是你們這不是明明有送的嗎？怎麼就不肯賣。」

「哦。」張青聽著，面上沒有一絲不耐煩。「公子誤會了，我們並沒有不賣的意思，只是這是店裡開業時就訂下的規矩，公子要買，還請明天趁早。」張青柔聲說著，對於有錢有權的，她總是多了一分耐心。

「不行，我今天必須要，妳家的那什麼蛋糕，我每種要三斤，妳開個價錢吧。」穆錦不樂意了，他都親自和這小掌櫃說了，這小掌櫃怎麼這麼不明理啊。他穆世子的時間可是寶貴得緊，哪有那麼多時間在這等勞什子蛋糕啊，要不是表妹喜歡，這東西他確實也從未見過、吃過，他才懶得跑這麼遠來這麼個小地方，結果還被人告知，對不起，沒有了，明兒請來早吧！問題是，這東西明明還有，說什麼買三百個銅錢點心就免費送一塊，那一塊也不比手掌大多少啊，簡直欺人太甚。

張青看著這富貴公子眼看要變了臉，忙打哈哈，換了一種方式說道：「真是對不起，讓公子白跑一趟了，只是這蛋糕確實沒有，只有一些也是準備好要贈送的，實在不是不賣給公子，還請公子諒解，家裡只有娘親和我兩個人，現在一時半刻也趕製不出公子要的數目。」張青柔聲賠著不是。

「妳的意思還是不肯賣了。」穆錦突的變了臉色。

他堂堂長門侯府世子，哪裡有一而再、再而三被人拒了面子的，跑了這麼遠來這麼個小地方買個東西，卻被這小姑娘一次、兩次拒絕，當真讓人可恨之至。

「公子莫不是要仗勢欺人？」張青也來了氣。

穆錦怔了一下，看著小姑娘氣呼呼的樣子，驀然有些心虛，自己好像是有些仗勢欺人。

「表哥，買到了嗎？」江雲在馬車內等了半晌也不見表哥回來，便進店來尋。

一進店門便發現有些不對。

伙計們都老老實實地躲在一邊，氣氛有些怪異，再一看表哥居然是和一個姑娘坐在一起，而且兩個人的衣衫居然是一個顏色。那姑娘雖然年紀較小，但美目一片水盈盈，而表哥卻面帶尷尬。

「小雲，妳怎麼出來了，不是讓妳在馬車裡等嗎？」穆錦看到江雲，趕忙迎了上去。

張青一看來的是個女子，而且這女子和這男子明顯交情匪淺，再加上女子應該比好說話吧，張青心裡盤算著，就朝那女子走過去。「小姐，對不起啊，店裡的蛋糕確實沒有了，還有的都是早上剩的，只作為點心的添頭，已經不是很新鮮了，要不，公子和小姐明日再來可好？明早，我一定會將公子、小姐的東西事先準備好，小姐您看可行？」

江雲看這小姑娘面容清麗，實在不想讓表哥和這人多說話。別說她小題大做，實在是娘親告訴過她，只要是男人就沒有不好色，不想左擁右抱的，更何況，表哥家的家世又好上自己太多。想到這裡，江雲占有性地挽住穆錦的胳膊。「表哥，明日再來吧，我們走吧。」

穆錦看表妹出言便做了罷，然後朝張青扔出一錠銀子。「記著每樣三斤，這是訂金。」

「謝公子。」張青收起銀子笑咪咪道。

「青兒，妳在啊。」

穆錦正準備出門時，迎面走來一個少年，目不斜視地從他跟前走過。看這少年容貌白淨，渾身上下充滿一股書卷氣，穆錦便多看了一眼，又聽到他叫「青兒」，心想這莫不是叫那個小掌櫃，原來是小掌櫃的小情人兒啊。

穆錦促狹地看了兩人一眼，然後才出了店門。

張青被這一眼看得莫名其妙，心裡還有些惴惴的，這人莫不是小心眼還想報復吧。

「小文子，你怎麼來了？」來人是吳文敏，張青看到他很是高興。

「沒什麼，快下午了，想著妳該算帳了，過來幫幫忙。」吳文敏淡然一笑，每天下午這個時辰他都會來張青店裡幫忙。

張伯伯不在家，有些女子不方便幹的活都是李玉哥帶著他來的，最近李玉哥忙著準備鄉試，所以只有他來了。

「就知道小文子對我最好了，那就麻煩小文子了。」張青迅速地將帳本推給吳文敏。

「這幾天表哥在做什麼啊，說起來，有好一陣子沒看到人了。」張青有些疑惑。

「玉哥哥正在準備鄉試。」吳文敏一手拿著帳本，一手拿著算盤，眼神中滿是認真。

「哦，鄉試啊。」張青呢喃一聲，側臉看向吳文敏，十一歲的男孩已經比自己高了一個頭，也褪去了小時候可愛的模樣，現在的他很是清俊；而且不是有人說，認真的男人最帥，現在這個男孩，就是一臉認真地幫著自己算著帳，雖然只是個十一歲的小帥哥，但是不妨礙張青好好欣賞面前的少年。

吳文敏雖然在算著帳，可是依舊感覺被張青盯著，他只感覺心裡一陣發慌，除了發慌，心底還有一絲說不清、道不明的喜意。

「喏，整理好了。」吳文敏將帳本遞給張青，手指不小心碰到張青，頓時臉頰緋紅。
「我先回去溫習功課了。」說罷就匆匆走了。
「哎，你不留下吃飯啊。」看吳文敏出了房門，張青急忙喊道。
吳文敏只是擺擺手，飛快地消失在張青的眼前。
「今天這是怎麼了，莫不是害羞了。」張青撇撇嘴，自言自語道，完後又笑了起來。
「都認識多少年了，真是的。」
回到後院，和娘說了一聲，兩人吃過飯，便開始做起明日的蛋糕。
做蛋糕的工具被張青想辦法改良了許多，現在做起來也比較方便快速了。一邊做她一邊想，今天那少年，明顯就是權貴家的公子，今天那些蛋糕確實有些不夠，也並不是她不想賣他，希望他明天買了蛋糕就走，這世界，得罪了權貴說不定連死都不知道怎麼死的。
唉，趕緊幹活吧。
穆錦離開點心鋪子，帶著江雲尋了一家客棧住下，訂了最好的兩間房。
「表哥，天色還不太晚，我們去街上逛逛吧。」江雲含羞帶怯地看了一眼穆錦。
「也好。」穆錦點點頭。
陪著江雲逛，穆錦順便打聽了一下那張家點心鋪子，他剛才一直以為店家不肯賣蛋糕是坑他的，吊人胃口的，這麼一打聽，發覺好像真的不是，人家自從開店以來就是這規矩。

這問得多了，他又打聽出來，這張家點心鋪子小掌櫃的爹去打仗了，去的還是西北，只留下孤兒寡母的經營著一家點心鋪。

穆錦心裡就又舒坦了一些，哎，在外打仗保家衛國的男兒都是好男兒，而他今天卻有些過分了，欺負了一個小丫頭。

江雲心裡一陣彆扭生氣，表哥明明是陪自己出來逛的，怎麼淨打聽那個丫頭的事情，莫不是表哥真的看上那個丫頭了吧。

江雲有種不好的感覺，再回想今天表哥和那丫頭的神情，心頭一震，莫不是短短一會兒，就培養出感情來了吧?!

回到客棧歇下後，穆錦卻一夜未眠，實在是這兒的住宿條件太差，怎麼睡都感覺不自在。早上一出房門，和表妹來了個臉對臉，發現表妹也是一臉倦容，心裡越發心疼。

「昨晚可是沒有睡好？」穆錦關切地問。

「嗯，有一點。」江雲柔聲回答。

「那我們取了東西，就趕緊回去吧。」

「好的。」江雲心裡十分高興，看來昨日她想錯了，表哥並沒有看上那女子。

兩人來到張家點心鋪，發覺早上還未開門，門前就排滿了人。

穆錦被這景象確實給驚了一下。「看來還真沒說錯，這張家的點心鋪生意確實好。」

「表哥，我們快快買了便走吧，我娘還在等我們呢。」

張青事先就將穆錦預訂的蛋糕留了下來，吩咐人在那等著，等穆錦的馬車一到，小東就迎了上來，手裡提著一個三層的籃子，穆錦甚至連馬車都沒有下。

「公子，這是我們東家交代要給您的東西。」小東將那個裝著蛋糕的籃子遞給穆錦。

穆錦接過，打開蓋子，一陣甜香味撲鼻而來，頓感這個小掌櫃做事確實有一套，還專門等著送上車來。

「拿著。」穆錦又扔下一錠銀子，轉頭將籃子捧到江雲跟前。「表妹妳要的蛋糕。」

「謝謝表哥，我們現在就走吧？」

馬蹄聲響，這一輛豪華的馬車朝著鎮子外奔去。

張青接過小東遞過來的銀子，看了看笑嘻嘻道：「果然，是富家公子，這錢給的還真不少，那兩人走了？」

「嗯，我看著他們出了鎮子。」

「走了便好。」張青覺得對權貴雖然要有耐心，但是她實在討厭透了耐心地對待這些有錢有權的，只是爹爹不在，家裡沒有主事的，弟弟們還小，娘又有些軟弱，她不出面該讓誰出面，也不知道爹爹現在在那裡好嗎？

穆錦的馬車一路奔馳，終於在夜幕降臨的時候趕到了迅安城，迅安城是永明省到京城的必經之路，此時江雲的母親就住在這。

「母親，我們回來了。」進了門，江雲和穆錦便看到一個美婦人坐在堂中。
「回來便好。」美婦人的眼中閃過一抹光，然後慈愛道：「累了吧，累了便趕緊去洗漱休息吧。」
江雲看了母親一眼，見母親並沒有怪罪的意思，有些忸怩著上了樓。
看著兩個小傢伙都走了，江雲母親笑得意味深長。
第二日起床，眾人便繼續趕路，這次江雲是由母親帶著去穆侯府看望她姨母。
「娘，您說姨母會不會喜歡我啊。」江雲靠著她娘，臉上一片羞紅。
「當然會了，我的女兒這麼聰明伶俐，妳姨母定會喜歡妳的。」
「那女兒以後真的會嫁給穆哥哥嗎？」
「當然，娘一定會讓妳如願的。」季憐的聲音中有一種讓江雲信服的力量，從小到大，她娘說的總是對的，娘說她會嫁給穆哥哥，那她就一定會嫁給穆哥哥，去做那侯府夫人。
另一輛馬車裡，穆錦懶懶地躺在軟榻上，未束的黑髮零落的散落在臉龐，襯得那臉頰更加白玉無瑕，鳳眼懶懶地睜起，深吸一口氣。「還是郊外的氣息讓人舒暢啊。」馬車徐徐往前走著，一搖一搖的，搖得穆錦直打呵欠。
他手裡還拿著一本兵書，這是爹走之前交代過要看的，此時也不過看了一半而已。「先收起來，睡一覺起來再看吧。」穆錦伸了個懶腰，準備先睡上一覺。
正在迷糊間，馬車突然一停。

「世子，前方有人攔馬車。」馬車外長雲稟告。

「問問是誰，攔馬車做什麼。」

「是，世子。」聽著長雲離去，穆錦掀開簾子，看長雲和那騎著馬的人一陣交涉。

「世子，是府裡的人，夫人派他送信給您。」

「母親？」穆錦有些疑惑，這不正在回府的路上嗎？母親派人送信做什麼。「拿來我看看。」

長雲將信遞給穆錦，穆錦拆了信，臉色隨著讀信的進度越變越蒼白，最後更是鐵青一片，嘴裡喃喃著。「不可能，不，絕對不可能。」

「世子，您怎麼了。」長雲不知信的內容是什麼，只覺得世子的臉色十分難看。

「準備馬匹，我要先一步回府。」

江雲看穆錦的臉色，本能的感覺有些不好。「表哥，怎麼了？」

「我有事須先回府，姨母和表妹就由這群護衛護著上京，料想路上也不會有差錯，甥兒就先行一步。」說完，上了馬，兩腿一夾，馬鞭一甩，「駕」的一聲，只留下錯愕的兩人。

「娘，這是怎麼了。」江雲有些不解地看向她娘。

「我也不知道，看妳表哥的模樣，莫不是侯府出事了。」

穆錦快馬加鞭趕回長門侯府，侯府往日的歡聲笑語已經變為一片死寂，穆錦快速朝他母親的屋子走去。

屋內沒有點燈，顯得有些陰暗，穆錦只看到一人背對著他坐著。「娘，孩兒回來了。」

那人轉過頭，面色如雪，一副悲戚之色，看著穆錦眼睛一亮，好似找到了主心骨兒。

「錦兒，你回來了，你父親、你父親他……」季衫話還沒說完就暈了過去。

「母親。」穆錦大驚，而後朝門外喊。「快去請周大夫，母親暈倒了。」

大夫很快趕到，穆錦看著那大夫把著脈，臉色一陣焦急。「周大夫，我母親怎麼樣。」

「世子請放心，夫人只是急火攻心，一時昏過去，沒有大礙，好生休息一會兒便好。」

「嗯。」穆錦一臉沈重，他怎麼也無法相信信上的內容——西北大敗，長門侯中箭失蹤，生死未卜。

「來人，照顧夫人，我要見那西北信使。」穆錦白著一張臉吩咐下去。

爹就是他們家的支柱，他總以為，有爹在就有時間讓他慢慢成長，可是這噩耗來得如此迅猛，讓他不能接受，一時不知所措。

「爹會沒事，一定會沒事的。」穆錦暗自呢喃著走向他爹的書房，已經有人在那等著了。「就是你送的信。」

那人面容一臉疲憊，但是身上還算整潔，看樣子是梳洗過了。「見過世子，正是在下。」

「說說情況吧。」穆錦繞過書桌，坐在他爹常坐的椅子上。

「那日，西北邊境敵軍突然來犯，侯爺親自點兵迎上敵軍，敵軍不敵，節節敗退，侯爺帶人追趕敵軍，誰知卻落入敵人陷阱之中，腹背受敵，經過一番廝殺後失蹤。」

「失蹤？你的意思是我爹沒有死，只是失蹤而已。」穆錦臉色泛紅，手緊緊抓著桌角，一片激動之色。

那人低著頭，不言語，隨著這沈默，穆錦的臉色慢慢地難看起來。

「你為什麼不說話，還是說我爹、我爹……」

「屬下不知，只是等到援軍去救的時候，已經不見了侯爺，後聽倖免於難的士兵說，當時侯爺身中兩箭，最後更是掉入懸崖，我們派人去找了，生不見人，死不見屍。」那人抬起頭，眼眶通紅，後面那八個字更是隱忍許久才一個字、一個字迸出來的。

「沒有就是好的，只要一天沒見到、沒見到我爹的屍體，那我爹定然是活著的。」穆錦似哭似喜，總覺得還好、還好，既然沒有見到屍體，那他爹就還有一線生機，只是失蹤了，或者更好一些，他爹現在定是被人救了，或者正在養傷。「帶我去西北。」

「世子，您……」

「我去找我爹，我要將我爹找回來。」

那人紅了眼眶，看了一眼穆錦，看了一眼這個與侯爺長相相似的孩子，低下頭。「侯爺知道定會很高興的，只是府裡……」

「府裡無事，我娘可以的。」

一旦決定了，穆錦便開始準備，只是他娘卻與他想的不同，怎麼也不肯答應。

「母親，就讓孩兒去吧，爹在等著孩子。」

季衫剛剛清醒就聽到兒子要去西北，差點又昏了過去。

「不行，你不准去，你爹不在了，你不能出一點差錯，你哪裡都不能去。」季衫拉著這唯一的兒子，只想著相公不在了，這兒子就是侯府唯一的血脈，她不能為夫君上陣殺敵，但是一定要為他保存這唯一的血脈。

「母親，您怎麼不懂，父親沒有死，他只是失蹤了，或者他此時正躲在哪裡，等著我去找他。」穆錦不太明白，娘和爹明明是很恩愛的，為什麼娘偏偏不肯讓他去找爹呢。

「那你又懂不懂，你父親有個好歹，你就是這侯府唯一的血脈啊。」季衫看著兒子，蒼白的臉上滿是無助和乞求。

「母親，我知道，我會沒事的，父親總不能護著我們一世，他現在生死未卜，我身為兒郎，不去救助，枉為人子。」穆錦緩慢地從他娘手裡拽出自己的胳膊，都說男兒有淚不輕彈，只是未到傷心時。

穆錦轉身走到門前，身子定下，卻依舊沒有轉頭，壓著聲音道：「母親，照顧好自己，府裡就剩娘了，娘一定不能倒下，一定要將府裡看顧好，等著父親和我的平安歸來。」說罷匆匆離去，只留下一道背影。

季衫看著那背影，久久不能言語，眼淚隨著臉頰一顆顆落下。

第十一章

午後，李雲坐在院中樹下，做著針線，兩個雙胞胎靠在她膝下，嬉戲打鬧。

「娘、娘，西北戰敗了。」張青剛才在街上聽到這個消息，只覺得頭腦一轟，趕忙回來報信。「鎮上的人都在傳西北戰敗，那個長門侯生死未卜，也不知道爹和舅舅怎麼了。」

「沒事、沒事，敗仗哪裡都會有的，妳爹、妳舅舅不會有事的。」李雲拍拍胸脯，雖是對女兒這麼說著，可是臉上的慘白已經出賣了她心裡的所想。

「但願吧。」張青不想讓她娘擔心，也附和道：「爹不會有事的，爹福大命大，一定不會有事的。」

雖是這樣說著，可是母女兩人心裡都是突突的，只有雙胞胎還一無所知，滿院子笑著、跑著、鬧著。

等了兩天，張青做什麼都心不在焉，突然想起，這兩天西北戰敗的事情已經傳得人人都知道，那舅娘他們肯定也知道了，她還是去舅娘家看看，說不定舅娘有什麼新的消息呢。

說走就走，進了布莊，只有老掌櫃和吳文敏在。

「小文子你在這幹麼，今天不用唸書嗎？」

「今天學堂放假一天，我幫孟姨看店。」吳文敏不知道為什麼，每次看到張青都有一種感覺，那種感覺說不明、道不清，就好像總想看她，可是又害怕看她。

「我舅娘呢？」

「剛才有人送了一封信，孟姨去後堂了。」

「信？可是西北來的？」

「這我就不知道了。」吳文敏搖搖頭。

進了後堂，張青只看見李孟氏白著一張臉，腰背挺得筆直。

「舅娘，是舅舅來信了嗎，有我爹的信嗎？舅娘您臉色怎麼那麼難看。」張青看李孟氏慘白一張臉，看到她後，那握著信的手狠狠地握成拳，上面青筋畢露。

張青有種不好的預感，她想笑，可是卻感覺此時臉已經僵了。「舅娘，信給我看。」

「青兒，這不是妳舅舅的信，不是。」李孟氏見張青慢慢地朝自己走來，猛地站起來，將拿著信的手背在背後，隨著張青前進，她則步履蹣跚地往後退，臉上更是一片慌張。

「這是舅舅的信對不對。」

「不是。」李孟氏已經退到了牆邊，後邊竟是退無可退，她緊捏著信不放，可是她從來不知道，這個十二歲不到的甥女有這麼大的力氣。

張青看著手中搶來的信，身子晃了晃。「舅娘，這不是真的對不對。」

「青兒聽舅娘說，妳要堅強一些，妳娘性子軟，弟弟們還小，這家裡就靠妳了。」

「舅娘，舅舅說了，死了那麼多人，他並沒有找到我爹的屍體不是嗎，我爹說不定還好好活著，是不是。」李孟氏話還沒說話，就被張青打斷，張青希冀地看著李孟氏，希望從她嘴裡能聽到自己想聽的話。

「青兒，是妳舅舅對不起你們啊。」李孟氏說完，再也忍不住，紅了眼眶。

張青走在回家的路上，腦子裡一片空白。

「青兒、青兒，妳還好吧。」吳文敏看張青從後堂出來，神色不對，便跟在她的身後。

張青只是無意識地搖搖頭，蒼白著臉繼續走。

直到看到張青進了點心鋪子，吳文敏才鬆了一口氣，也暗自想著，張青這究竟是怎麼了。

突然他想起最近鎮上傳來的消息，西北大敗，張青的爹又是在西北當兵，想到這裡，吳文敏臉色一白，又奔向布莊。

回到家，看到娘親緊皺的眉頭，再看到兩個弟弟此時乖巧地伏在娘親的膝邊，張青到嘴邊的話卻不知道要如何說起，這麼殘忍的消息讓她怎麼告訴她娘？

「回來了，妳舅娘怎麼說。」

看著母親希冀的眼光，張青只能沈默，這沈默讓李雲的心裡越發不安。「可是妳爹出事了？」

「沒有，爹只是受傷了，沒有性命之憂。」張青本能搖搖頭，然後撒了謊。

「阿彌陀佛，那就好。」李雲鬆了一口氣，那顆躁動不已的心才有些平復。

「娘，我想去西北。」張青躊躇著說出一路上都在想的事情。「爹受傷了，我想去看看他，那裡沒人照顧，還不知道爹怎麼樣呢。」

「無事，有妳舅舅在。對了，妳舅舅怎麼樣？」

「舅舅還好，只是受了點輕傷，倒是爹傷得有些嚴重。不行，娘，我不放心，我總想親眼看到爹安好。」

「可是妳是個女孩子，而且年紀還小，娘怎麼能放得下心。」李雲還是不允。

「娘，無事的，不然我扮成男孩。」張青這次打定了主意，無論如何都要去西北一趟，她不相信那個給她關愛的男人就那麼死了，只要一天沒有找到屍骨，她都不會相信。

「不行，妳爹那裡，我會寫信給妳舅舅，妳哪裡都不許去。」李雲分外地堅決，撂下這句話，就抱著雙胞胎進了屋子。

張青眼中閃過一抹倔強，西北她一定要去。

想著，張青拿了些銀子就跑了出去，她先是去布莊，想和舅娘交代一聲，爹出事的事情，要牢牢地瞞著她娘。

只是到了布莊才發現，除了掌櫃，舅娘並不在店中，於是張青徑直跑向後堂。

「娘，我不能娶表妹，我、我有喜歡的人了。」李玉看著李孟氏，為難道。

「那人是誰？」李孟氏看著自己兒子，紅了眼眶，恨恨道。

「兒子喜歡周夫子的女兒。」

聽到是周夫子的女兒，李孟氏臉色好看了一些。周夫子是李玉的授業恩師，為人清廉，剛正不阿，他女兒她也見過，斯斯文文，是個明理的好姑娘，如果沒有這麼一檔子事，兒子喜歡那姑娘就算了，可是現在卻不能。

「娘，您為何非要兒子娶表妹，表妹從小和我就親，但是不是男女之間的那種感覺啊。」李玉有些想不明白，表妹乖巧伶俐懂事，可是他對她並不是男女這種喜歡啊。

「你姑父不在了，你不娶青兒，青兒沒有爹，往後嫁到哪裡，娘都不放心啊。」

李玉愣住了。「娘，您胡說什麼，姑父怎麼了？」

「你姑父不在了。」李孟氏又艱難地重複了一遍。

這時聽見門外有響動，李孟氏低喝一聲。「誰。」

門外走進一個人，卻是吳文敏。「孟姨、玉哥，是我。」

「小文，你在這裡做什麼。」兩人驚詫。

「孟姨，您剛才說的都是真的嗎？青兒爹他？」

李孟氏臉色難看地點了點頭。

吳文敏臉色一陣蒼白，然後又想起李孟氏剛才和李玉的對話，小小年紀的他第一次有了堅定的想法。「孟姨，我以後會娶青兒的。」

「什麼？」李孟氏有些不可置信。

「我知道我家窮，但是我會好好唸書，會考上秀才、會努力當官，以後，會給青兒好日子過的。」少年緊握著拳頭，臉上繃得緊緊的，告訴大家，他說的是真的，他不是開玩笑的。每次看到她，想看卻又不敢看，她和他多說幾句話，他臉上就發紅，心裡更是甜絲絲的，因為他喜歡那個女孩，很早就喜歡上了。

說完這句話，吳文敏轉身就走。

只是出了房門，便是一愣，臉更是紅到了脖子根。「妳、妳不是回家去了，妳怎麼在這？」因為緊張，說話都帶了絲顫音。

張青雖然不是偷聽，但是被人這麼撞見，還是有些不好意思。「我不是故意偷聽的，我找舅娘有事。」

吳文敏沈默，張青臉紅。

「我說的都是真的。」最後吳文敏留下這一句話，就迅速跑開。

等吳文敏都跑走了一會兒，張青還有些愣愣的，她這是被人表白了嗎？還是個小男孩，或者直接說，她是被求婚了，怎麼想都有些懵懵的。

張青胡思亂想著，只是現在最重要的事是去西北，至於小文子，等她回來再說吧。

交代了舅娘不要將爹的事情透露給娘，張青轉身欲走，李玉看到張青還有些尷尬，也不知道剛才他和他娘的對話，表妹有沒有聽到。

張青出了布莊，就直奔成衣店，買了三套換洗的男裝；又去鐵匠鋪子買了兩把匕首，一把別在腰間，一把別在腳踝，現代的文明世界出門都不可靠，更何況這裡。

最後，最重要的是買一匹馬。

她前世在馬場騎過幾次馬，這一晃都幾年過去了，也不知道自己是不是還會騎。只是沒有馬，憑著她的兩條腿，走到西北也不知道是何年何月，所以馬必須要買。

張青去了馬行，讓馬行的伙計幫忙挑了一匹最溫順的母馬，付了銀子，交代先將馬放在馬行，等她晚些再過來牽走。

回到家，看到不諳世事的兩個弟弟，張青突然一陣心酸，爹一定會沒事的，而且必須要沒事，這個家不能少了他，所以她更要去西北。

她先收拾好路上常用的東西，然後拿了幾張銀票，縫在肚兜裡面，還準備了些碎銀還有銅錢。最後提起筆，想寫些什麼，可是想來想去，卻不知如何下筆，最後只能寫道：「女兒不孝，實在擔心爹爹，去西北找爹爹，還請娘放心，女兒定會平安歸來，望娘照顧好自己、照顧好店鋪、照顧好弟弟們，找到爹，女兒就會回來。」

寫完這些，張青苦笑一聲。「唉，也不知道娘看了會不會傷心。」

夜漸漸深了，窗外靜悄悄一片，張青揹起自己的包袱，最後留戀地看了一眼這個家，便頭也不回地出了家門。

夜很黑，路上靜悄悄的一片，只有遠處傳來陣陣的打更聲，張青不敢耽擱，急忙跑去馬行，牽了馬，翻身上去，一甩馬鞭。「駕。」

馬兒四蹄撒開，張青緊緊地握著手中的韁繩，朝著鎮外奔去。

第二天早上，李雲像往常一樣叫張青起床，可是敲了半天門，裡面都沒有反應，打開門，才發現裡面空無一人。

李雲原以為張青可能是起得早，去外面了，可是突然想起張青昨日和她說的話，心裡一陣驚悸，待看到那封靜靜躺在書桌上的信，李雲只感覺一陣恍惚。

信紙好像斷了翅膀的蝴蝶，從李雲的手中翩然落下。李雲面色蒼白，丈夫走了，女兒也走了，女兒今年還不滿十二歲啊，還小，要去西北也應該她去啊，怪只怪自己沒用。一行眼淚順著李雲的面龐潸然淚下，趁著雙胞胎還在睡，李雲去了布莊。

「什麼，妳說青兒去了西北！」李孟氏看著李雲，滿臉不可置信。

「這是她的信。」

李孟氏看了信，渾身的力氣好像被抽掉一樣，知道張青為何去西北，她不是去照顧爹爹，而是不相信她爹真的已經遇難了，她是去找爹爹了啊。

「青兒什麼時候走的，妳可知道？現在趕緊讓人去追，說不定還追得回來。」李孟氏眼睛突然一亮，拉著李雲道。

「大概是昨夜就走了，而且我也打聽到，她買了馬的，估計是追不到了。」

「青兒會騎馬？」李孟氏驚倒。

「這我不知道，沒看她騎過，也沒聽她說過。」李雲說完，那眼淚珠子就一顆顆掉下來。「嫂子，是我沒用對不對，如果我能有用些，青兒就不會走了對不對。」

看著小姑子這樣，李孟氏心裡也一陣唏噓，前幾年的日子過得那麼艱難，好不容易有了好日子，也生了兩個男娃，卻偏偏碰到這種事。

「妳別傷心，不是妳沒用，是咱們青兒太能幹了，她心疼妳，又心疼她爹，她是個好孩子，妳要好好照顧自己、照顧好兩兄弟，切莫讓她擔心了，青兒那麼聰明，她會沒事的。」李孟氏安慰著李雲，心裡卻也是一陣擔心。

等吳文敏知道張青走了後，先是一陣沈默，然後便二話不說地到桌案前寫了一封信，準備到了夜裡就隨著張青的步伐去西北，他心裡想張青肯定還沒走遠，說不定他還可以追上她。

只是夜裡，吳文敏收拾好包袱，門一開就愣住了，只見他娘淚眼婆娑的看著自己。

「你這是要去哪？」吳嬸子紅著眼眶問。

吳文敏沈默了一會兒才答道：「娘，青兒一個人去西北了，我不放心，我想……」

「你想什麼？丫頭和你有什麼關係，你憑什麼想，你又能做得了什麼？你書不讀了，你不考取功名了，我辛辛苦苦供你讀書，就是為了你現在去追一個女孩子嗎？」吳嬸子的話一連串朝吳文敏拋下來，吳文敏一時竟是啞口無言。

「可是娘，她一個小姑娘，我不放心。」吳文敏的聲音裡已經有了一絲哀求的意味。

吳嬸子面色好看了些，聲音也放柔下來。「可是你追去又能有什麼用呢，而且你知道她是從哪條路走的嗎？你又追得到她嗎？娘聽你孟姨說那丫頭是騎馬走的，你會騎馬嗎？你要怎麼追到她？」

「可是娘……」

「娘知道你喜歡她，可是你們都還小，你聽話，只要那丫頭回來，我就幫你去提親，娘也是很喜歡那丫頭的；可是如果你今日出了這個門，不管以後如何，娘是不會答應的，娘只有你一個兒子，你有個好歹，那是要娘的命啊。」

吳文敏沈默了，他看了看已經有些滄桑的母親，乞求的話再也說不出口。

夜已深，路上一人一馬並不是很快地趕著路，張青不敢騎得很快，一是因為騎術有限，二是這匹小母馬也跑不了多快，即便這樣，她也感覺自己被顛得十分難受，兩腿之間更是疼得厲害。

「莫不是磨破皮了？」張青倒吸一口涼氣，越想越感覺是這麼一回事，腿間已經是火辣辣的感覺。

硬撐著趕了一夜的路，到了天亮時分，看著眼前這前不著村、後不著店的地方，張青發窘了，這是哪啊。

看了看左右無人，也沒人打聽一下路怎麼走，她有些小小的鬱悶。

張青翻身下馬，將馬拴在一旁的樹上，放任牠吃些草，而她則席地而坐，抹了一把頭上的汗，準備吃些乾糧，休息了一會兒，再次翻身上馬，再次趕路，她心中希望前方有人家可以問問路。

驕陽似火，又是兩個時辰過去，路上依舊沒幾個人經過，張青只感覺口乾舌燥，馬兒也是越跑越慢。這麼長時間的騎馬，她的兩條腿已經麻木得不像是自己的了，直到看到路邊那小小的茶水鋪子，她居然生出了類似感動的情緒。

「老人家，請問鳳安城要怎麼走？」

老漢在這裡開茶水鋪子，賣些吃食給過路的行人，掙些錢，維持生活，聞聲扭頭一看，是個少年。「這裡離鳳安城還有兩個時辰的路程，順著這條路直往前走便是，小哥，要不要喝些茶水。」

「謝謝老人家。」

張青翻身下馬，剛下馬那一刻，差點站不穩摔倒，還是老漢扶了她一把。她謝過老漢，喝了茶水，叫了些吃食，吃過後不敢耽擱，付了錢就再次上馬。

直到夜幕時分，看著眼前城鎮，張青終於鬆了一口氣，要知道她已經不眠不休地趕了一天一夜的路，被那馬顛得都想吐了。

牽著馬入了城，張青找了間看似生意火紅的客棧，準備好好睡上一宿，明日繼續趕路。只是她沒有想到，城裡的物價居然比他們鎮上要高出那麼多，住一晚竟要五百文，還是下房而已。張青開始有些擔心，自己帶著的這些錢，能不能支持到她走到西北了。

等小二提上一桶水，張青美美地洗過澡，換過衣裳，處理了一下腿上被磨破的皮，便抵不住那越來越重的眼皮，倒在床上，一夜好眠。

第二天一大早，張青醒來先是草草地吃了早飯，然後向小二打聽了一下怎麼去西北。

等小二走後，張青懵了，小二告訴她，去西北的路還遠著呢，必經之路就是永明省，過了永明省再朝西北方向走，大約一個月路程就會到邊界，到了那裡才能找到駐紮的軍隊。

光是到永明省，即便是快馬加鞭，也得有兩日的路程，那她晚上豈不是要歇息在荒郊野外？

想到這裡，張青感覺整個人都有些不好了。

補充了些乾糧還有常用的藥材，再買了件棉袍子，張青再次翻身上馬，開始趕路，累了就坐在樹下休息。果然像小二說的，到永明省怎麼著都得兩天，她本來還想，附近找個村子什麼的可以讓她歇歇腳，事實證明她想多了。無奈之下，張青只能找了片空地，生了一堆火，就著水啃了幾口乾糧，背靠著大樹，身上披著棉袍子休息，可能是因為趕路累得緊，不一會兒，就進入了夢鄉。

一夜醒來，張青只感覺腰疫背痛，而那堆火也早已熄滅。

連著三天這樣露宿野外，直到看見眼前巍峨的城門，以及城門兩邊的士兵，張青內心淚流滿面。「到了，終於到了。」

交了一兩銀子，拿了通行證進了城門，張青先是被這繁華的街景驚訝了一番，決定先找一家客棧歇息。

為求安全，張青依舊找的是比較繁華的客棧，這次付帳時，她再次肉痛了一把。吃好睡好後，向客棧掌櫃打聽了一下去西北的路，果然如那小二所說的，這裡到西北估計有一個月的路程。張青去街上轉了一圈，補充了要用的東西，便馬不停蹄地再次出了城。

趕了差不多十天的路，中間倒是有兩個略小的村莊，張青一般都會停下買些乾糧，或者在農戶家借宿一晚；只是這次離上個村莊已經有好幾天的路程了，張青看著自己的乾糧越來越少，有些發愁，這要是再碰不到人家，她總不會連吃的都沒有了吧。

終於在趕路的第十一天，張青悲劇的發現，乾糧越來越少都不是啥大問題，大問題是，在她晚上一覺醒來的時候，發現她那匹溫順可愛的小母馬不見了，只有地上斷了的一根韁繩，那韁繩正是綁小母馬的。

張青暗恨，自己在荒郊野外都可以睡得那麼死，連有人偷馬都不知道，還好人沒事。不過她怎麼都不敢相信眼前的事實，一路上她壓根兒就沒碰到幾個人啊，怎麼會有人偷馬啊？

再仔細一看，張青更加發窘了，看來這偷馬賊還算是個比較有良心的偷馬賊，除了馬以外，其餘馬上的東西都被好端端的放在地上，包袱裡甚至還多出一錠五十兩的銀子。

果然世間有真情、世間有真愛。

無奈，張青只能揹著包袱，慢慢地走著，一邊期望能遇到個好心人，或是有個城鎮能讓她買些東西也不錯。

她埋頭走了大半天的路，突然前方傳來一陣嘈雜聲。

張青心裡一喜，看來是有人，並且還不止一個人，張青想著，小腿跑得更快了一些。只是離著那聲音越來越近，張青的神色卻慢慢得凝重起來。

這聲音聽著怎麼有些不對。

張青放慢也放輕了腳步，剛好路邊都是些小腿高的野草，張青拱著上半身用草掩護著往前走，果不其然，看到眼前的景象，張青感覺整個人都不好了，她這是碰到搶劫的了，只不過，被搶的對象不是她。

三個身著紫衣好似護衛的男人，團團地圍住一個錦衣華服似是主子的人，而他們的周圍則是一群手拿砍刀看似凶神惡煞的人。

這肯定是土匪，張青默默地看著這一切，更是動都不敢動，就怕發出一丁點聲響被人發現，然後莫名其妙被殺掉。

「你們到底是什麼人？」一個紫衣侍衛喝道。

「呵呵，這還用問嗎？當然是打劫的啊。」帶頭的土匪看了眾兄弟一眼，哈哈大笑起來。

「大膽，你可知我們是什麼人。」穆錦看著眼前的一群人，眼神微暗。

「老子管你什麼人，識相的把錢交出來，說不定還留你們全屍，否則別怪咱們眾兄弟不客氣。」

「休想。」穆錦只感覺有些不可思議，竟然有人在光天化日之下打劫，這還有沒有王法？他好歹也是長門侯的世子，他爹有戰神之稱，不戰而逃，或者屈於土匪之威，他自己都過不了自己那一關。

「呵呵，那你們今天就別想走了，剛好給這路邊的花草做個花肥。」帶頭的土匪冷冷一笑，那口氣更是囂張無比。

因為那幾人背對著張青，張青並沒有看到那幾人的模樣，只是被這人的正氣給驚倒了。這人腦子真的正常嗎？這種情況下不應該是花錢消災嗎？說不定人家還能放你一條生路，你真的以為你那三個侍衛是聖鬥士啊，也不看看，人家將近二十多個人啊。

觀察中，張青發現了更加熟悉的東西，剛才沒細看，那拴在路旁的四匹馬裡，那一匹比較矮的不正是她的小母馬嗎？

得，不用說了，那四個人肯定就是偷她馬的偷馬賊。

「兄弟們，給我上，活口就不用留了，宰了這幾隻肥羊，我們好回山上喝酒去。」那土匪拿起刀在自己身上擦了擦，滿臉的興奮和嗜血。

「公子，我們掩護您，您趕緊騎上馬走。」為免節外生枝，侍衛刻意隱藏了穆錦身分。

「不可，萬萬不可。」穆錦大驚。

「公子，您的安全要緊，莫忘了，您是來找老爺的，您要出了什麼事，讓我們如何向老爺交代、向夫人交代？」侍衛苦勸著穆錦。

穆錦想起自己父親此時生死未卜，和走的時候母親的殷殷叮囑，心中一痛，終是點了點頭。「你們小心，性命要緊。」

張青拱著上半身，用匕首挖了些草，遮擋著自己，慢慢地朝拴馬的地方移著，雖然她也很緊張自己的小命，可是沒有馬憑著她的兩條小短腿，走到下一個城鎮也不知道是何時，所以張青略略思索了一下，還是決定，去牽回她的小母馬。

而同時，那邊已經開打起來。

二十個打四個，除非那四個武功足夠高強，否則怎麼看怎麼都是輸。

張青偷偷地瞄了一眼，只感覺血肉橫飛，這還是她第一次見到這種廝殺，她捣著眼睛不敢再看，那移向小母馬的腿也有些微微發抖，這是她第一次見識這麼凶殘的事情，只希望待會拉著她的小母馬能跑得掉。

終於張青移到了她的小母馬跟前，那幾匹馬可能因為感到危險，有些躁動。

張青割斷了小母馬的韁繩，準備翻身上馬的時候，突然聽到一聲。「公子，我們掩護您，您快走。」張青被人壓得趴下了，一陣劇烈的疼痛朝張青襲來。這是腰斷了？張青欲哭無淚。

轉身朝壓著自己的人看去，四目相對，兩人俱都眨巴了一下眼睛，有些呆掙。

土匪一看，那肥羊要跑了，怒吼一聲。「快追。」

穆錦愣了一下便飛快地騎上馬，準備甩馬鞭的時候，看到剛才被自己壓倒的少年還愣愣地看著自己，心想，這少年估計也是受了無妄之災，於是彎腰伸手朝張青的衣襟一拽，揮動馬鞭，小母馬也發揮超強的奔跑能力，在那些侍衛的阻擋下，土匪追趕不上，只能恨恨地看著肥羊逃走。

張青被橫放在馬上，隨著小母馬的顛簸，只感覺腰疼得厲害，而且頭也被顛得昏沈，她真的想要吐了。

終於，她暈了過去，暈過去的前一刻，張青有三個念頭，第一個，是腰肯定斷了，第二個是，我去，這是個熟人啊；第三個就是，終於要暈了。

跑了有一個多時辰，穆錦心想，後面的人肯定不會追來了，再低頭一看，那被自己橫放在馬前的少年，臉色蒼白，兩眼緊閉。

穆錦嚇了一跳，這人不是死了吧？他趕緊翻身下馬，找了個空地把張青移了過去。探了探少年的鼻息，發現還有氣息，穆錦鬆了一口氣，沒死就好。

「喂，醒醒、醒醒。」穆錦拍拍少年的臉頰，看少年依舊毫無反應，想了想，他解下腰間的水囊，灌了一大口水，朝著張青噴了過去。

張青茫然地張開雙眼，直到過了好一會兒才恢復意識，恢復意識後，只感覺自己腰疼、頭暈、犯噁心。

看到張青醒來，穆錦拍拍胸口，鬆了一口氣。「小兄弟，你醒了。」

張青怔怔地看著這個不算陌生的人，咬牙切齒地迸出三個字。「偷馬賊。」

穆錦一愣，想到天明時他們幹的那些事，有些不好意思。他們一行有四個人，當然也有四匹馬，只不過剛出了這省城，一匹馬無緣無故的就得病死了，他們四個人騎三匹馬，速度被拉下不少。

天明他們幾人趕路的時候就發現了這個背靠著樹酣睡的少年，不遠處還有一匹馬，雖然知道這麼做有些不厚道，但是思及離下個城鎮還有一段距離，就順手牽了這小兄弟的馬，不過說偷就談不上了，他留了錢的，那些錢足夠他買好幾匹馬了。

想到這裡，穆錦弱弱地解釋。「我沒偷，我給你銀子了，這只是買賣。」

張青震驚地看著這個不算陌生的熟人。「買賣？誰要和你做買賣，我有答應賣給你還是怎麼的，不問自取就是偷，好個偷馬賊。」

「都說了是買賣，你這人怎麼這麼不講理，我明明給你錢了，剛才要不是我拉你一把，你說不定都成了那群土匪的刀下亡魂了。」穆錦也有些惱了，他堂堂的侯府世子，被人口口聲聲的叫做偷馬賊，這感覺實在糟透了，更何況剛才他還救了這小兄弟一命，這小兄弟也太不識好歹，這可是救命的恩情呢。

說起剛才的事情，張青就氣不打一處來，剛想動，就感覺腰後一陣劇痛，痛得她齜牙咧嘴，冷汗直流。

看著這小兄弟想說話卻突然變了臉色，穆錦有些不放心地問道：「你這是怎麼了？」

張青好半晌才緩過勁，看著穆錦，滿眼的憤怒。「你還好意思說剛才，要不是你，我自己早騎上馬跑了。還有，我的腰，你壓到了我的腰你知不知道，疼死我了。」

經張青這麼一提，穆錦也想起來，剛才他的侍衛著急之下將他推了出去，好巧不巧地壓到了這個兄弟。「呃，那不好意思，要緊嗎？」

「你說呢？」張青冷冷地看著穆錦。

穆錦此時也只是個十七、八歲的少年，從小長在京裡，就算調皮搗蛋也沒遇到過這種情況，所以說，他還真的不知道要怎麼辦。

「要不我賠你些銀子吧。」穆錦希冀地問。

「還銀子，命都差點沒了，要銀子陪葬啊。」張青沒好氣道。

穆錦被張青這麼一吼，火氣也上來了，站起身，衣袖一甩，居高臨下看著張青。「那你說怎麼辦。」

「當然是找大夫了。」

「這裡哪來的大夫。」穆錦左右瞧了瞧，一條黃土路通向前方，兩邊是茂密的林子，風一吹，路旁的樹葉嘩啦啦的響，連個人都沒有，哪裡有勞什子大夫。

「我也知道沒有，所以我們繼續趕路，早日到下一個城鎮，然後找個大夫。」張青一副看白癡一樣的看著穆錦。

穆錦後知後覺的感受到了來自這個少年的鄙視，看了看這少年目前的模樣，明顯是自己理虧，所以他決定沈默。

於是張青又被打橫放在了馬上。

小母馬帶著兩人悠悠地朝前走著，因為張青身上有傷，所以速度並不是很快，更讓張青崩潰的是，穆錦身無分文，只有一些乾糧掛在小母馬的身上，而她的東西卻還在，這樣想來，就算找了大夫，她還得自己花錢看病，想到這裡，張青再次肉痛一把。

穆錦分外地鄙視張青目前的樣子，小小年紀怎麼能這麼財迷呢，不就是一點銀子嗎，看他那小氣勁。「哎，我以後會還你的。」穆錦拉了拉張青的衣袖。

張青扭頭看了穆錦一眼，又默默地移開了視線。穆錦為之氣結，這人的眼神明顯是不相信他呀，他一個侯府世子怎麼可能白吃白喝外帶欠錢不還呢，這人真是有眼不識泰山。

休息的時候，張青偷偷地抹了些跌打的藥膏在後腰處，發現痛感真的減輕的時候，再次慶幸自己買了藥，隨身攜帶。

等穆錦看到藥膏的時候，示意這種事他其實是可以效勞的，只是張青冷冷瞥了他一眼，便扭過了頭。

終於在兩人共騎行的第三天，看到一個不大的村莊。

看到遠處那裊裊升起的炊煙，張青和穆錦齊齊嚥了一口口水。這三天，他們兩個人整整啃了將近三天的乾糧啊，嘴裡都能淡出鳥了，而且夜夜都睡在荒郊野外，各種的腰痠背痛、腿抽筋的。

感覺自己身上的味道都可以熏死一頭牛了，張青還好說，穆錦就不一樣了，這就是個從小被眾人含著怕化了、捧著怕碰了的生物，洗澡那都是有美婢伺候的。

「我們今夜就在這裡借宿一晚吧。」穆錦提議，張青猛點頭。

村子並不大，只有二十幾口人，而且看起來家境都不是很好，往常也有過路的行商來這裡歇腳，所以村裡對於兩人的到來也沒有驚訝。

「大爺，我和我哥哥要去西北，這路還不知道有多遠，今晚可不可以在你家借宿一晚。」兩人進了村，張青停到一家門口前，對著門口的老大爺道。

老大爺正在吸著旱煙，看到兩個陌生的小子，也知這是過往的路人，只是聽說兄弟倆要去參軍，有些驚訝。「好好，可以可以，只是你們大人呢，怎麼只有你們兄弟兩人？參軍，那可是為國為民的好事啊。」老大爺吸了一口旱煙笑道。

「大人們也都在西北當兵，我和哥哥也想學著爹爹保家衛國。」張青和老大爺閒聊了一會兒，就進了老大爺給兩人安排的房間。

「家裡簡陋，就只有一間房能空得出來，你們哥倆擠擠，我老伴一會兒回來，讓她給你們做飯，農家也沒啥好東西，小哥倆莫怪啊。」

「大爺能收留我們兄弟，我們兄弟已經是感激不盡，怎麼還會講究那些瑣事呢。」

從頭到尾，都是張青和那大爺寒暄著，而穆錦只是默默地看著張青和那大爺的互動。

等那老大爺退出房間，穆錦才問道：「你也是去西北？」

「什麼叫也是，難道你也是去西北？」張青不可思議地問道。

穆錦點點頭。

「你去西北做什麼？」兩人同時問道。

「你先說。」又是同時。

終於兩人齊齊一笑。

「西北大敗，我爹生死未卜的，我想找我爹。」張青收起笑容，悶悶地說。

「我也是。」穆錦看了張青一眼，心中有些惺惺相惜之感。

「真的嗎？那我們可以結伴走了。」張青眼睛驀然一亮，有人和她一起走，她就不會害怕了吧。

「嗯，好。」穆錦看著眼前的少年，目光灼灼的模樣，微微一笑。

「你叫什麼名字。」

「我叫穆錦，你呢。」

「張青。」

「這名字好像在哪聽過。」穆錦皺眉。

張青沈默了一會兒道：「這名字很普通，叫這個的人，應該很多吧。」

「哦這倒是，我年紀比你長，以後你就叫我哥吧。」

「哎，好。」

老大爺家有五口人，老大爺和他的老伴，兒子、兒媳還有孫女，一家五口再加上張青、穆錦兩人，吃了熱呼呼的一頓飯後，就準備休息。

穆錦向老人家問了井的位置，就拿著桶出去了。張青透過窗子，看到穆錦光著上半身，在月光下洗漱著。

「看不出來，身材還挺好的。」因為穆錦是背對著房子，張青只看到一個肌肉線條分明的背。

等著穆錦洗好，張青也打了些水，只不過她借了這戶人家的廚房，燒了些熱水，然後關上門，簡單地把身上擦了擦。

雖然是這樣，但是張青感覺身上明顯舒服許多，而且腰間的位置也並不是那麼疼了，抹了藥膏，換了身衣裳，聽見穆錦敲門，她才開了門。

「你幹什麼呢，還關著門。」

「洗澡啊。」

「一個大男人，洗澡還關著門，到外面沖一沖不就好了。」穆錦嫌棄道。

「我怕冷，燒點熱水不行啊。」張青反駁。

「有熱水？」穆錦皺眉。

「自己燒一點不就有了。」

「你怎麼不早說。」

「你又沒問。」張青莫名其妙地看著穆錦。

穆錦語塞，早知道這裡有人會燒熱水，他洗哪門子涼水澡啊，凍死人了。

「我要去洗衣裳，你要洗嗎？」

穆錦眼睛驀然一亮，只是臉上依舊端著。「嗯，你要有空的話，就順便幫我洗一洗吧，我會給你錢的。」

「你有錢嗎？」張青鄙視。

穆錦沈默了一會兒。「咳，以後給你。」

「呿。」張青抱著兩人換洗的衣裳出去了。

雖然又被鄙視一番，但穆錦突然覺得，有這樣一個人一起上路，感覺也不錯，大不了自己以後多照應著這小兄弟，穆錦美滋滋地想著。

如果張青此時知道穆錦的想法，估計會送他一個字。「呸。」

洗了衣裳，兩人看著那一張窄窄的床，有些糾結。

「你是哥，應該讓著弟弟。」張青率先開口。

穆錦目瞪口呆地看著這個剛認的弟弟，他好歹是個世子，是有身分的人，總不會要他睡地上吧。

穆錦這麼想著，就瞅了瞅地，這地可不是他家那種打磨得光可鑑人的青石鋪成的，而是實實在在的泥地，並且張青剛洗過澡，地上有些泥濘。

「不行、不行，這地沒法睡。」穆錦直搖頭。

張青瞅了瞅也覺得好像有些不現實。「那不然，你就在桌子上趴一夜。」

「那更不行了，還不得難受死。」穆錦繼續搖頭。

「那算了，一起睡吧。」張青最後妥協，床雖然窄，還是還能睡下兩個人的。

此時的張青根本沒有考慮到，男女授受不親問題。第一，她爹娘沒教過；第二，她覺得穆錦就是個孩子，而自己現在的身體也是個孩子，兩個孩子能有什麼事，秀逗。

一夜好眠，穆錦率先睜開了眼，旁邊的人正側著身睡得深沈，一隻腿還搭到他的身上，而他的一條胳膊還壓著旁邊的人。穆錦低頭朝那人看去，並不算白的皮膚，睫毛長長，鼻子秀挺，小嘴微張，十分的秀氣。

他突然有些臉紅，這是他長大後第一次和別人同床而眠，總感覺哪裡有些怪怪的。

「青弟、青弟，醒醒。」穆錦收回自己的胳膊，慢慢挪開張青的腿，叫醒張青。

張青醒來時還有些茫茫然，只感覺好久都沒有睡過這麼舒服的覺了，出了家門以來，大都是在荒郊野地裡休息。「穆哥，早啊。」

兩人洗漱過後，又在大爺家用了熱騰騰的早飯，才騎馬告辭，臨走之前，張青留了些碎銀給這戶人家。

「才那麼點碎銀，是不是給得有些少了，他家的情況並不算好，應該多給些才是。」兩人共乘一匹馬，前面坐著張青，後面坐著穆錦。

張青扭頭，看了一眼這個富家公子道：「穆哥，在酒樓一晚也要五百文銀子，普通農戶家，一年五兩就可以過活，而且，最重要的是，你沒錢，而我的錢也不太多，能不能熬到西北都是個問題，咱們能省還是省一些得好。」

穆錦聽了有些詫異。「五兩銀子，一家人？」

「嗯，可不是。」張青點了點頭。

穆錦兀自消化著張青的話，五兩銀子只是他隨便買個小玩意兒的價錢啊。「你家很窮？」

「還行，以前很窮，六歲前，一年能吃上兩回肉都不錯了，現在好多了。」張青漫不經心地解釋著。然後張青就發現，穆錦在看向她的眼神裡充滿了一種叫憐惜的東西，說實話，這眼神讓她很彆扭。

第十二章

兩人又開始趕路，而穆錦卻打定主意，要做一個有責任的兄長，保護這個有些弱小的弟弟。張青也發現了這一點，覺得這人還是挺好，挺有禮貌的。

兩人繼續趕了五天的路，終於發現了一個城鎮。

穆錦、張青相視一笑，嘆了一口氣。「終於可以好好地休息了。」

為了節省銀子，兩人這次找的客棧並不算是好的，甚至有些簡陋，張青樂呵呵的付了房費，心裡想著，果然兩個人自己就不用害怕，也不用非得住好的了。

房間散發著一股說不上來的味道，並不太好聞，但是張青覺得，這還是在可以接受的範圍之內，至於穆錦，則是十分嫌棄地看了一眼房間。

「你就不能找個好點的客棧嗎？好不容易到了一個鎮上能好好休息。」穆錦抱怨道。兩個人都是將近半個多月的風餐露宿，身體、心理俱都是疲憊不堪。

「大哥，我們很窮的。」張青嘆了一口氣。

穆錦一愣，不再說話。

天色還早，兩人結伴去鎮上逛了一圈，張青發現這鎮子和康河鎮大小差不多，每個人嘴裡說著特色的地方方言，兩人總是要豎起耳朵聽半天，才能聽出別人話裡的意思。

穆錦剛到一個陌生的地方很是興奮，拉著張青在街上四處轉著，也看看有沒有缺的東西。轉了一圈，買了些生活上的必需品，然後向茶館裡的人打聽了一下去西北的路，聽到這裡離西北差不多還有二十多天的路程時，兩人都是一愣，相視過後一聲苦笑。

「你們去西北做什麼，聽說那裡不太平啊。」茶館的小二看著兩人有些詫異，要知道，西北那塊的人都往這邊跑，聽說領軍的戰神長門侯不知所蹤，那裡正亂著呢，邊境的敵軍正虎視眈眈的。

兩人向小二解釋了一番，小二略一思索，湊到兩人耳邊，告訴了他們一條捷徑，出了這個鎮子，朝前走差不多十里，向右看，就會看到一座大山，那裡有條近路，只要翻過那座山就到了西北。翻那座山差不多只要十多天左右，比官路省了差不多一半的路程，只是山裡畢竟比較凶險，一不小心說不定命都搭上了。

張青和穆錦都在思索著，到底該走哪條路，一條是要走二十多天的官路，還有一條差不多只需要走十幾天的山路，他們要選擇哪一條。

兩人之間的氣氛有些沈默，彼此都在想著自己和對方的選擇。

穆錦的侍衛現在也不知道在哪裡，儘管他們路上已經放慢了速度，卻依舊沒有等到那三名侍衛，或者可能那三個侍衛不幸，被那些劫匪給殺了，又或者和他們的路程錯開，不管怎麼樣，這些天他們兩人在一起，倒是有些惺惺相惜之感，他也是真的將這個少年當成了自己的弟弟。

「穆錦哥，你選擇哪條路？」張青躊躇地問，如果一個人的話，她可能會選擇那條官道，遠倒是遠了些，但是安全，如果連命都沒有了，就算爹爹活著，她又怎麼能看得見，而且還要累得娘親難過。可是現在她的旁邊有穆錦，那就不一樣了，他雖然也是個少年，但是卻年長她許多，而且她看得出來，他會武功，雖然不知道武功好壞，但是她卻想試一試。

「你呢？」穆錦反問道。他傾向於後者，世上不管做什麼事情都有危險，又怎能因為危險便不去選擇那條路，身為侯府的世子，雖然是錦衣玉食的長大，這些道理他還是懂的。

「我想走那條山路，我等不得了，我想快些見到爹爹，看他是否安好。」張青希冀地看著穆錦，目光中隱隱帶了絲乞求。

穆錦神色一鬆，他想的也是山路，就在剛剛，他甚至有些擔心這個少年如果和他選了不同的路該怎麼辦。「剛好，我和青弟想的一樣。」

兩人相視而笑，俱是鬆了一口氣。

「那弟弟就要麻煩穆錦哥照顧了。」張青眼睛灼灼地看著穆錦。

「好說、好說。」穆錦不知怎麼的，感覺臉上有些發燙，同時心裡也在感嘆著。「青弟的眼睛真的好亮啊。」

兩人回到客棧先是洗漱一番，雖然對客棧的環境有些異議，但是思及他們此時的錢財確實剩得不太多，而他自己又是沒錢的人，想想也確實不好意思再說些什麼了。

睡了一覺起來，兩人又是出門採購，身上的乾糧也吃得差不多了，加上這次要走的是山路，聽那茶館小二的意思，山上肯定沒什麼人，所以這次兩人要備足最少半個月的乾糧；除此之外，張青又去鎮上的馬行為穆錦挑了一匹馬，畢竟兩人共騎一匹有些不太方便。

穆錦對此分外感動，覺得張青真的是一個值得深交的人。

張青並不知道穆錦此時在想什麼，她馬不停蹄地又帶著穆錦買了些藥粉、藥丸，多是對付一些毒物的東西，她甚至帶了一大包的石灰粉。

「你帶這些做什麼？」穆錦指了指馬背上的東西。

「我想山上常年潮濕，肯定會有些不知名的毒物或者猛獸一類的，多準備些藥粉、藥丸總是沒有錯。」

「那這石灰粉呢。」

「遇到危險時，朝著牠的眼睛一撒。」張青擠眉弄眼，一副你一定懂的模樣。

穆錦默了，突然覺得他這青弟除了平常勤快一些、心地善良一些、會照顧人一些，居然還如此的聰穎。

張青看了看馬背上的東西，覺得差不多了，便準備出發，只是都走到鎮子口了，突然想起一件事，好一陣懊惱。

「穆哥，你等等。」張青交代了一聲就又跑回了鎮子。

穆錦有些摸不著頭腦，就在原地等候，過了好一會兒張青才跑了回來。

「來，穆哥，將這個掛上。」張青遞過一個絲綢香囊。

「香囊？掛這個做什麼。」穆錦有些莫名其妙。

「山上的蟲蟻肯定很多，這香囊裡面裝的是驅蟲的藥材，還有一些雄黃什麼的。」

「你考慮得還挺周到。」穆錦將香囊掛在腰間，不吝嗇地誇獎張青。

張青從小就是在潭水村長大的，潭水村就靠著一座大山，平時張闊都會去山裡打獵，卻從來不敢走遠了。大山裡寶貝多，危險也多，這是張闊常常對張青說的話，就怕張青不聽話，跑到山裡面去逛。

茂盛的林子裡，有一座簡易的棚子，仔細看，就能看出來這是用一些樹枝和枯草、枯樹葉搭成的。棚子裡，一個男人光著上半身躺在那裡，胸前用看不出顏色的布緊緊地纏起來，男人面色很是蒼白。

「咳、咳。」突然男人劇烈地咳了兩聲。

「侯爺您怎麼了。」火堆前正在烤著肉的人，聞聲趕緊跑了過來。

「沒事、沒事，不用緊張。」

這兩人正是生死不明的長門侯穆辛，還有張青她爹張闊。

「沒事就好、沒事就好，那我就繼續去烤肉了。」張闊憨厚一笑，又坐回火堆前。

穆辛看著火堆前的張闊，神色莫測，當時他真的以為，他要死了，身中兩箭，身後就是山崖，而山崖下則是急流的江水。

與其落入敵軍之手，受盡折辱，還不如他跳下山崖，而跳下山崖，他本就沒抱著一線生機，原以為，他的生命就止於那一刻。誰知，他居然還能醒過來，而當他醒過來時，眼前就是這個漢子，他見過這個漢子，是個新兵，這次出戰的時候有他，戰到最後的也有他，將他團團護住的人裡也有他。

「你怎麼也跳下來了？」穆辛當時問他，他還記得這個漢子的回答。

「沒什麼，當時只是想著，水流得那麼急，侯爺又受著傷，掉下去說不定就沒命了。您是侯爺，是咱西北兵的頭，誰出事都可以，您不能出事，大家還等著您回去呢，於是就跟著侯爺跳下來了。」

穆辛沒有再說話，也沒有再問。他受的傷有些重，這些天卻好了許多，一直都是這個漢子在照顧著自己，這漢子對他有救命之恩。

「你家裡還有什麼人？」穆辛看著火堆前的漢子，突然有了聊天的心情。

「我家裡呀，有爹娘、大哥、大嫂跟兩個姪子，還有孩子她娘、我家青兒，還有雙胞胎兒子。」提起家裡人，張闊顯得很高興。

「家裡人口很多啊，聊聊你家裡人吧。」

「家裡窮，分家分得也早，爹娘跟著大哥生活，我們一家三口就在旁邊隔著個籬笆。」

「一家三口，不是還有雙胞胎兒子嗎？」穆辛有些好奇。

「欸，那時候不是還沒兒子嗎？我家丫頭都六歲了，孩子娘還沒有生下兒子，當時還想著，生不出兒子也沒關係，我們家丫頭也挺好的。」張闊絮叨著。

穆辛卻對這漢子嘴裡的生活有了一絲興趣。「然後呢？」

「然後我家媳婦懷胎了，還一次兩個孩子，高興死我們家了。」

「那你為什麼要來當兵，家裡不是很好嗎？」穆辛有些疑惑。

張闊聞言愣了一下，那勾起的嘴角慢慢地垂了下來，看著火堆的神色不明。「我堂堂七尺男兒，不說什麼保家衛國，建功立業，但是總要做一個父親的表率。我家丫頭，那麼聰明，小小的，這麼高的時候。」張闊說著還向穆辛比劃了一下張青那時候的高度才接著說道：「她才那麼點，就為著家中的錢財奔波，做針線、賣布偶、發豆芽、開點心鋪子，她那時候才七歲啊，可是卻還沒有別家孩子五歲的看著健康。我家媳婦，自從嫁給我，就沒過過好日子，家裡沒錢，我大嫂和娘又不待見她，她過得很是辛苦，卻不曾朝我抱怨，我總要讓她們過得好一些。不說讓我家丫頭和大家小姐一樣山珍海味，但是以後也不要再為錢財發愁；至於孩子娘，以後有錢了，就給她買個老婆子伺候著，兒子倆也好好地給他們娶個媳婦。我是個笨的，不會做生意，家中都是靠著我家丫頭，好在身上還有些力氣，也常常打獵，算是會些拳腳，不當兵，又能怎麼出人頭地。」張闊說著，慢慢地回想著家裡人的音容笑貌，終是紅了眼眶。

「會好的。」穆辛也不知道要怎麼安慰這個漢子，他的要求很簡單，簡單得卻讓他說不出話來。

「讓侯爺見笑了，這肉烤好了，侯爺吃些吧。」張闊用刀將肉割成一片片，用樹枝叉著餵給穆辛吃。

穆辛吃過以後，才淡然開口。「我家夫人，當時娶她的時候就因為她心地善良，雖然不是很聰明，但是對我倒是一心一意。我家兒子，十七了，可是沒有你家丫頭能幹，反倒有些頑劣。」穆辛的聲音放得很輕，語氣也很淡，淡得張闊以為他壓根兒就沒說話，可是耳邊的聲音又不是幻聽。

過了好一會兒，張闊才咧嘴笑起來，侯爺這是和他嘮嗑呢。

山上比山下要涼快許多，到處都是茂盛的樹木，越往裡走越是茂盛，即便是白天，山裡也是一副陰沈沈的感覺。

在山下的時候還有路，可以看得出是這裡人常常上山踩出的道，只是越往裡走，就越來越難走，那小道也早已經沒有了，兩人有些發窘，看著這連路都沒有的山，只能放棄了馬，準備步行。

沒有馬，兩人只能自己將東西揹著，山上的路十分難走，兩人揹的東西又多，走得也是分外艱難，一路上也有不少的毒蟲，好在兩個人東西準備得還算齊全，倒是也沒怎麼受傷。這些東西裡，張青最怕的就是蛇，好在她準備了香包，香包裡放了雄黃，蛇都是繞著道走的。

她這才鬆了一口氣。

穆錦看到張青的樣子，不由有些好笑。「你怕蛇。」

「嗯。」張青點點頭，依舊警惕地看著四周。

「那有什麼好怕的，小的時候，我可是捉著玩過的。」穆錦洋洋自得。「要不我捉一條給你，只要拔掉毒牙是不用害怕的。」

張青打了一個冷顫。「不用了，你喜歡，等咱們分別了，你自己捉著玩吧。」

兩人中午走累了，就找一片比較空曠的地方，將那旁邊的雜草都除乾淨，然後生上一堆火，穆錦去打些兔子、麻雀的什麼東西，張青負責烤來吃。

現代常常宣傳請勿帶火種進山，可是真正進了山，張青才發現，其實也不一定全是那樣，就比如這座山。可能因為山裡的樹太過茂盛，林子裡常年見不到陽光，有些潮濕，別說放火燒山了，他們每次想點堆火都相當不容易。

張青將架在火上的兔子翻了翻，然後灑下調料。

「好了沒？」穆錦吸了吸鼻尖的香氣，垂涎道。

「快了。」

等烤好，穆錦迫不及待地用刀割了一小塊肉，邊吃邊讚嘆道：「還是青弟聰明，還會烤這些東西來吃。」

張青只是笑笑不說話。

吃過後，兩人將吃剩的骨頭挖了坑埋起來，將火熄滅，才又繼續趕路。

山上雜草叢生，有的地方還有些泥濘不堪，兩人走得十分艱難，衣服都被割破了不少。突然穆錦不知道被什麼絆住了，踉蹌一下，摔了一跤。

「你沒事吧。」張青趕忙將他扶起來，關心道。

「沒事。」剛才張青彎腰拉他的時候，他眼尖地發現，張青的脖子上好像掛了個什麼東西，從衣服裡掉了出來，看起來好像有些眼熟。「你脖子上的是什麼？」

「你說這個啊。」張青將脖子上掛的那塊玉拿了起來。

穆錦大驚，別說眼熟了，這壓根兒就是他當年丟的那一塊玉啊。

「這是小時候揀的，我舅娘說，玉能保人平安，而且這塊玉一看就挺值錢的，所以就讓我戴著了。」

「你們就沒想過還給人家？」

「還？還給誰？都不知道這是誰的，而且後來也沒聽有人找過啊。」張青將那塊玉放回懷裡，有些好奇地看著穆錦。「好好的你問這些做什麼？」

「沒什麼，對了，都沒問過，你是哪裡人？」

「我沒說過嗎？我是康河鎮的人。」

「康河鎮。」穆錦有些愣神兒，他當年不就在康河鎮丟了玉珮，想到這裡，他看張青的臉色就越發古怪。

「你怎麼了。」張青覺得氣氛有些不對，抬頭看穆錦。「穆哥你怎麼了。」

「我一共去了兩次康河鎮，第一次去的時候，丟了一塊玉珮。」

「啊！穆哥，你別說這玉珮是你的。」張青捂著脖子口，警覺道。

「當然……不是。」看著張青的樣子，穆錦到嘴邊的話硬生生的拐了一個彎，他要說著玉珮是他的，估計青弟就該把他當成見財起意的人了。好悲催，明明是自己的東西，還是傳家的，是要送給媳婦的，怎麼連認都不能認了。

「不是就好、不是就好。」張青放下緊攥著衣領的手，笑道。

穆錦剛說完他也丟了一塊玉珮，張青還以為這玉珮真的是穆錦的，到時候她還真的不知道要怎麼面對他。到時可能也只能給吧，可能是他見財起意，畢竟穆錦這個時候身無分文。這深山裡面的，只要他說，她就必須把東西摘下來給他，人家要真的見財起意把她殺了怎麼辦？多虧他說了不是，張青心裡暗暗鬆了一口氣，看來她看人的眼光還是很好。

兩人都沈默著，穆錦走在前方，張青走在後方，突然穆錦啊了一聲，張青連忙跑過去。

「怎麼了。」

「我被蛇咬了。」穆錦臉色難看，張青這才注意，旁邊有兩截被砍斷的蛇，還在扭動著，看得她雞皮疙瘩亂起。

張青扶著穆錦坐下，直接掀開他的褲腿，腿上果然有兩個滲著血的小口，而且迅速的腫起來，開始發黑。

「把這個吃了，解毒的。」張青從包袱裡掏出個瓶子，倒出一粒藥丸餵給穆錦。

然後又從衣襬上撕了些布，將穆錦傷口的上方狠狠地纏起來，打開水囊，先是將傷口沖洗了一下，又拿出火摺子，將刀烤了烤，割開傷口上方約一指寬開始擠壓放血，只是越到後面，擠出的血越來越少，張青想了想，怕還不夠，又給自己嘴裡扔了一顆藥丸。

穆錦只感覺腿有些發麻，但是看到張青的動作大驚。「你做什麼，這說不定有毒。」

「沒事，把血吸出來就好了，我也吃了一粒藥丸，解毒的。」張青連著吸了好幾口，看著血慢慢的變成正常的紅色，才放下心，又拿出些藥粉灑在穆錦的傷口上。

穆錦看著張青的面色晦暗不明，尤其是剛才他吸自己傷口的時候，他的心裡撲通一下跳得飛快。「青弟，哥哥我欠你一條命。」

「說什麼欠不欠的。」張青幫著穆錦包紮好傷口，看到穆錦臉色青白，便道：「穆哥別急，我們就在這附近休息下。」

看著張青忙碌的身影，穆錦突然覺得有些感動。

「我們結拜吧，以後我就是你大哥，我罩著你。」穆錦拍著胸膛道。

「好，大哥。」張青笑了笑，並不在意。

因為穆錦有傷，張青並不敢走很遠，就在附近，揀了些木耳、野菜，生了一堆火，從不遠處一個積水的石溝裡舀了一些水，將乾糧揉碎，和水熬在一起。

等穆錦吃過後，張青才打量四周。穆錦被蛇咬傷，肯定是不能趕路了，他們也不能就一直待在這。「穆哥，你在這坐一會兒，我去去就來。」張青說著就站起身。

過了好一會兒也不見張青回來，穆錦心裡咯噔一下，覺得有些不安寧。「他這是拋下我一個人走了，還是出了什麼事？」

「不會，青弟不會這樣的，他可能過一會兒就回來了。」穆錦自己都不曾發覺，他開始依賴那個少年。

終於不遠的地方傳來一陣沙沙聲，穆錦翹首盼望。

張青從林子裡還真揀了不少東西，樹枝，還有柔軟的藤蔓。

「大哥，你看這些藤蔓，比樹枝軟不少，剛好可以給你編個床，你晚上就可以睡上面了，剩下的樹枝，在樹杈中間搭個頂出來，鋪上樹葉，就不怕下雨了。我們估計在這個地方要待上幾天，你現在不能動，也不知道會不會有餘毒沒有清理乾淨，總得等你好些再趕路；不過，你怎麼會被蛇咬，剛剛都忘了問，香包裡我明明裝了雄黃的。」

穆錦一愣，往腰間一摸，不由苦笑一聲。「香包掉了，可能是被什麼掛著了。」

「哦，難怪啊，不過不急，我這裡還有雄黃，再給大哥做一個就好。」

穆錦目瞪口呆地看著自己新認的義弟，從包袱裡拿出針線，然後又從自己身上撕了一片布，開始縫香包。

「青弟啊，你怎麼連香包都會縫?!」穆錦只覺得不可思議，男人也會做針線嗎？

張青一愣，然後呵呵笑道：「以前家裡窮，爹娘很忙，衣服都是自己補，娘也常常做些荷包、香包什麼的來賣，看得多也會做了，只是手藝很粗糙，大哥不要嫌棄。」

「哦，不會不會。」穆錦忙搖頭。

等張青做好香包，穆錦看了，針腳果然很粗糙，對張青的話又信了幾分。

在天黑下來之前，張青也將簡易床還有簡易的屋頂給搭好了，看著自己的勞動成果，張青十分滿意，覺得自己實在太聰明啦，簡直棒棒噠。

林子裡夜晚的天氣比白天要涼得多，穆錦受著傷，張青將所有的衣物都蓋在穆錦身上，然後守在穆錦身旁，靠著火堆。白天忙了一天，又是給穆錦吸毒，又是搭床、搭屋頂的，可真是累慘了，往旁邊一靠就迷迷糊糊地睡了過去。

穆錦嘆了一口氣，溫和地看著張青，然後取下自己身上的衣物，搭在張青身上。

不算白皙但是卻光滑的肌膚，長長的睫毛在眼瞼下倒映出一把扇子的形狀，挺翹圓潤的鼻頭下，菱形的小嘴一張一合。

看到張青的臉上有些灰塵，穆錦鬼使神差地伸出手，然後發現自己的動作是多麼的曖昧以及不可思議，耳尖驀然紅了起來。

睡到半夜，張青被穆錦那邊傳來的聲音驚醒，揉揉惺忪的睡眼，坐起來，穆錦蓋在她身上的衣物紛紛滑落，張青怔了一下，心裡百感交集，朝著穆錦看去，穆錦此時蜷成一團，走過去細看，卻發現穆錦打著寒顫，臉色是不正常的蒼白，而嘴唇卻有些發青。

張青摸了摸穆錦的額頭，心裡暗叫一聲糟，他發燒了。

張青手忙腳亂的將衣物重新蓋回穆錦身上，又從包袱裡拿出一些瓶瓶罐罐，果斷地挑出一瓶，將其餘的塞回包袱裡，又從水囊裡往竹筒裡倒出些水，放在火上烤了一會兒。

「大哥、大哥，醒醒、醒醒。」張青拍拍穆錦的臉頰。

穆錦睜開眼睛，張青更是大驚，因為他看到穆錦的眼睛已經有些發紅。

「大哥，你發燒了，趕緊把藥喝了。」張青扶起穆錦，將藥丸塞到穆錦嘴裡，又灌下那已經熱了的水。

看穆錦配合的喝了水，張青才鬆了一口氣，多虧這還沒失去意識，要失去意識了，她難道還像電視劇裡，用嘴餵不成。

「呸，想什麼呢，妳個色女。」張青暗自唾棄自己一聲。

穆錦發著燒，張青自是不敢再睡，只能守在穆錦身旁，看著搖曳的火光，慢慢地朝裡面加著樹枝，想著家裡的人，想著她爹，間或摸摸穆錦的額頭。

「冷。」

「你說什麼。」張青趴到穆錦的嘴邊。

「好冷。」

張青一愣，趕忙過去又將火加大了一些，即便這樣，穆錦卻仍舊打著冷顫。張青心裡有些著急，她還記得，小的時候，她奶奶說過，發燒了，一般出些汗就好了。

可是穆錦一直喊冷，這山林裡又這麼冷，怎麼能出汗。

突然張青的腦子裡又出現了一副畫面，她微微一怔，暗罵一句。「這該死的電視劇。」然後就見她走到穆錦身邊，揭開蓋在他身上的衣物，緊貼著穆錦躺好，給兩人蓋上衣裳，才翻身將穆錦摟了起來。

火依然亮著，穆錦的身上很燙，雖然有些不厚道，但是張青卻感覺暖暖的，十分舒服，挨著穆錦的她很快的抵擋不住睏意，又緩緩地閉上了眼睛。

第二日早上醒來，張青第一時間就去看穆錦，穆錦依然緊閉著眼睛，此時的臉上倒不是昨夜的那種蒼白，反倒透露出一種不自然的潮紅。

「怎麼還越燒越厲害了。」她叫了穆錦好幾聲，穆錦都沒有反應，張青心裡暗呼一聲糟糕，忙不迭又是找藥、生火、熱水。

等弄好這一切，她又犯了難，穆錦緊閉著嘴巴，根本叫都叫不醒，捏開他的嘴，灌的水根本流不進去。「不會真要用嘴餵吧。」張青苦了臉，她真的要在這個地方失去初吻嗎？

想了想還是人命要緊，張青將藥丸子化進水裡，然後猛灌一口，捏著穆錦的鼻子，扳開他的嘴，慢慢俯下身子。

穆錦只感覺一股熱流順著自己那乾渴的咽喉流下，而嘴唇卻傳來一種柔嫩的、有些冰涼的感覺，這感覺有些熟悉，雖然想不起來，但是卻想渴求的更多。他努力地睜開雙眼，四目相對，看到面上的人杏眼大睜，是青弟。穆錦認出是熟悉的人，又緩緩地閉上了眼睛。

張青好不容易將藥餵完，看著穆錦坐在他耳邊呢喃著。「大哥啊，我這是不得已而為之，絕對不是故意占你便宜的，其實看起來更像是你占了我的便宜。」說完以後，又是掀開穆錦的褲腿，幫他換了藥。

「妹妹好些了嗎？」一個上身穿著鵝黃色錦衣，下著一件百花裙，頭插金步搖，身姿豔麗的美婦人扭著身子，慢慢走進朱紅色廂門的房間，這人正是江雲的母親，季憐。

「是姊姊來了啊，快坐。我的身子我清楚，只是有些虛弱，並不是太大的問題。」十分相似的面容，可是面上卻透露出一種不自然的蒼白之色，這人正是侯府女主人，季衫。

「侯爺還沒有消息嗎？」季憐坐在床邊，看著季衫問道。

「還沒有。」季衫的神色越發暗淡，蒼白的臉上透露出一種難以言說的落寞與孤寂。

「那錦兒呢？」季憐又問。

「也沒有。」季衫又無奈地搖搖頭。

「哦。」

季憐的聲調拉得很長，讓季衫有一種不舒服的感覺。她搖搖頭，心想這畢竟是她一母同胞的親姊姊，應該不會有其他意思的。

「對了，雲兒呢？」

「她啊，有些小姊妹約她，她便赴約了。」

「都是我不好，身子這麼差，家中又出了這麼多的事，沒有照顧好姊姊和雲兒，累得雲兒每天得困在府裡，現在有小姊妹相約，總算還不是太糟糕。」

「妹妹說笑了，妳養好身體才是最重要的。」

「嗯，那姊姊和雲兒若是住得有什麼不習慣，或者缺了什麼東西，記得打發人來告訴我。」季衫殷殷囑咐道。

「好，姊姊知道，有事情，姊姊會來找妹妹的，妳先好好休息，明日姊姊再來。」

「那好，姊姊慢走。」

季衫看著姊姊季憐出了房門，才又躺下身子，卻沒有看到季憐扭頭過後，那上揚的嘴角，和掩飾不住的笑容。

「季衫啊季衫，丈夫沒了，妳這侯府夫人又能做得了多久呢。」季憐輕聲呢喃著，語氣中有說不出的得意。她慢悠悠地走在長門侯府的長廊上，欣賞著這侯府的風景，身後亦步亦趨的跟著兩個她從家裡帶來的婆子。

「這地方可真美啊，比我那府裡竟好了百倍不止，只是這榮華富貴妳真的有那個好命來享受嗎？當年明明是我先喜歡他的，可是妳卻勾得他娶了妳。現在可好，呵呵。」陰沈的話語，從季憐那嘴裡一個字、一個字的迸了出來。

回到房前，卻發現，自己的房門竟是半開著，走進屋內一看，便看到一個身著桃紅衣裙，青絲如瀑，只插著簡單簪子的少女正趴在桌子上抽泣著。

「我的雲兒，妳這是怎麼了。」季憐趕忙走進去。

聽到來人的聲音，江雲慢慢地抬起頭，那巴掌大的小臉上滿是委屈，眼眶已經通紅，不住地流著眼淚。

「我的兒，妳這是怎麼了，誰給妳受委屈了。」

「娘，我不想去那裡，不想去。」江雲看著她娘，臉上滿是乞求。

季憐陡然變了臉色，只是看著江雲那與她如出一轍，卻比她更美麗的小臉放柔了聲音。

「去那裡有什麼不好，很快的妳就會成為王妃了。」

「女兒不要做什麼王妃，不要，女兒只要穆表哥，只要表哥。」江雲死命搖著頭，淚水洶湧而出。

「傻孩子，王妃可比侯府世子妃要好多了，娘不會害妳的，相信娘。」

「女兒不要、不要。」江雲看著她娘，眼中有一絲害怕。

「傻孩子，那瑾王妃早就去世多年，等妳嫁過去，雖然是續弦，但卻也是堂堂正正的王妃呢，那瑾王爺已經派人過來傳話了，他對妳很滿意。」季憐看著女兒的小臉，眼中是遮掩不住的喜色。

「可是娘，瑾王爺比爹還要大好多歲，而且，聽人說，瑾王爺家有好多的侍妾，有人看到，他家府裡常常有蓋著白布的人從裡面抬出來，一看都是些少女啊。娘，我害怕。」

「別聽那些人胡說，他們又不是瑾王府裡的人；再說，那瑾王府裡侍妾再多，妳也是堂堂正正的王妃呢。」季憐捺著性子勸說著江雲，眼中卻顯現出一絲陰狠。

「不、不，我不要嫁，不要、不要。」江雲看著她娘那隱隱不可拒絕的面容，再也忍不住，掩面奔出季憐的房門。

「來人，好好地看著小姐，沒有我的命令，她哪裡也不准去。」

「是，夫人。」季憐身後的兩個婆子，聞言飛快地去追江雲。

穆錦是在第三天的晚上醒過來的，只是等他低頭一看，身子稍稍有些僵硬，只見張青睡在自己旁邊，兩人身上蓋著衣裳，而她的睡容中有一種說不出來的恬靜。

穆錦一僵，臉騰地一下紅了起來，有些不知所措。

他悄悄地起身，給張青蓋好衣裳，剛剛站起的時候，有片刻的眩暈，他慢慢地喝著水，思考著一些事情。

沒有了熱源的張青，這一夜著實睡得不太安穩，等到天初亮的時候，張青就揉著惺忪的睡眼起來了，看到靠在旁邊垂著頭瞇著眼的穆錦，張青一驚。「大哥，你好些了沒有？」

穆錦看向張青答了一聲。「好些了。」便迅速地移開了眼睛，不敢再看張青。

「好了就行，那個大哥，你發燒喊冷，所以，我才和你睡一處的，你別在意啊。」

「哦，那個，明白明白，謝謝青弟啊。」

「謝倒不用。」

看穆錦沒有大礙，也能走動，兩人收拾好行李，花了七天，才終於走出了這座山。

「大哥我們出來了。」張青看著面前的小路，十分地興奮，這興奮中還隱隱帶了絲劫後餘生的喜悅。

「是啊，出來了。」穆錦感覺這些天經歷的這些事情，竟是比以往十幾年經歷的都要多，雖然心中充滿了對父親安危不知的焦急，但是依舊十分的開懷，甚至生出了好男兒就應該這般的情懷。

以往的經驗，山腳下總是有個村子，這裡也不例外。

兩人在一個村民家好好洗漱過後，張青又花錢讓這家屋子的主人請了大夫過來。

「我應該沒事了，不用請大夫了吧。」

「還是謹慎些好。」張青搖搖頭，神色肅穆。

等大夫揹著藥簍來，給穆錦細細檢查以後，滿是欣喜道：「這位小哥運氣不錯，那蛇雖然有毒，但是好在這傷口處理得恰當，毒也被及時的清理出來，沒什麼大礙，開上幾帖方子好好休息便是。」

這村子已經隸屬於西北，張青讓穆錦躺在床上好好休養，她則是出去打探了一圈，得知這裡離西北的軍營只有不到百里路；而且她聽說，那在西北帶兵的長門侯，竟然被人救了，已經回了軍營，臉上更是說不出的喜色。

都說長門侯死了，可他還不是好好的活著，那她爹一定也是活著的。

當穆錦聽到這個消息的時候，更是恨不得跳起來，立即奔去西北軍營。

等兩人站在西北軍營的營外，俱是振奮之極的模樣，穆錦已經得知他爹無礙，心裡只有興奮之情，而張青則多了些忐忑不安，她希望見到爹爹，她怕聽到不好的消息。

「青弟，你爹叫什麼名字，進去以後我幫你打聽打聽。」

「我爹單名一個闊字。」

「張闊，我記得了，咱們先進去吧，回頭我幫你找。」

「謝謝大哥。」張青微笑著點點頭。

穆錦心裡有些不好受，他已經知道他爹沒事了，可是青弟的爹呢，想到這裡他拍了拍張青的肩膀安慰道：「你爹肯定會沒事的。」

「我知道。」張青深深吸了一口氣。

「什麼人，這裡是西北軍營，不是你們可以隨便可以窺視的地方，速速離去。」營地門口站了六個兵士，看到兩人大聲呵斥著。

穆錦窸窸窣窣半晌，從懷裡掏出一個東西，張青沒看得清，好像是塊鐵質的牌子，只見那兵士看了一眼，態度恭謹了不少。

「是侯爺的牌子，請進。」

張青有些好奇地問：「大哥怎麼會有長門侯的牌子？」

穆錦歪著頭促狹地笑道：「因為他是我爹啊。」

「大哥是長門侯的兒子？」張青倍感驚奇，原來，與她同行的居然是個官二代啊，還是特有權的那種。

「是啊，所以放心，我一定幫你找到你爹。」穆錦打包票道。

「那就謝過大哥了。」

「謝什麼，你是我兄弟，更何況你救我一命，又照顧我那麼久。哦對了，當時你是怎麼餵我藥的，我怎麼感覺有些奇怪。」穆錦疑惑地看向張青。

張青一愣，臉突地紅了起來，將頭別向一邊，她總不能告訴他，她是以口給他餵藥的吧。「沒什麼，就是用手把你嘴扳開，將藥丸融化到水裡，給你喝的。」張青囁嚅道。

「哦，這樣。」穆錦點點頭，覺得當時應該是自己的錯覺。

穆辛這次受的傷頗重，多虧有張闊他才揀回一命，並且順利回到軍營，只是因為受傷太重，雖然現在已經沒有了性命之憂，但是依舊不能起身。

聽到有人來找他，還有些驚奇，等看到了穆錦，穆辛一時忘了反應。

「父親。」穆錦看到他爹躺在床上，即便是他來也未能起身，心中不由大慟。

穆辛摸著穆錦的髮頂，眼中一片欣慰之色。「放心吧，父親沒事，你怎麼跑這裡了，沒收到我的書信嗎？」

「沒有，那天得了爹的消息，我就趕了過來。」

「嗯，那你母親呢？」

「母親接到爹的消息，就暈了過去，只不過我走的時候，她已經好上許多了，母親也答應兒子來找父親。」

父子兩人相見，沒有了往日的隔閡，反倒因為這劫後餘生，緩和許多。兩人徐徐講著話，穆錦突然感覺到了他爹的重要之處，而穆辛也感覺到，他這孩子並不像京中那些紈袴子弟一樣，當得起他穆辛的兒子。

張青看著兩人又是感動，又是羨慕，羨慕穆錦找到了他爹。

「這少年是？」穆辛抬頭一看，這才看到了跟在穆錦身後的張青。穆辛微微有些詫異，這少年也就十一、二歲的模樣，有著一雙靈動的眼睛，他並沒有見過他，所以這肯定不是長門侯府的人。

「父親，他是張青，我認了他當義弟。他爹也是西北軍營的，他也來找他爹，兒子遇到馬賊，多虧了青弟，前些天翻山被毒蛇咬傷，救兒子的也是青弟。」穆錦趕忙介紹著。

「倒是個好孩子，你爹是？」

「我爹姓張，名闊，是潭水村的人。啊，我舅舅姓李，單名一個攀字，也在這軍營。」張青看長門侯問話，趕忙答道。

只是她卻沒發現長門侯看她的眼神古怪起來。

穆辛想，要是他沒記錯，那張闊家的老大應該是個女兒吧，正是這麼大的年紀，也就是說，這孩子女扮男裝，千里迢迢來尋父，真是個大膽的丫頭啊。

「爹，讓人去查查軍營裡有沒有青弟的爹和舅舅吧。」

看著兒子的乞求維護，穆辛眼裡閃過一絲興味。「不用查了，這人我知道，他們沒事，都好好的。」

張青聽了雙眼驀然迸發出一絲灼熱的光芒，看得穆錦心裡一緊，又是突突的跳個不停。

「真的嗎?謝謝長門侯，那請問我什麼時候可以見我爹?」

「來人。」穆辛高喊一聲，就看到兩個兵士跑了進來，他吩咐道：「帶她去見張闊。」

第十三章

張闊、張青父女兩人相見，自是百感交集，尤其是那劫後餘生，兩人相擁，無不引人紅了眼眶。

「好了好了，別哭了，都好好的，快讓青丫頭坐著。」李攀揉了揉發紅的眼眶，趕忙招呼道。

張青不好意思地放開她爹，矜持地對李攀笑笑。「謝謝舅舅。」

「可憐見的，這一路上吃了不少的苦吧。」

「還好。」對於路上的事情張青不想多說，她怕說得越多，她爹和她舅舅就越發的憂心。

張闊平復了初見張青後的激動，靜下心後，反倒越是難過。

即便是在農村，女兒家這般大的年紀，也是被嬌養在家中的，每天也就是繡個花，做些輕些的農活，只希望能養得好一些，可以說個好人家，然後將閨女漂漂亮亮的嫁出去。可是只有他的女兒，小小年紀就滿腦子想著掙錢養家，好不容易生活好了，該好好嬌養的時候，就又千里迢迢的來這裡尋他。

「家裡還好嗎？」

「都好，弟弟們都長大了，現在都可以出去欺負別的小孩子了，都是個調皮的，蔫壞蔫壞(注)的，大弟是個熊孩子，二弟就是個狐狸孩子，兩個打一個，總是他們占便宜，一個打，一個在後頭出壞主意。還有咱家的生意也很好，娘的身體很好，還有爺爺、奶奶，都很好。」張青絮絮叨叨地說著。

張闊沈默地聽著，這些話，每次寫信青兒娘都會寫給他，可是聽著女兒說著，眼裡還是露出一抹嚮往。「是爹對不起你們。」

張青一愣，轉而回答道：「爹說什麼呢，咱們是一家人，說這些做什麼。」

三人在帳子裡又聊了許久，下午時，穆辛派人通知，給張青準備了另外的住所，聽到這話，三人俱是一愣，等傳話的人走了，李攀才笑道：「妹夫這次是走運了，侯爺以後一定會重視你的。」

張闊聞言先是怔了怔，等張青看過去的時候，張闊的臉上已經掛上憨厚的笑容。

「爹走什麼運了？」

「妳爹這次立了大功，他救了侯爺啊。」李攀振奮地拍了拍張闊的肩膀。

為了避嫌，李攀和張闊並不屬於同一支隊伍。

那次大戰，侯爺帶的隊伍裡，恰恰有張闊所在的這支，等他們趕去救援的時候，發現原本的隊伍幾乎剩得沒有多少人，而侯爺也不見了，他四處的尋找著，直到確定倖存者的名單裡沒有張闊的時候，臉色一白，腿一抖，差點一個踉蹌摔倒在地上。

他不信邪的又找了好幾遍，還是沒有張闊，他去翻那些死屍，只是有的人死得太慘，根本就認不出他的模樣，他雖然不願意相信，但是卻終究不能不相信，於是才給家裡去了書信，只是書信裡說的是生死不明。

只是他沒想到，張闊不僅回來了，而且還是作為功臣回來的，他救的可是堂堂的長門侯啊！開國以來，唯一一位，以軍功受封為侯的人啊，而且這侯爺還手握西北的軍權。

張青聽著舅舅的話，有些沈默，她爹的為人，她很清楚，只是放到自己身上是感動，放到旁人身上卻是止也止不住的擔心啊。

「爹，以後萬不可以這樣了，娘還在家裡等著你，還有兩個弟弟，他們懂事後甚至連你都沒有見過。」張青嘆了一口氣道。

「爹知道了，放心吧，爹以後一定會好好保護自己的，既然侯爺已經給妳安排了住所，妳就好生住下吧，好好休息休息，過段時間，爹和妳一同回家吧。」

「真的？」張青雙眼驀然一亮。

「真的。」張闊點點頭。

三年多未見，父女倆有滿腔的話想要好好說說，尤其是張闊，他的記憶甚至還停留在張青臉色蠟黃，頭髮稀疏，個頭小小的印象裡，誰知一轉眼，他的閨女已經長成了這麼亭亭玉立的模樣。因為連日的奔波，張青皮膚有些粗糙，但是臉上卻有一股堅毅之色，卻是和平常

注：蔫壞，意即外表忠厚、老實，卻常調皮搗蛋或出壞主意，表裡不一。

的女兒家們不太一樣，張闊仔細打量著自家閨女，前後左右，看了一遍又一遍，最後滿心的讚嘆，他閨女就是好看，就是能幹，其他家的閨女哪個有他閨女好。

這麼一住，張青在軍營裡就待了半月有餘，無聊時也去軍醫那幫忙與學習東西，或去灶上幫忙。上次的戰敗對這軍營的士氣有了不小的影響，所以，他們迫切的需要一場戰爭，來找回自己的士氣。

張青從小生活在和平世界裡，即便來到這裡，雖然日子有些清苦，但是她也未曾經歷過戰爭，等戰鼓敲響的那一刻，張青臉色一片蒼白。

「爹爹、舅舅，你們一定要好好的回來。」張青滿目的乞求。

「會的，妳好好照顧自己。」張闊來不及多說，只是匆匆叮囑了一番，就跑出去集合。

看著前方源源不斷的送回來傷員，張青顧不上害怕，就開始幫著軍醫處理這些傷員。雖然那軍醫講解了一番，但是初次難免有些心慌手抖，只是讓張青佩服的是，戰士畢竟是戰士，她從未從他們臉上看出痛苦之色，有的只是戰士們特有的堅毅。

「別害怕，我忍得住。」張青的手底下是一個被人砍到前胸的男人。

胸口處，傷口橫飛，血肉模糊，張青先是手忙腳亂的幫他止血，然後便是纏繃帶。

隨著傷員越來越多，張青的手越發的快起來，後來她已經能很冷靜地處理手上的傷員。

等大軍終於得勝回來後，看到人群裡熟悉的面龐，張青不禁潸然淚下。

張闊這次可謂是毫髮無傷，而李攀則只是受了些皮肉傷，並沒有什麼大礙。

後來張青才知道，原來這次，穆錦也跟隨著上了戰場，而且聽舅舅的意思，穆錦的表現挺不錯，將士們都很認同，甚至有了虎父無犬子的感覺。

張青想了想，到了軍營，他們好像再也沒有見過。對於穆錦她還是有些好感的，雖然出生富貴，身上也有些富貴公子的毛病，但是，不可否認，這少年，是個好人。

「爹，舅舅我想和你們說件事。」張青吞吐道，這件事情她不知道該說不該說，只是想到那些戰士即便是痛到不行，也緊咬著牙的臉，她覺得，還是說出來比較好。能不能幫到他們，她並不知道，但是說與不說她還是知道的。

「什麼事？」兩人俱都看向張青。

「就是你們外出的時候，我幫著軍醫處理傷病的傷口，發現有的人傷口很大，止血粉也止不住那血。」張青說到這裡，然後停了下來，有些忐忑地打量著兩人的反應。她跟著那軍醫學了好些天一些簡單的醫術，戰鼓打響的時候，也就是幫忙處理包紮一些傷口，她暗暗的觀察了許久軍醫處理傷病傷口的辦法，發現他們只是撒藥，然後包紮，被動等著傷口癒合，並沒有用她熟知的傷口縫合法，讓她不禁想，這個時代可能根本就沒有這個方法。

「哦，然後呢。」張闊和李攀兩人的神情有些凝重。

「我來之前，路過一座林子，看到一位遊醫正給一個受了傷的人治傷，只是他的方法是將那人的傷口先縫合起來。當時我因為好奇，就多看了看，也順便問了兩句，那遊醫說，這樣可以讓傷口好得快一些，等傷口癒合得差不多，將線拆了就好。」張青隨口編了個瞎話。

張闊和李攀兩人聽到這番理論俱是目瞪口呆，張青的話，他們是聞所未聞，乍聽之下有些不可置信。

「妳沒看錯？」兩人又問了一遍。

張青點頭。

「妳先待在這，我去找侯爺。」說完這話，張闊就面色凝重的出了房門。

這是張青第二次見長門侯，也是穆錦的爹，上次因為著急也沒怎麼仔細看，現在一看，他面容與穆錦十分相似，只是身上多了絲冷然的氣息，尤其是那雙眸子，穆錦流露出的還是有些頑皮，而穆辛流露出來的卻是絲絲冷意。

「青弟你來了。」穆錦看到張青，分外的高興。

「世子好。」張青稍稍向穆錦見禮，也不知道是不是因為經歷過戰場的洗禮，張青發現，穆錦看起來好像成熟了一些。

聽到張青叫他世子，穆錦的臉垮了一下，他不喜歡青弟叫他世子，總感覺有些生疏。

「是妳說，可以把傷口縫合起來？」穆辛居高臨下地看著這個女扮男裝的孩子，明明是個女孩，卻偏偏有股堅毅之氣，更有趣的是，這孩子並不怕他，甚至還敢打量他。

「回侯爺，是的。」

「用繡花針，就像縫衣服那樣？」穆辛緊盯著張青。

聽了穆辛的話，周圍的人都是倒吸一口涼氣，像縫衣服一樣縫皮肉？饒是經歷過多次生死的士兵，也不免被這說法駭了一下。

張青想了想，遲疑半晌，長門侯的說法雖然有些駭人，但是不可否認，的確是這麼一回事。「是的，如果比繡花針更細一些的針會更好；至於怎麼縫，小子就不太知道了，但是縫之前一定要刮去腐肉，消毒。」張青淡定道。

「怎麼消毒？」穆辛好奇道。

「用烈酒。」張青沒學過醫，但是也知道消毒一般就是優碘、酒精之類的。

穆辛點點頭，若有所思。「好了，本侯知道了，你們在此等等軍醫吧。」

張青走到她爹身旁坐下，就看到穆錦十分雀躍地朝著她走過來。

「青弟，軍營裡的生活還習慣吧，怎麼看你瘦了一些呢？」穆錦說著順手要捏捏張青的胳膊，卻啪的一聲被人打掉。穆錦看向那隻大手的來處，是面色微黑，嘴角緊抿的張闊。

「伯父。」穆錦詫異道。

「青兒不習慣與人碰觸。」張闊黑著臉道。

穆錦驚詫地看看張闊，又看看張青，心裡滿是疑惑，不喜歡與人碰觸？兩人同行來西北的時候他沒發現啊。

「呵呵，謝謝世子關心，軍營裡很好。」張青看著穆錦歉意的傻笑著。

穆錦又鬱悶了，這世子兩字他聽著，感覺並不是那麼愉快啊。

張闊緊緊地盯著穆錦，就怕穆錦與張青不小心有了身體的接觸，而穆錦則傷心的發現，他好像被青弟的爹爹嫌棄了，而穆辛則是饒有興趣地看著眼前的這一切。

等軍醫來了後，看到的便是這麼一副詭異的情景。

「見過侯爺。」

「嗯，去和這個孩子談談。」穆辛朝張青的方向一指，軍醫有些莫名地看著張青。

「張青？」

等張青將她的想法告訴了軍醫，軍醫則是滿面大駭地看著張青，張青被軍醫看得有些無助。「大叔是否覺得有些不妥？」張青小心地問，心裡則是想，現代的人不都是這樣做的，就是差不多的傷口，都是要縫的啊，應該錯不了的啊。

「不是、不是。」軍醫搖了搖頭思考著，而後，眼裡突然迸出一道亮光，有些激動地看著張青。「我怎麼沒想到呢，啊，就是這樣，就應該是這樣，你太聰明了、太聰明了。」軍醫拉著張青的手一副激動的模樣，張闊在旁邊，默默地將軍醫握著自家閨女的手拍掉。

「你仔細給我說說。」

張青於是將剛才編給穆辛的話又編了一遍給軍醫聽，只是軍醫越聽雙眼的光芒越盛。

「還有呢，具體的，你遇見的那大夫是怎麼處理的，他還告訴你什麼了，那大夫還能找得到嗎？」軍醫忙不迭地將一串問題朝張青扔了下來。

張青連忙作答。「那大夫估計是找不到了，我也是萍水相逢而已，至於具體是怎樣操作，我也不太懂，倒是那個大夫說過，做這個，必須將材料消毒，針和線必須用熱水燙過，用烈酒泡過。」

「這個是自然。」那軍醫趕忙答道。

等軍醫確定從張青這裡已經得不到有用的消息後，才一臉興奮的出去，磨刀霍霍準備研究這件事情了。

等軍醫走後，張闊才道：「侯爺，小人想請上月餘的假，送孩子回家。」

穆辛想了想，看了看張青，道：「好，允了。」

「青弟，你要走了？」穆錦有些愣愣的。

「是呀，世子。」張青點點頭。

「別叫我世子了，聽著怪彆扭的，還是叫我大哥好了。我還要在這裡多待些日子，就不能陪你回去了，不過你放心，等我回去，一定會去康河鎮看你的，是康河鎮對吧，青弟。」

張青沈默地點了點頭，然後就看到穆錦高興起來。

很快的，張闊父女兩人就收拾好了行李，看到攤在床上的東西，張青驚訝地瞪大了眼。

「爹，這些都是？」

「這都是些戰利品，有些是侯爺賞賜的，還有爹爹存的。爹爹現在已經是個校尉了，妳舅舅都已經是副將了。」張闊愉快地向孩子解釋著，興奮地將一串珠子掛到張青的脖子上，左右打量著。「嗯，好看。」

張青滿臉黑線，她現在的裝扮是個男孩子，有什麼好看的。

「爹，這些東西全拿回家嗎？」張青有些愣神兒的看著床上的一大堆東西。

「哦，不，我們到附近的城鎮上換成錢。」

回時的條件要比來時好上太多了，張青舒服的窩在馬車裡，十分的感慨。

到了離西北不遠的城鎮上，張闊便要去將這些東西換成錢，只是聽到掌櫃的報價，張青眉頭一皺，這價格也太低了，在與掌櫃討價還價未果後，張青不顧掌櫃的阻攔，拉起張闊就走。

「這東西不換了？」

「不換了。」張青點頭，看著馬車裡放著精美的金銀、玉石、皮毛，腦筋飛快的轉動。

「咱們自己回家開個鋪子賣。」張青握著拳頭，神色認真道。

「就依妳。」張闊對女兒的話一向都是舉手贊成的，反正這些東西都是給他們的。

回到家的時候，最熱的天氣已經過去了，不知不覺間，張青離家已經有四個月左右。

李雲看到這爺倆是又哭又笑的，看到兩人都沒事，才放心了許多，而雙胞胎則是圍在張青跟前，攆都攆不走。

張闊看到眼前的情景，神色卻有些複雜。

「睿兒、智兒，這是爹爹。」張青將雙胞胎推到張闊跟前。

雙胞胎好奇地打量著張闊，然後又害羞地撲到張青懷裡。

「爹，他們有些害羞，過一段時間就好了。」張青有些歉意道。
「爹明白，沒事。」張闊點點頭。
只是到底是父子天性，加上張闊有意的討好，雙胞胎很快的認同了這個父親。
「爹，智兒要鳥鳥、鳥鳥。」院子裡，張智指著樹上的鳥窩對著張闊直喊。
「要要。」張睿也跟著拍手。
「好咧，這就給你們拿下來。」只見張闊飛快地上樹，片刻之後手上就拿著個鳥窩下來了。
雙胞胎拍著小手格格直笑，看著他們的爹，滿眼的崇拜孺慕之情。
鳥窩裡頭還有三隻剛剛出生的小鳥，正張著黃色的嘴巴，吱吱叫喚著，雙胞胎覺得新奇，看得很是投入。
「只能摸哦，待會兒要放回去，要不大鳥回來看不到小鳥會著急難過的。」
雙胞胎只是輕輕摸著小鳥的絨毛，朝張闊嘿嘿一笑，然後用力地點點頭。
張青和她娘笑著看著院裡的一切。
「下次可不准嚇娘了，也不能不聲不響就這麼走掉，知道嗎？」李雲看著張青，那擔憂的日子她連回想都不願意。
「娘，我知道，以後一定不會讓娘擔心的。」
張青回家的第二日就和她爹去了孟家布莊，帶去舅舅所託的戰利品還有信。

李孟氏看到張青，唏噓了好長時間，摸著張青有些粗糙的小臉，滿眼慈愛。「路上受苦了吧。」

張青笑著搖了搖頭。「沒事的舅娘，不苦，還好您幫忙瞞著我娘。」

「哎，這也多虧妳爹沒事，要是真有個三長兩短，妳娘可怎麼活喲。」

敘舊了一會兒，剛出布莊，就看到迎面而來的吳文敏。

吳文敏再次看到張青，竟有了一絲恍如隔世之感。

「青兒，妳回來了。」吳文敏只是稍微愣了一下，就趕忙迎了過去。

「嗯，回來了。」張青點點頭，只是一看到吳文敏，就想起了那天臨走之時在門外聽到的對話和吳文敏對自己說的話，總覺得有些不好意思。

吳文敏初見張青很是激動，只是這兩句話說下來，發現了張青的不對勁，稍一思索也明白了為什麼，倒是他落了一個大紅臉。

那日的話，雖然是肺腑之言，但是當時他以為，青兒爹是真的不在了。可是現在青兒爹活生生的站在這裡，如果是從前，他家還可以試一試，可是現在……那話卻怎麼也說不出口。

先不說青兒的爹已經是官身了，就算是青兒家自己，也是有錢、有鋪子、有地的，雖然比不上地主，但也屬於殷實家庭。再看他家，他爹早逝，他和他娘，現在還寄居在青兒舅娘家。

只是看著張青，即便目前不可能，可是吳文敏依舊不想放棄。

兩人間的氣氛一時有一些沈默，過了一會兒，卻見吳文敏握著拳頭，鄭重其事地看著張青。「青兒，那日的話我是認真的，妳等我考上功名。」說罷便紅著一張臉，越過張青快速地進了布莊。

「剛才那小子是什麼意思？」張闊摸不著頭緒地看著他家閨女和那小子的互動，頗有些莫名其妙。

「沒什麼。」張青匆匆答了一聲，就往前走。雖然有些害羞，但是不可否認的是，她心裡還有一股甜蜜。

從那日開始，吳嬸子就發現自家兒子，讀書又刻苦了許多，心裡很是欣慰，她也大概知道兒子為何這麼刻苦，這樣想著，看張青就越發順眼了許多。她想著，等兒子有個功名，她就覥著一張老臉去張家求娶張青，完成兒子的念想，畢竟張青也是她從小看到大的姑娘，她還是很喜歡這個聰穎能幹，膽大心細的姑娘的。

張闊這次回來不能不回潭水村，回來的第三天，就駕著馬車，帶著一家子直奔他大哥家而去。

原本與他家比鄰而居有些破爛的土房子已經不見了，取而代之的是一棟頗有些氣派的青磚瓦房，張闊上前敲了敲朱紅色的大門。

張家兩老看到平安歸來的兒子，很是高興，大高氏紅了眼眶，拉著張闊不鬆手。

「回來就好、回來就好。」大高氏手背抹了一把眼淚，哽咽道。

「娘，孩兒回來了。」

「這次還走嗎？」大高氏希冀地看著張闊，對於這個二兒子，自己是氣過罵過，但終究是自己的兒子，她不能不擔心啊。

張闊沈默一會兒，一瞬間覺得自己的頭有萬斤之重。「過幾天就走。」

「你還要走?!」大高氏不可置信。

「恕孩兒不孝。」

聽了張闊的話，大高氏的眼淚再也忍不住流了下來。

張青此時突然有些難受，她以前其實很討厭這個奶奶的，可是此刻看著她布滿皺紋的蒼老臉龐，看著她傷心的樣子，無奈地嘆了一口氣。她爹是這個老婦人身上的一塊肉，就好像她和兩個雙胞胎是娘身上的一塊肉一樣。

「好了，別哭哭啼啼的，老二好不容易回來一次，都高高興興的吧。」老張頭一錘定音。

張闊將目光投向他一進門就一直沈默的老父親，仔細打量了片刻，發現自己的老父親身體看起來還算硬朗，才微微地放下了心。

「我聽村裡人都說，小叔子打仗可是掙了大錢了，是不是？」小高氏得空趕忙插嘴。

張升直接一個眼刀朝著小高氏甩了過去。「妳給我閉嘴。」

前些年，張升其實一直覺得家裡窮，有些對不起給自己生了兩個兒子的小高氏。雖然小高氏為人粗俗，小家子氣，但是看到她對自己不離不棄，又為自己生了兩個兒子的分上，張升對她一直都是能忍則忍，忍不了則避，直到因為她，他和唯一的弟弟早早地分了家。

張升才驚覺，原來不知不覺間，他的那些愧疚，竟然促使這個女人禍害他家，禍害他弟弟一家。

也是從那個時候起，小高氏發現自己那憨厚老實的丈夫變了，倒是不會再打她了，只是看自己的眼神讓人毛毛的，她不由自主的就弱了氣勢。

「這些年多虧有弟弟幫襯，否則哥哥也沒錢蓋這麼好的房子，只是苦了弟弟一個人在外拚命。」張升十分感慨道。

「沒什麼，倒是哥哥，這麼多年替弟弟在家照顧父母，弟弟很感激。」

兩兄弟相視一笑，感覺竟然是回到了他們關係最好的日子裡。

張闊每月送錢回來，總會留給老張頭一家一些，雖不多，但是肯定讓他們過得殷實起來，更何況，張升還會發豆芽的手藝。加上張闊買的地，大多都交給老張頭和張升來種，他只不過象徵性的收些糧食，使得張升家情況改善了不少。

有著張升在一旁虎視眈眈，小高氏消停了許多，不敢造次，做飯也是拿出家裡上好的東西，她也知道，她家現在可全是靠著這個小叔子，小叔子每月送回來的錢，比她娘家一年的錢還要多。

一家人歡聲笑語的吃過一頓飯，張闊一家五口就要趕回鎮子上了，離別時，儘管不捨，大高氏卻沒有再讓張闊為難，她拿出一個包袱遞給張闊，裡面是這些年她為張闊做的衣裳。

張闊手裡接過包袱，頓時紅了眼眶。

馬車在夕陽的餘暉中，晃晃悠悠的在小道上走著，馬車裡溫馨而又沈默著。

張青和爹娘還有舅娘商量過後，就開始著手準備開鋪子。

張青想，開這個鋪子十分有必要，一來，她爹和舅舅身處邊關，有許多的東西是這裡沒有的；第二，那些東西在西北那裡折價實在太廉價了，這東西要是運到這裡或者永明省，嘿嘿，那可就翻了幾翻。

張青想著，便癡癡地笑了起來。

說做就做，很快的她就在離點心鋪子不遠的地方找了一間店面，這新店面比張青家現在住的這間要大得多，張青看上這店面，最主要的是因為除了後面有個院子以外，它有兩層樓。

張青瞬間幻想起來，若干個月後，她躺在搖椅裡，坐在二樓的窗邊，手上捧著一杯熱騰騰的香茶，慢慢地抿一口，悠閒地看著小鎮裡的風景，順便數數手裡的銀票，再看著自家店門口人來人往，這種日子只是想想就要醉了。

張青花了不少錢才將這棟小樓買了下來後便著手設計，研究要怎麼裝修才好。點心鋪子是以舒適溫馨為主，那珍寶閣就是要以高端大氣上檔次為主，但是這樣一個不小心又怕弄成了暴發戶，為了這店的裝修，可費了張青不少時間。

張闊在家待了半月有餘才準備回西北，臨走之時，李雲哭得像個淚人兒似的，張闊再三保證他會平安，李雲才止住了哭泣聲。

而雙胞胎雖然不足四歲，卻好像也知道分別是什麼意思，他們知道，可能很久很久都見不到這個給他們上樹掏鳥，將他們扛到肩上，總是爽朗大笑著，他們稱之為爹爹的男人了。

張闊看著妻子微紅的眼眶，還有雙胞胎亦步亦趨，緊拽著他衣袖不鬆手，小嘴緊緊抿著的樣子，心裡百感交集，心底甚至有一瞬間迸發出不去西北，不要那已經升到校尉的官位，只要陪著妻子、孩子就好的念頭。

「青兒，爹爹要走了，這個家就交給妳了，是爹對不起妳。」張闊深沈地看了一眼張青，對於這個女兒他給的愛最多，卻也虧欠得最多。

「爹，我明白，您平安便好，我們等著您回來，您一定要回來，很好很好的回來。」張青說著，倔強的臉上流下兩行清淚。

「爹爹答應妳，你們放心，不出五年，我定會風光地回來，再也不離開你們。」張闊鄭重其事地對妻兒說。

「好，我們信爹爹的。」

千言萬語再多，總是要分別，張闊騎著高頭大馬，一步一個回頭，直到慢慢的看不見了那四個站在鎮子口的人。

「娘，看不見了，我們回家吧。」

「嗯。」李雲又看了好一會兒，才與張青一人拉著一個孩子慢慢往家的方向走去。映著朝陽，四個人的臉色滿是落寞與無奈。

張闊的離去只讓一家四口低迷了幾日，過了這段時間，便將這低迷擔憂放在腦後，尤其是張青，此時滿腦子都是她的珍寶閣。

珍寶閣，顧名思義，肯定是有些珍貴的、這個鎮上沒有的東西，所賣的商品大多是張青和她爹從西北拉回來的東西，有那裡生產的寶石、皮毛、珍珠，甚至還有一對夜光杯。

可是開幕過了一個月，張青覺得她的想法好像錯了，這些東西在這個鎮子上賣得並不好，那些種類繁多的寶石根本沒賣出多少，倒是西北那些皮毛和珍珠賣得比較多。

張青將自己關在房裡好一通思索，這個鎮子上的人普遍只是小康的水準，特別有錢的，稱得上土豪的也只有那幾戶人家，雖然珍寶閣沒怎麼賠錢，但是也沒賺。張青反思過後，覺得珍寶閣在鎮上的發展潛力實在有限，她想，珍寶閣最起碼也應該開在永明省那樣的地方。

張青想著就跑去和李孟氏商量。

李孟氏看張青的眼神十分複雜。「為什麼還要開鋪子，莫不是錢不夠用？」

張青一怔，搖搖頭。「沒有啊，只是，沒人嫌棄錢多啊！」

李孟氏有些語塞，有些好笑。「可是妳一個女孩子要這麼多錢做什麼？」

張青嘻嘻一笑。「給弟弟們啊，他們以後要娶老婆，沒錢怎麼能行。」

李孟氏徹底語塞，嘆了一口氣。「既然妳要開，我就給妳舅舅修書一封，看他在那裡可有認識的人。那地方有錢有勢的人太多，沒個人照應，怪讓人不放心的。」

月餘後張青便收到了李攀的回信，還真的給張青介紹了一個人，聽說是永明省守城的一個參將，以前也是西北軍營的，隨著信的到來，還來了整整五輛馬車的貨物。

張青有些目瞪口呆地看著五輛拉著箱子的馬車。

李孟氏看到張青一臉呆掙的模樣不由感到好笑。「這是妳舅舅和妳爹給妳準備的東西，都是那些西北士兵的東西，知道妳要開個什麼珍寶閣，專賣西北的這些東西，這不，便蒐集了一些要好士兵的東西，都給妳送了過來。」

張青聽完更是百感交集。「謝謝舅舅、舅娘了。」

「謝什麼，妳這孩子。」

張青帶著珍寶閣的小廝、伙計們，將東西一一歸類造冊，然後算出該給那些士兵的價錢，只是這麼一算，張青有些發窘了，她家現在能動用的錢，好像不太夠付這些貨款。

張青只得覥著臉又去找了李孟氏。

李孟氏聽了更是哈哈大笑。「這不急，等妳賣了錢後再給他們吧，賣不動大不了還給他們就是了。」

張青雖然不好意思，但是現在也沒有別的辦法，只能先將東西放在家中庫房，將帳冊記好。安排好家中的一切，張青便揹著包袱踏上了去永明省的路，只是這次不是她一個人，與她同行的還有她的表哥，李玉，以及吳文敏。

李玉和吳文敏是去上學，而張青則是去開店。

李孟氏託人將他們兩個送入了永明省一所名叫白山書院的學堂，李玉今年已經十五歲，可以開始考科舉了，李孟氏準備讓他好好地在白山書院待上一年，明年最好能考取個秀才。

張青依舊是少年打扮，這麼一看，還以為是三個少年一起同行。

吳文敏對能和張青一起上路分外的高興，只是一看張青他就不由得臉紅心跳。

張青乍一看吳文敏的樣子，一時有些語塞，又覺得這個男孩真是可愛得厲害，尤其是臉紅的樣子，讓她心癢癢的，有想上去逗一逗的感覺，而且心裡還有一絲絲的甜蜜。

到了城中，李玉和吳文敏將張青送到那位參將的府上，便告辭去書院報到。

這參將與舅舅同姓李，還在西北軍營的時候，兩人關係很好，只是這李參將當時受了重傷，雖不致命，但是也不宜再待在西北，便被調回到永明省，做了一個守門的參將，位不算高，只是張青想在這城裡開個店，這點要求還是能辦到的。

有了李參將的幫助，一切就簡單得多了，最起碼比張青一個人要方便得多，店面也是李參將幫忙找的。

珍寶閣的開業並沒有在這個有著數萬百姓的泱泱大城裡引起什麼轟動，開業的那天，李雲和李孟氏緊趕慢趕總算趕到了永明省。等張青一切都處理好了，生意上了軌道，兩人便又趕回小鎮。

月末張青在算帳的時候，驚訝的發現，這利潤遠比她想像得要多。

緊接著張闊和李攀陸續的送上了第二批、第三批的貨物，張青也適時將銀票捎去西北。

很快的，珍寶閣在永明省這所人口數萬的城裡，慢慢地打響了名聲。

西北軍營裡有多少人，張青不知道，有多少戰利品，張青也不知道，但是張青知道，因為這些東西，她隱隱已經是個小富婆了。

——未完，待續，請看文創風397《甜姑娘發家記》下

2016年4月出版

甜姑娘發家記

文創風 396～397

窮不可怕，可怕的是沒有奮發的決心！
現代小資女的古代求生記
縫布偶、烤蛋糕的家政課小技能
讓她第一次創業就上手——

輕快俏皮，妙趣橫生／安然

張青一覺醒來，發現自己穿成個貧窮農女不打緊，
悲催的是，這家人可能一點都不懂什麼叫家和萬事興。
她娘與她被奶奶和大伯娘明裡暗裡的欺壓虐待，
看看大房家兩個兒子肥得流油，再看看自己風吹就倒的小身板，
就知道她的生活有多麼水深火熱啊！
不過既然讓她穿越這麼一回，就不會是來當受氣包的，
她一定要讓疼愛她的父母過上好日子！
靠著現代人的優勢，張青竭力找尋商機，
她撿來碎布做成玩偶吊飾，在市集上大受歡迎，
布偶抱枕大熱賣，讓他們一家得以蓋新屋、買良田，
還有餘錢支持她開點心鋪，販售獨門蛋糕與餅乾。
眼看家境一天比一天好，幸福的日子讓她樂呵呵～～

2016年4月出版

君愛勾勾嬋

文創風 394~395

老天待她，看似有心垂憐，實是無情作弄，
要不怎會重生一回，又欠了前世冤家的救命之恩，
而代價竟是再一世勾勾纏?!

美人嬋娟，君心見憐／杜款款

前世，她雖有皇后命，卻遭到篡位者三皇子韓拓的強娶，
不久便因頑疾未癒而香消玉殞了……
如今重生一回，本以為能憑己之力改變命運的軌跡，
哪曉得當她受困雪中險些小命不保，
竟遇上前世冤家——靖王韓拓，還承蒙他出手相救。
結緣莫結孽緣，欠債莫欠人情債，果真是所言不假，
平日他百般癡纏也就罷了，還讓皇帝親爹下了賜婚聖旨，
聖意難違啊，她只能既來之則安之。
嫁作靖王妃，枕邊人是戰功顯赫、能力卓越的王爺，
無論是朝廷動盪還是外患來襲，夫君總會牽扯其中，
可萬萬沒想到，戰場前線竟傳回了丈夫的死訊，
她不但成了下堂棄婦，還被人虎視眈眈覬覦著，
唉，為夫守節，難不成只剩青燈古佛一途了？

2016年3月出版

二嫁得好

文創風 390～393

穿過來後，
她從寡婦到棄婦到貴婦，活得像倒吃甘蔗，
不只銀兩賺得飽飽，再嫁後夫妻生活也和和美美，甜得快膩人……

有情有義．笑裡感動　活得率性．妙語如珠／小餅乾

人家穿越是穿得榮華富貴，要不就身懷絕技、運道絕佳，
而她田慧穿來竟就是個寡婦，還附帶兩個拖油瓶，
這就算了，還窮得聞不到肉香、吃不到米飯，連哭的力氣都得省下來。
才剛為丈夫守完靈就被趕出婆家門，帶著兩個小兒子窩山洞裡吃地瓜過活，
唉！穿過來之前沒當過娘，穿過來之後，不得不學著當個娘，
好幾回她氣得三人抱在一起哭，感動也抱在一起哭。
她想，既然回不去了，可得想法子讓這一窩三口吃飽、長進、活好，
看來能使得上力的就是她半吊子醫術、以及時不時來的靈光預感，
這風水可是輪流轉的，還真讓她等到──欺負她的，她能報報小仇，
從一窮二白到賺賺小錢，從被說棄婦到有人探聽……
日子開始過得有滋有味了……

2016年3月出版

商女高嫁

文創風 388～389

這位大將軍，工作危險係數高，獎金雖多但一毛沒攢下，
爹不親、娘已逝，小媽鳩占鵲巢，同父異母的大哥對世子之位虎視眈眈。
名聲比她差，家底沒她厚，家裡糟心事比她多……
成親，還真難說是誰高攀誰！

娶妻單刀直入．甜的喲！／輕舟已過

世人都道她白素錦不是一般的好命，
一個退過婚的商戶女竟能高嫁撫西大將軍，山雞一朝變鳳凰！
可惜世人看不穿，撫西大將軍府就是個虛名在外的空殼子，窮的喲！
他說：「數日前，偶然經過令府門前，有幸一睹姑娘風采，再難思遷。」
哼，與其說他會提親是對她「一見鍾情」，倒不如說是「一見中意」更恰當，
想他堂堂一方封疆大吏、榮親王府世子爺，帳面上就只有三百多兩的現銀，
這……拮据得讓人難以置信，遇見她這麼會理財又有錢的當然再難思遷了。
不過，看在他拿金書鐵券以死保證他只會有她一個女人的分上，嫁了！
唉，她原是考古學女博士，穿越成了平民女土豪，
這一嫁，怕是要與皇家窮親王互相抱大腿過一輩子了……

加油 和貓寶貝 狗寶貝

廝守終生(一定要終生喔！)的幸福機會

對人來說，貓寶貝狗寶貝只是生活的一部分，但妳（你）對牠們來說，卻是生活的全部，領養前請一定要考慮清楚——

▲ 貼心又憨厚的Buddy

性　　別：男生
品　　種：混種
年　　紀：7歲多
個　　性：親人、親狗、親貓，愛撒嬌，擁有完全不會生氣的好脾氣；活動力極佳，會基本的坐下、握手及拋接球指令
健康狀況：已結紮、已施打預防針
目前住所：桃園縣三峽區
本期資料來源：台灣認養地圖 http://www.meetpets.org.tw/content/62892

『Buddy』的故事：

五年前，在熱鬧的台北市中正區的某處、志工媽媽上班的地方出現了一隻狗狗，可憐的牠經常在此徘徊尋找食物，而暫停在路邊車子的底盤下就是牠唯一遮風避雨的家，牠就是Buddy。

還記得那年的冬天非常寒冷，看到這麼努力堅強生活的孩子，志工媽媽不忍心牠大寒天的還挨餓受凍，於是每天下班後都會拎著美味的食物帶去給Buddy。

每當志工媽媽起身離開時，Buddy都會偷偷跟著後頭，不吵也不鬧，帶有距離地跟著。有好幾次被志工媽媽發現了，因為沒辦法帶牠回家，只好不忍心地對著Buddy說道：「狗狗乖，不可以跟喔！」Buddy非常有靈性，彷彿聽得懂此話，也知道不可以給人家帶來困擾，於是就會默默轉身離開，找一個安全的車子底盤下躲起來。

志工媽媽本以為彼此的相處會一直這樣下去，直到有一天，志工媽媽去了老地方等Buddy，喊了許久，Buddy都沒有出現。志工媽媽當下慌了，很害怕也很擔心Buddy，這時志工媽媽才發現自己完全放不下這個貼心又可憐的毛孩兒。

此時的志工媽媽就下定決心。「我要找到Buddy，不再讓牠孤單地流浪！」

搜尋了一段時間，終於找到Buddy，也將牠救援成功帶回了家中。但是好景不常，因為家人反對再多養一隻寵物，最後只好委託中途之家代為照顧，並尋找能夠給Buddy溫暖幸福的主人。

真的很希望Buddy的幸福能夠快快出現，如果你/妳正在找一隻貼心的寵物作伴，請給Buddy一個機會。歡迎來信carolliao3@hotmail.com(Carol 咪寶麻)或vickey620@hotmail.com(許小姐)，主旨註明「我想認養Buddy」。

編按：想看看更多Buddy的生活照嗎？趕緊點下去：http://poki1022.pixnet.net/album

認養資格：

1. 認養者須年滿25歲，有獨立經濟能力，並獲得家人、同住室友或房東的同意。
2. 認養前須填寫問卷，評估是否適合認養。
3. 須同意簽認養寵物切結書。
4. 同意送養人日後之追蹤探訪，對待Buddy不離不棄。

來信請說明：

a. 個人基本資料：姓名、性別、年齡、家庭狀況、職業與經濟來源等。
b. 想認養Buddy的理由。
c. 過去養寵物的經驗，及簡介一下您的飼養環境。
d. 若未來有當兵、結婚、懷孕、畢業、出國或搬家等計劃，將如何安置Buddy？

396

甜姑娘發家記 上

國家圖書館出版品預行編目資料

甜姑娘發家記 / 安然著. --
初版. -- 臺北市 : 狗屋, 2016.04
冊 ; 公分. --（文創風）
ISBN 978-986-328-573-1（上冊 : 平裝）. --

857.7　　105002294

著作者　安然
編輯　黃暄尹
校對　沈毓萍　許雯婷
發行所　狗屋出版社有限公司
地址　台北市104中山區龍江路71巷15號1樓
電話　02-2776-5889～0
發行字號　局版台業字845號
法律顧問　蕭雄淋律師
總經銷　知遠文化事業有限公司
電話　02-2664-8800
初版　2016年4月
國際書碼　ISBN-13　978-986-328-573-1
原著書名　**《穿越之贫家女嫁到》**，由北京晉江原創網絡科技有限公司授權出版

定價250元
狗屋劃撥帳號：19001626
網址：love.doghouse.com.tw　E-mail：love@doghouse.com.tw